KEIN TYP FÜR BEZIEHUNGEN

ZUFALLSLIEBE
BUCH 2

SAXON JAMES

MOLLY

Mein Umzug nach Seattle sollte ein Neustart sein und mir dabei helfen, die bittere Version meiner selbst, in die ich mich langsam zu verwandeln schien, endgültig hinter mir zu lassen.
Doch selbst umgeben von meinen neuen schrulligen Mitbewohnern, einer neugierigen Nachbarin und einem mürrischen Kätzchen, hab ich das Gefühl nicht dazuzugehören. Außerdem stellt sich heraus, dass die Männer in Seattle genauso sind, wie die, die ich zurückgelassen habe und so geht meine Reihe romantischer Fehltritte weiter.
Erst als einer meiner Mitbewohner, Seven, mich mit einigen harten Wahrheiten konfrontiert, wird mir klar, was falsch gelaufen ist.
Vielleicht sind gar nicht die Männer das eigentliche Problem.
Sondern ich.
Und es gibt nur einen Weg, das zu ändern.

SEVEN

Von meinem neuen süßen Mitbewohner splitterfasernackt und ans Bett gefesselt gefunden zu werden, ist nicht der ideale Start für unsere Freundschaft.

Ein quid-pro-quo hingegen ist es offenbar schon: Er hält seinen hübschen Mund und erzählt niemandem etwas von meiner kompromittierenden Lage und ich werde sein Dating-Coach. Wir gehen auf Dates, ich sage ihm, wenn er etwas falsch macht und er entwickelt sich auf magische Weise in den perfekten Beziehungsmenschen.

Das Problem ist nur, dass zwischen meinem Bruder Xander, der mir nicht von der Seite weicht, und einer neuen besten Freundin, die ich einfach nicht loswerde, Molly und ich zum Ziel einer großangelegten Verkupplungsaktion werden. Aber mein Leben ist einfach viel zu hektisch, als dass ich guten Gewissens noch jemand anderem wirklich gerecht werden könnte. Und Molly ist nun mal die Art Mann, den man zur Priorität machen muss. Doch das kann ich einfach nicht. Xanders gesundheitliche Ängste nehmen zu viel meiner Zeit in Anspruch, und ich habe noch nie jemanden kennengelernt, der mir das nicht nachträgt.

Dennoch bin ich fest entschlossen, Molly bei der Suche nach
seinem Happy End zu helfen.
Aber das werde niemals ich sein.

SEVEN

ICH SEHE nichts durch die Augenbinde, und bewegen kann ich mich auch nicht, weil ich an Handgelenken und Knöcheln mit Handschellen gefesselt bin; aber das verräterische »Klick« der gottverlampten Handykamera höre ich nur zu genau.

Ich bin außerdem splitterfasernackt.

»Hey, das ist nicht okay für mich«, sage ich so entschieden wie möglich. Angesichts der Lage, in der ich mich befinde, bezweifle ich aber, dass mein Sex-Date deswegen ins Schwitzen geraten wird. Ich war so leichtsinnig, mich auszuziehen, und er ist noch komplett angezogen. Normalerweise wäre das ja auch geil. Aber jetzt gerade? Eher nicht. »Lösch die gefälligst sofort.«

»Mmm – nein«, sagt er in dem neckischen Tonfall, durch den ich überhaupt erst auf ihn aufmerksam geworden bin. Zart, seidig, hübsch – genau mein Typ.

Ich zucke zusammen, als ich etwas Weiches am Oberkörper spüre, aber er streicht mir nur mit einer Feder über die Brust. »Es ist jetzt glaube ich Zeit, mich wieder loszumachen. Wir müssen nochmal über die Grenzen reden.«

Sein süßes Lachen hat jetzt einen gewissen scharfen Unterton. »Oh, Schätzchen, nein. Das wäre gar nicht förderlich für das, was hier gerade abgeht.«

»Und … was genau soll das sein?«

»Rache.«

Ich zerre an meinen Fesseln. »*Rache*?«

»Du bist mit meinem Freund rumgezogen, dann hast du ihn geghostet, und dann hat er dich mit einer Frau mit Glatze tanzen sehen.«

Frau mit Glatze? Oh … er wird Elle meinen, die Schwester des Ehemannes meines Mitbewohners. Mit der ich vollkommen absurder Weise nie etwas hatte. Wir haben uns schnell als angeheiratete Narren angefreundet, aber passiert ist da gar nichts. Aber wer auch immer dieser Freund sein mag – selbst wenn man Elle ausklammert, hat es seither auch andere gegeben.

»Hör mal«, versuche ich zu argumentieren. »Keine Ahnung, was man dir erzählt hat, aber das ist alles gequirlte Schlacke. Ich führe keine Beziehungen. Das mache ich von Anfang an sehr deutlich. Es ist eine der Grundregeln, die ich immer im ›Grenzen-Gespräch‹ vorher klarstelle.«

»Man schläft keine vier Wochen mit jemandem, ohne mit ihm zusammen zu sein.«

Keine Ahnung, wovon der redet. »Na logisch macht man das manchmal. Solange alle eine gute Zeit haben, wieso auch nicht?«

Der hübsche Junge lacht höhnisch auf, dann höre ich wieder die Kamera klicken.

»*Hör. Auf. Damit.*«

»Tu doch was dagegen.«

»Das ist illegal.« Vermutlich.

»Sich nicht mehr zu melden ist illegal.«

Ich schnaube durch die Nase. »Nein, ist es nicht.«

»Dann sollte es das sein.« Wieder ein Klicken. »Gut zu wissen, dass du das so witzig findest.«

»Ich hoffe, du hast mich von meiner guten Seite erwischt«,

sage ich trocken. Aber jetzt wird die ganze Situation echt ungemütlich, und ich fühle mich überhaupt nicht mehr wohl. Ehrlich. Ich spiele zwar manchmal im Bett gern die hilflose Rolle, aber spielen und sein sind zwei sehr verschiedene Dinge.

Die Sache ist die: Ich *kenne* das, mich hilflos zu fühlen. Aus eigener Erfahrung. Und habe mir vorgenommen, es nie wieder zuzulassen.

Tja, Seven. Das hast du ja super hingekriegt.

»Oh, keine Sorge«, sagt er. Ich habe dich von *allen* Seiten.«

Mir dreht sich der Magen um. »Mach, dass du rauskommst.«

»Willst du nicht bitte sagen?« Der süße Tonfall macht es noch viel schlimmer.

»Du verletzt meine Privatsphäre. Schließ die Handschellen auf und dann hau ab. Ich werde das nicht zweimal sagen.«

»Oh, der große Mann droht mir. Na, viel Glück noch damit.«

Ich bin kein gewalttätiger Mensch, aber in solchen Situationen wünschte ich, ich wäre es.

Stattdessen zwinge ich mich zu diesen komischen Meditationsatmungen, die Madden mir beigebracht hat, und schließe hinter der Augenbinde die Augen. Ich ignoriere alles, was … Colt, war glaube ich der Name? … sagt und versuche, entspannt zu bleiben, bis ich einen Ausweg aus dieser Situation habe. Keiner meiner Mitbewohner ist zu Hause, sonst hätte ich schon gerufen.

Nee, nur ich und dieser Perverse.

Den ich aktiv auszublenden versuche. Nicht ganz einfach, da er schlimmer monologisiert als ein typischer Bösewicht aus einem 90er-Jahre-Action-Streifen.

»Ich bedaure das Ganze wirklich. Jetzt, da ich dich nackt gesehen habe, wünschte ich, ich hätte mich gar nicht erst auf diesen Plan eingelassen.«

Ich beiße die Zähne zusammen.

»Dein Körper ist …« Er macht Kussgeräusche.

Ich balle die Fäuste.

»Aber was soll's. Die Fotos werden auch ihren Zweck tun.« Ich höre, wie sich seine Schritte Richtung Tür entfernen. »Schöne Grüße von Eddie soll ich übrigens ausrichten.«

Dann ist er weg. Ich höre ihn die Treppe hinunter und aus dem Haus gehen, aber kurz bevor die Tür hinter ihm zufällt, könnte ich schwören, eine weitere Stimme zu hören.

Und Schritte.

Lass es bitte einen meiner Freunde sein, und nicht noch so einen Möchtegern-Fotografen, der einen Groll hegt.

»Hallo!«, rufe ich. Sicher, ich bin nicht begeistert, von einem von ihnen mit meinen besten Stücken im Freien vorgefunden zu werden. Garantiert werde ich wochenlang aufgezogen, aber immerhin werde ich dann diese Handschellen los. Das ist das Gute daran, hier zu wohnen. Diese Jungs sind meine Brüder; wir haben uns alle schon gegenseitig aufgefangen, wenn einer von uns am Ende war. Und obwohl wir uns manchmal gehörig auf den Geist gehen, würden wir die anderen niemals verurteilen.

Ich würde ihnen mein Leben anvertrauen.

Und, na ja, auch meinen nackten Körper in all seiner Schönheit.

»Hey!«, rufe ich. »Komm und hilf mir!«

Da Madden, einer der Mitbewohner, Nudist ist, bekommen wir regelmäßig Penis zu sehen. Peinlicher finde ich, dass ich mich so einfach habe manipulieren lassen. Außerdem … tja, die Fotos. Die Hilflosigkeit. *Argh, nicht dran denken.*

»Hey, was gibt's – *oh mein Gott!*«

Oh neiiin.

Von all den Männern, mit denen ich zusammenlebe, ist mir diese entsetzte Stimme am wenigsten vertraut, was die Sache aber auch irgendwie einfacher macht.

Molly. Der Neue.

Okay, also sind nicht *alle* Mitbewohner wie Brüder für mich. Gabe ist vor nicht allzu langer Zeit ausgezogen, und Molly ist so still, dass ich die Hälfte der Zeit ganz vergesse, dass er überhaupt hier ist.

Ich versuche ein gewinnendes Lächeln, obwohl es in diesem Szenario eigentlich nichts zu gewinnen gibt. Hoffentlich ist er noch da. »Ich bin da in eine Situation geraten.«

»Ach du Scheiße.« Offenbar ist er auf mich zu gerannt, denn erst kam seine Stimme von der Tür, dann spüre ich ihn mit weichen, kühlen Fingern meine Augenbinde abnehmen. Ich schaue in große, besorgt aussehende Augen. »Bist du okay?«

»Wie wäre es, wenn du mich nochmal fragst, wenn ich nicht nackt vor dir ausgebreitet den Seestern gebe?«

»Ja, klar. Natürlich.« Er lässt den Blick nach unten wandern, reißt seinen Blick aber sofort wieder los und schaut mir ins Gesicht. »Was brauchst du?«

»Schlüssel sind in der Schublade.« Ich weise mit dem Kinn auf den Nachttisch, und Molly eilt hinüber.

»Wie ist es denn dazu gekommen?«, fragt er, während er in dem Durcheinander danach sucht. Die braunen, langen Haare fallen ihm in die Stirn.

»Ein Sex Date ist schiefgelaufen.«

Er wirft mir einen mitfühlenden Blick zu, während er diskret mein Fleshlight beiseiteschiebt. »Was zum Teufel ist denn passiert, dass er dich so zurückgelassen hat?« Jetzt hat er den Schlüssel gefunden und tritt wieder ans Bett.

Ich versuche, die Achseln zu zucken, aber das klappt nicht so gut, da meine Hände über dem Kopf ans Bett gefesselt sind. »Anscheinend habe ich seinen Freund nicht zurückgerufen oder so. Es ist so–«

»Oh.« Molly richtet sich auf und seine Miene verfinstert sich. »Du hast dir das also selbst zuzuschreiben.«

»Wie jetzt? Was?«

Er murmelt einen Augenblick tonlos vor sich hin. »Was ist nur mit allen Männern los?«, platzt er dann heraus, und nur sein uncharakteristisch heftiger Tonfall hält mich davon ab, darauf hinzuweisen, dass er schließlich auch ein Mann ist. »Man hat ein schönes Date, man schickt ihnen Blumen, man kommt sie bei der

Arbeit mit Mittagessen überraschen. Man ruft an und schreibt Nachrichten und stellt ganz klar, dass man interessiert ist, und sobald man Sex hatte – Bumm. Das war's. Wie vom Erdboden verschwunden. Ich hab diese Spielchen so satt. Ihr seid alle gleich.« Dann wirft Molly die Schlüssel aufs Bett und stakst Richtung Tür.

»Warte mal! Hey, Moment!«

»Du bist Teil des Problems.«

»Ich habe nicht darum gebeten, gefesselt und dann fotografiert zu werden, okay? Dafür gibt es keine Entschuldigung – was auch immer ich diesem Freund angeblich angetan habe.«

Molly dreht sich langsam wieder um. Die schönen Augen hat er immer noch zu schmalen Schlitzen zusammengekniffen. »Fotos?«

»Ja.« Mir dreht sich wieder der Magen um. »Ich will nicht darüber reden. Könntest du bitte einfach meine Arme losmachen?«

Er hat ganz klar ebenfalls bei Madden Unterricht genommen, denn er atmet tief durch, dann tritt er wieder näher. Er nimmt die Schlüssel, zögert einen Moment, dann schlägt er die Bettwäsche über meinen Schoß.

»Tut mir leid«, flüstert er und mustert meine Handgelenke.

»Ja …«, gebe ich mit einem schnellen Seitenblick zurück. »Mir auch.« Und weil es nicht so aussieht, als würde ich hier in absehbarer Zeit wegkommen, füge ich hinzu: »Klingt so, als hättest du ein bisschen was hinter dir.«

»Könnte man sagen.« Nach dem Wortschwall von vorhin ist er plötzlich überraschend zurückhaltend.

»Willst du darüber reden?«

Mein erstes Handgelenk wird mit einem Klick von der Handschelle befreit, und noch bevor ich sagen kann, dass ich ab jetzt auch alleine klarkomme, hat Molly sich über mich gebeugt und schließt auch die zweite auf. Ich werde von seinem süßen Duft eingehüllt. Wie ein braver Junge hat er sich vorhin zurückgehalten, meinen Körper näher zu betrachten. Ich dagegen lasse meinen Blick ungeniert wandern. Sein Shirt verrutscht und enthüllt ein Stück weich aussehende, leicht gebräunte Haut, nur wenige Zentimeter von mir entfernt.

Jetzt ist nicht der richtige Zeitpunkt für einen Steifen.

»Alles gut«, sagt Molly, und ich bezweifele das doch sehr angesichts dieser Tirade von vorhin. Aber was soll ich sagen? Mein zweites Handgelenk kommt frei, und Molly wendet sich meinem Bein zu.

Wieder liegt es mir auf der Zunge, ihm zu sagen, dass ich das selber machen kann, aber seine Hand auf meinem Schienbein hält mich davon ab. Ich bin ein taktiler Typ, und es fühlt sich unglaublich an, berührt zu werden. Fingerspitzen an den Haaren kurz über dem Knöchel. Nach allem, was ich heute schon mitgemacht habe, kann ich mir wenigstens diesen Augenblick gönnen.

Er hat das erste Bein befreit, und fast bin ich traurig, als er auch das zweite Schloss aufschließt. Er reibt kurz mit der Hand über meinen Knöchel, dann lässt er los.

Anstatt zu gehen, setzt er sich auf die Bettkante. »Hast *du* denn Gesprächsbedarf?«

Ich werde sofort knallrot, und verfluche innerlich meine elende helle Haut. »Danke, geht schon.«

»Ist okay, falls nicht. Ich könnte mir vorstellen, dass es sich wie eine Vergewaltigung anfühlt.«

Ich seufze und setze mich auf, während ich mich in mein Bettzeug wickle. »Ja. Ein bisschen.« Ehrlich gesagt mehr als ein bisschen, aber ich will mir nicht anmerken lassen, wie sehr es mir zugesetzt hat.

Wir schweigen einen Moment, und er wippt mit einem Fuß auf der Stelle. »Okay. Na gut. Wenn du mich brauchen solltest ...«

»Danke.« Hätte ich um ein Haar vergessen zu sagen. »Und tut mir echt leid, dass du wie Eselsatem behandelt wurdest.«

Um seine Lippen zuckt es. »Eselsatem?«

»Ich denke mir lieber interessante Beleidigungen aus als Kraftausdrücke zu benutzen.«

Molly nickt. Seine braunen Haare wippen mit der Bewegung. »Eselsatem trifft es ganz gut. Ich meine, auch ich hatte sicher meine Eselsmomente. Aber alles in allem sind Männer ... einfach das Letzte.«

»Du könntest dich an Frauen halten?«

»Schwul«, sagt er mit trauriger Miene. »Ich dachte, vielleicht wäre es mit älteren Typen weniger Kacke, aber bisher hat sich das nicht bestätigt.«

»Wieso?«

»Weil sie entweder noch mehr Scheiß erlebt haben, oder ... sagen wir es mal so: Ich bin aus gutem Grund umgezogen.«

»Oh, jetzt hast du mich aber neugierig gemacht.«

»Sagt der Kerl, den ich nackt an sein Bett gefesselt vorgefunden habe.« Er lacht und steht auf. Zum ersten Mal seit seinem Einzug schaue ich ihn mir richtig an. Er ist ein süßes kleines Ding, ähnlich wie mein Pflegebruder Xander, aber Molly hat mehr Sonne abbekommen und ist muskulöser als der schmächtige Xander.

»Da kann ich nicht widersprechen.«

Molly läuft bis zur Tür, dann hält er wieder inne. »Ich weiß, wir sind nicht befreundet oder so. Aber wenn du dich mal unterhalten willst ...«

»Danke, ist notiert. Ach ja – bitte sag den anderen nichts davon.«

»Wieso? Ich dachte, ihr wisst immer alles voneinander.«

»Das ist auch so, aber ...« Ich sehe ihm in die sanften Augen. »Ich will nicht darüber reden.«

»Verstehe.«

»Danke. Und – ich schulde dir was, Molly.«

KAPITEL
ZWEI

MOLLY

»UND, hast du dich inzwischen eingelebt?«, fragt Madden von der Yogamatte im Gras neben mir. Erst als ich mich in den nach unten schauenden Hund begebe, erkenne ich, dass ich damit beste Sicht aus der Nähe auf seine gen Himmel gestreckten, gespreizten Beine und damit seinen unbekleideten Arsch bekomme.

Ich seufze. »Hast du keine Angst, dir Krebs in der Poritze zu holen?«

»Nee. Fünf Minuten Sonne am Tag sind gut für die Seele. Die Arsch-Seele.«

»Und was hast du im Winter gemacht?«

»Das Gleiche.« Er hebt den Kopf und grinst mich durch die Beine an. »Ich musste nur hinterher meine Eier wieder retten.« Die Eier, die ich sehr, sehr geflissentlich zu ignorieren versuche.

Madden und ich waren zusammen am College, und obwohl er und mein bester Freund Will damals enger befreundet waren als Madden und ich, sind wir in Kontakt geblieben. Als ich ihn also eines Abends nach einer gewaltigen Katastrophe anrief, an der ich eindeutig selbst schuld war, schlug er mir vor, mein Leben zusammenzupacken und auf der anderen Seite des Landes neu anzufangen.

Es fühlt sich an, als wäre ich vor all meinen Problemen davongelaufen, aber meine Heimatstadt war mir einfach zu klein geworden. Erdrückend. Ich hatte zwar keine Ahnung, worin der Neuanfang genau bestehen sollte, aber schon jetzt nach den paar Wochen weiß ich, dass es mir hier gefallen wird.

Madden löst mit lautem Stöhnen die Hände von den Knöcheln und lässt die Füße auf die Matte zurücksinken. »Die Frage nach dem Einleben hast du übrigens nicht beantwortet, wie mir auffällt. Macht dir jemand Probleme?«

Ich lache, richte mich wieder auf und lege mich auf den Rücken, dann setze ich mich im Schneidersitz neben ihn. »Überhaupt nicht. Ich bin nur der totale Außenseiter. Es fühlt sich an, als würde ich mit einem Geist das Zimmer teilen.«

Madden runzelt die Stirn. »Was soll das denn heißen?«

»Na ja … das Zimmer war immer das von Gabe. Der ist jetzt weg, und Christian ist unterwegs. Rush ist …« ich halte inne. Wie soll ich Rush beschreiben? »Es ist unklar, wann er da sein wird und wann nicht. Seven und Xander sind wie …«

»Brüder?«

»Die stehen sich glaube ich etwas näher.«

»Nicht im romantischen Sinne, wenn du das meinst.«

»Nein. Und ich weiß schon. Ich finde es ehrlich gesagt auch super süß. Es ist nur so, dass alle schon ihren Platz hier im Haus haben. Ihr passt alle zusammen. Ich will damit nicht sagen, dass ich es nicht super finde, hier sein zu können, denn das tue ich auf jeden Fall. Ich glaube nur, dass es eine Umstellung wird.«

»Das finde ich so toll an dir, Mols. Immer bist du so positiv.«

Wenn er von meinem kleinen Nervenzusammenbruch vor dem Umzug aus Kilborough wüsste, würde er das wohl kaum sagen. »In letzter Zeit hat das nachgelassen, aber ich hoffe, dass es wiederkommt.«

»Setz dich nicht zu sehr unter Druck. Wir verändern uns alle im Laufe des Lebens.«

»Das kann man sagen.« Ich stupse seinen nackten Oberschenkel mit dem Fuß an. »Du Nudist.«

»Nudist, Naturalist. Wie auch immer du es nennen willst.«

»Das hätte ich am College niemals von dir gedacht.«

»Ja, aber am College war ich auch noch auf der Schiene zum Profi-Baseball und total besessen von meiner Zukunft und dieser Chance. Als ich nach der Verletzung immer mehr mit ganzheitlicher Medizin und natürlicher Lebensweise zu tun bekam, hat es mich einfach glücklich gemacht, weißt du?«

»Volle Kanne Hippie.«

So sehr wie ein echter Kerl ein Hippie sein kann jedenfalls.

Madden lacht dröhnend auf. Das hat sich jedenfalls nicht verändert. »Total! Und ich steh dazu!«

»Ich finde es cool.«

»Danke. Es ist immer gut, wenn jemand keine Vorurteile hat. Die meisten finden mich schräg.«

»Oh, das tue ich auf jeden Fall. Aber nicht wegen der Nacktheits-Geschichte.«

Madden schubst mich. »Das war's. Ich werde dich keinem der Daddys vorstellen, mit denen ich arbeite.«

»Argh. Gemein.« Ich tue, als würde ich schmollen, aber er hat schon ein Blind Date für nächste Woche für mich arrangiert. Der Typ ist kein echter Daddy – zum Glück, denn auf diesen Kink stehe ich nicht. Ich mag nur gern ältere Männer. Jedenfalls dachte ich das bis vor Kurzem.

Jetzt weiß ich nicht mehr, was ich denken soll.

Madden bewegt sich, und sein Penis fällt gegen seinen Schenkel. Bisher habe ich es wirklich geschafft, ihn nicht anzuglotzen, aber die Bewegung erinnert mich an etwas, das ich erfolgreich unter Verschluss gehalten habe.

Seven. Mit gespreizten Armen und Beinen auf seinem Bett. Bewegungsunfähig. Der große, tätowierte Körper zur Schau gestellt ... einschließlich einer kleinen, unerwarteten Überraschung.

Ich lecke mir die Lippen und schaue kurz zu Madden, dann wieder beiseite, »Hey. Mal eine ganz andere Frage ...«

»Schieß los.«

»Hattest du schon mal ...«

»Hm?«

»Hattest du schon mal was mit jemandem mit Jacob's-Ladder-Piercing?«

Madden schlägt sich die Hand vor den Mund und zeigt mit dem Finger auf mich. »Du redest wohl von Seven.«

»Das *weißt* du?«

»Na klar weiß *ich* davon«, sagt er, als wäre das das Normalste der Welt. »Die Frage ist: Wieso weißt du davon?«

Okay, die Frage habe ich nicht kommen sehen, und obwohl ich ihn nicht gut kenne, werde ich den Teufel tun und Sevens Geheimnis ausplaudern. Versprochen ist versprochen. »Bin aus Versehen beim Duschen reingeplatzt.«

Madden kneift die Augen zusammen. »Ich verstehe immer noch nicht, wie–«

»Er hatte eine Erektion«, sage ich hastig. Ich spüre, wie meine Wangen heiß werden. »Okay? Können wir einfach ... über was anderes reden? Bitte.«

»Hattest du Sex mit ihm?«, fragt Madden. »Ist es das, worauf deine Frage abzielt? Denn ich hatte dir doch gesagt: Wir schlafen hier nicht miteinander. Den einen Schnitzer kann ich dir durchgehen lassen – als Willkommensgeschenk quasi – aber wir sind eine Familie. Das wäre ... einfach nur schräg. Außerdem geht das nicht, wenn wir uns Komplikationen ersparen wollen.«

Ich lasse mich auf meine Matte zurückfallen. »Tu so, als hätte ich nie gefragt. Besser noch: Kann ich wieder nach Kilborough zurückziehen? Ich habe genug. Sowas von.«

Madden lacht sich kaputt. »Also gut. Entspann dich. Du hast also nicht mit ihm geschlafen. Ich wäre fast geneigt, dir zu raten, es zu tun, da du plötzlich so interessiert daran bist. Aber ich muss dir sagen: Einen älteren Mann mit solchen Dingern zu finden wird sehr viel schwerer. Aber wenn es das ist, was du suchst, würde ich mich der Sache auch annehmen.«

»Ich will nicht unbedingt jemanden mit Piercings. Ich war nur neugierig. Also, tut sowas nicht weh? Wie verhindert man, dass es rausgerissen wird? *Kann* man damit überhaupt Analsex haben? Wie macht man das so, dass sich *niemand* wehtut dabei?«

Von der hinteren Veranda ist ein kühles Lachen zu hören, und beim Aufschauen entdecke ich einen weiteren Mitbewohner. Xander ist echt hübsch, hat blaue Haare, Sommersprossen und superhelle Haut. Von allen ist er am einfachsten kennenzulernen, denn Xander hat absolut keinen Filter.

Er hopst die Treppe herunter und quetscht sich zwischen Madden und mich, dann legt er sich Maddens Arm um die Schultern. »Ich habe Seven auch schon darüber ausgefragt, wenn es euch interessiert.«

Uuund na klar hat er alles mit angehört.

»Es war nicht … ich meine nicht Seven speziell. Ich war nur … neugierig …«

Xander schnaubt. »Ich war auch neugierig, darum habe ich ihm beim Umziehen zugeguckt, als wir noch bei unseren Pflegeeltern gelebt haben.«

Ich blinzele ihn an und warte auf die Pointe.

Xander lächelt unschuldig.

»Du hast *gespannt*?«

»Er hätte es mir auch gezeigt, wenn ich gefragt hätte. Ich wollte nur nicht, dass es peinlich wird. Außerdem hatte er damals erst eins. Jetzt sind es zwei mehr.«

»Und die hast du gesehen?«

»Die neuen nicht.« Er kommt näher. Mit steigt der Kirschenduft von seinem Lipgloss in die Nase. »Willst du wissen, wie es ist?«

Über Seven beim Sex reden? Ich würde ja gern nein sagen –

und doch bin ich seltsamerweise neugierig. Gehört habe ich schon von solchen Piercings, aber bislang hatte ich nie jemanden gesehen, der eines hatte, außer vielleicht in Pornos. Aber wenn ich so überlege, hat eigentlich auch keiner der Pornodarsteller, die ich mir angucke, welche. Xander beobachtet mich so genau, dass ich keine Chance habe, zu lügen.

Stöhnend lege ich mein erhitztes Gesicht in die Hände. »Ja, erzähl. Ich will es wissen.«

Xander lacht. »Seven sagt, dass er bei Anal ein bisschen vorsichtiger sein muss, aber anscheinend wird dadurch bei ihm alles empfindlicher. Und für die Partner soll es wie ein geripptes Kondom sein – die Extremausführung.«

»Ah, verstehe.« Ich schaue ihn an und versuche zu erkennen, ob es für ihn komisch ist, darüber zu sprechen. Dass Seven und Xander sich nahestehen, weiß ich – ich habe schon miterlebt, wie Xander zusammengebrochen ist, und gesehen, wie liebevoll Seven sich um ihn gekümmert hat. Die Frage, ob da noch mehr dahintersteckt, liegt also nahe. Ich bin sonst eher nicht der neugierige Typ; aber meinen Mitbewohner nackt ans Bett gefesselt aufzufinden hat scheinbar mein Interesse geweckt. Ich will mehr über ihn erfahren.

»Ist das nicht irgendwie schräg für dich?«, frage ich.

»Wieso?«

»Seid ihr nicht … stehst du denn nicht –«

»–auf ihn?«, beendet Xander meine Frage.

Ich nicke. Hoffentlich hat meine Neugier nicht zur Folge, dass er jetzt böse wird. Xander ist wie ein süßer kleiner Hundewelpe, den man nicht aufregen will.

»Nicht so.«

Nicht so? Wie soll ich das denn verstehen?

»So, das war dann genug Neugier für einen Vormittag«, sage ich. »Ich muss an die Arbeit.«

Und damit meine ich duschen, umziehen und mich an den Schreibtisch setzen, den ich in eines der Zimmer gestellt habe. In unserem Haus, das den Namen Big-Boned Bertha trägt, gibt es zehn Zimmer. Wir sind zu sechst. Außer unseren Schlafzimmern hat Rush ein Atelier, Xander einen Kunstraum, es gibt einen Abstellraum, und das Büro, das Seven und ich uns teilen.

Ich bin jetzt seit knapp einem Monat in Seattle, und obwohl ich ein bisschen Sehnsucht nach zu Hause habe – vorwiegend nach meinem Dad und meinem besten Freund – gefällt mir der Wechsel gut, schätze ich.

Es ist eine schöne Stadt, und Madden ist am Wochenende viel mit mir herumgezogen. Ich arbeite als Freelancer und schlage mich ganz gut, aber ich wünschte mir doch fast, in einem Büro zu arbeiten. Mit anderen Menschen. Außerhalb dieses Hauses.

Bis zu meinem Date nächste Woche bin ich, was meine sozialen Kontakte betrifft, auf meine Mitbewohner angewiesen. Das läuft bisher auch ganz gut. Sie sind alle sehr unterschiedlich.

Ich wünschte nur, ich würde mich nicht wie ein Außenseiter fühlen.

KAPITEL
DREI

SEVEN

DAS LEISE SUMMEN der Tätowiermaschine ist ein stetiges Hintergrundgeräusch, und ich bin ganz in meine Arbeit versunken. Tätowierer zu werden war zwar als Kind nicht mein Traumberuf, aber ich komme gut damit klar. Und so ist die Tinte für mich günstiger, ein echter Bonus, sonst hätten mich meine zahlreichen Tattoos sicher schon längst in den Ruin getrieben.

Besser gesagt … noch tiefer in den Ruin getrieben.

Denn ich schwimme nicht gerade im Geld.

Anders als mein Mitbewohner Christian, der seinen echten Traumprinzen getroffen und ihn in einer waschechten Märchenhochzeit geheiratet hat.

Gerade habe ich die Schwester des besagten Prinzen in Arbeit.

»Ich schwöre, du machst es extra schmerzhafter«, murmelt Elle auf der Liege, wo sie mit dem Gesicht nach unten ausgestreckt ist. »So war das beim letzten Mal aber nicht.«

»Das letzte Mal haben wir auf deiner Pobacke begonnen. Da sitzt mehr Fettgewebe, also tut es nicht so weh.«

»Wow. Jetzt fügst du mir körperlichen Schaden zu *und* verursachst mir auch noch Komplexe.«

»Soll ich vielleicht auch noch vom Kindheitstrauma anfangen?«, frage ich mit Babystimme. »Damit habe ich sehr viel Erfahrung.«

»Das ist eine Sache, die ich an dir hasse«, sagt Elle mit einem Seufzer, »meine Kindheit klingt im Vergleich so trivial. Es schadet meiner Dramatik.«

Ich wische grinsend über das Motiv, um besser sehen zu können. »Ach, wie blöd. Lass mich mal kurz in der Zeit zurückreisen und meinem Erzeuger sagen, dass er mich als Kind *nicht* verprügeln soll. Dann wäre ich nicht zu meinem eigenen Schutz zum Pflegekind geworden, und dann wäre nicht alles nur noch schlimmer geworden. Elle kann es nämlich nicht leiden, nicht die schlimmste aller Kindheiten durchlebt zu haben.«

»Schon viel besser«, antwortet sie und legt den rasierten Kopf auf den verschränkten Armen ab. Der noble britische Akzent klingt stärker durch als sonst. »Endlich beginnst du zu verstehen, wie schlimm es war, damit aufzuwachsen, stets jeden einzelnen Wunsch erfüllt zu bekommen.«

Als ich Elle kennengelernt habe, sind wir ein einziges Mal zusammen ausgegangen, wobei wir uns gegenseitig mit Schauergeschichten von unseren scheußlichen Familien zu übertrumpfen versuchten. Sie gibt zu, dass ich dabei gewonnen habe, aber in Wirklichkeit wissen wir beide ganz genau, dass es kein Wettstreit ist. Scheußlich ist nun mal scheußlich. Es gibt sicher Abstufungen, aber jedermanns oder -fraus Trauma ist valide.

Und zum Glück hat Elle einen ebenso morbiden Galgenhumor wie ich.

Darum haben wir uns sofort verstanden.

Es ist auch der Grund, warum wir uns vor jeder wie auch immer gearteten Beziehung hüten. Verkrachte Existenzen erkennen sich gegenseitig, und wir sind beide viel zu emotional geschädigt für mehr als eine schräge Freundschaft. Auf felsigem Untergrund kann man kein Fundament errichten und so weiter.

Wir haben beide harte Ecken und Kanten und nicht die Energie, Dinge allzu ernst zu nehmen. Ich bin für viele Dinge zu abgestumpft. Sie unterdrückt viel zu viele Gefühle, die sich hin und wieder explosionsartig entladen.

Ehrlicherweise gehören wir beide in Therapie, aber bis wir unseren psychischen Problemen eines Tages die Stirn bieten, haben wir einander.

Sie zischt laut. »Was zum Henker machst du da hinten eigentlich?«

»Meine Arbeit.«

»Deine Arbeit ist doof. Du bist doof. Warum habe ich mich nur von dir überreden lassen?«

»Ich bin ziemlich sicher, dass du es warst, die mich angebettelt hat … *Entwirf mir ein Tattoo, dass alle Misogynen direkt abwimmelt, die es schaffen, an meinem Radar vorbei zu gelangen, Seven* – und jetzt habe ich genau das getan und du beschwerst dich trotzdem. Bei dir kann man einfach nicht gewinnen.«

»Heute Abend werde ich wahrscheinlich nicht allzu gut sitzen können, oder?«

Ich muss lachen, als mir der Hämorrhoiden-Schwimmreifen einfällt, von dessen Notwendigkeit ich sie beim letzten Mal überzeugt hatte. Es ist verlockend, ihr das wieder zu empfehlen, aber da ich hauptsächlich am unteren Rücken arbeite, bezweifle ich, dass sie wieder darauf reinfallen würde. »Nee, du solltest es nicht allzu sehr spüren, es sei denn, du schläfst auf dem Rücken.«

»Oder werde im Stehen an einer Wand gevögelt«, meint sie nachdenklich.

»Ja, davon würde ich dir abraten, bis es verheilt ist.« Ich fange an, die letzten kleinen Farbtupfer zu stechen. »Interessant übrigens, dass du das am Po und nicht an deiner Vagina haben wolltest. Sind die Misogynen nicht normalerweise eher scharf auf den Vordereingang?«

»Du würdest dich wundern.«

Ach Herrje.

Ich bin fertig mit der Farbe und betrachte das Motiv, um sicherzugehen, dass es nicht nachgebessert werden muss, aber es ist perfekt geworden, auch wenn ich mich damit selbst lobe.

»Willst du gucken?«

»Aber ja.« Sie klettert von der Liege, und wir gehen gemeinsam zum bodenlangen Spiegel an der Wand.

Elle dreht sich um, und fängt an zu *gackern*, sobald sie es sieht. »Oh, das ist ja absolut perfekt, Seven.«

Es ist ein männliches Pin-up-Model, mit haarigen Beinen und ausgebeultem Schritt. Eine Brustwarze guckt über den Rand des Korsetts, das er trägt. Und um die Poledance-Stange, an der er sich festhält, schlängeln sich die Worte *Du bist kurz davor, eine Feministin zu vögeln, die reich genug ist, zu klagen.* Der Pinup-Mann trägt rote, glitzernde Stöckelschuhe und steht auf einem regenbogenfarbenen Ziegelsteinweg, der zu ihrem Po hinunter führt.

»Du hast wirklich nicht zwischendurch geguckt?«, frage ich.

»Oh doch, habe ich. Ich war neugierig, wie es wirkt, wenn ich aussehe, als würde ich Regenbogen pupsen.« Sie strahlt mich an, wobei ihr Piercing in der Nasenscheidewand fast die Oberlippe berührt, und nimmt mich in die Arme. »Ich find's super.«

»Wunderbar.« Ich entziehe mich ihr. »Willst du vielleicht mal wieder was anziehen?«

Elle verdreht die Augen und greift nach ihrem Höschen. »Madden sagst du nie, dass er sich anziehen soll.«

»Bei dem fällt mir meist gar nicht mehr auf, dass er nichts anhat.« Sobald sie ihren String wieder übergezogen hat, klebe ich das Tattoo ab. Dann beginne ich, meinen Arbeitsplatz sauberzumachen.

»Hast du noch was vor?«, fragt sie. »Ich hätte Zeit zum Abendessen, wenn du magst.«

Mit einem nachdenklichen Summen schaue ich auf dem Handy nach, ob etwas von Xander gekommen ist. Das Display ist voller Benachrichtigungen von den sozialen Medien, sonst nichts. Das heißt, dass er einen guten Tag hatte. Wie immer löst sich der Knoten in meinem Inneren. »Sieht gut aus.«

»Sehr schön. Dann kannst du mir von dem Twink erzählen, den du da neulich abends abgeschleppt hast.«

Ich erstarre beim Griff nach einem Tintenbehälter. »Ähm …«

»Was denn?«

»Nichts. Es war … ein ziemlicher Reinfall, könnte man sagen.«

»Ehrlich?« Sie kneift die dick mit Eyeliner umrandeten Augen zusammen. »Aber er war doch so scharf auf dich.«

Elle ist kein Dummchen, auch wenn manche Leute versuchen, sie so zu behandeln. Derzeit arbeitet sie als Rechtsanwaltsgehilfin in einer Kanzlei, da sie im englischen Cambridge Jura studiert hat und jetzt noch diverse Formalitäten hinter sich bringen muss, bevor sie in den Vereinigten Staaten praktizieren darf.

Ihr ist offensichtlich klar, dass etwas passiert ist, aber ich weiß nicht recht, ob ich weiter ausführen will, was es war. Es war schlimm genug, von Molly in so einer verletzlichen Lage gefunden zu werden; ich warte nur darauf, von jemand anderem im Haus darauf angesprochen zu werden.

Bis jetzt scheint er aber dicht gehalten zu haben.

Andererseits glaube ich tatsächlich, dass Elle es von allen am besten verstehen würde.

»Um ehrlich zu sein«, sage ich, ohne den Blick von der Tätowiermaschine zu lösen, die ich gerade desinfiziere, »war er gar nicht scharf auf mich. Es ging um Rache.«

»Was zum Teufel soll das heißen?«

»Um es kurz zu machen: Sein Freund hat sich in die Hose gemacht, weil er dachte, wir wären zusammen, obwohl es nicht so war. Das Twinklein hat mich gefesselt und dann gegen meinen Willen Nacktfotos von mir gemacht. Obwohl ich gesagt habe, dass er damit aufhören soll.« Alleine die Worte auszusprechen schnürt mir die Kehle zu. Ich hasse es, schwach zu sein. Ich hasse es noch mehr, so etwas vor jemand anderem zugeben zu müssen. Es fühlt sich an, als hätte ich mich aufgeschnitten und würde mein Herz zur Schau stellen.

»Entschuldigung, aber kannst du diese abgefuckte Geschichte bitte nochmal wiederholen? Ich muss mich ja wohl verhört haben.«

Ihre Empörung bringt mich zum Lächeln. »Nee, ich denke, du hast es schon kapiert.«

»Wie konnte er das verdammt nochmal *wagen*?«

Ich zucke die Achseln. »Er hat's gewagt, und es ist passiert. Ändern kann ich jetzt nichts mehr daran.«

Elle umarmt mich wieder, dieses Mal extra so kräftig, als wollte sie mich zusammenhalten.

»Okay, okay«, sage ich, löse mich von ihr und versuche, mich nicht allzu unbehaglich zu fühlen. »Es ist passiert. Jetzt ist es vorbei.«

»Oh, das ist es ganz und gar nicht. Wir müssen dieses Stück Exkrement aufsuchen und dazu bringen, die Bilder zu löschen. Er hat kein Recht, so etwas zu machen; es ist nicht nur moralisch verwerflich, sondern auch noch illegal. Könntest du dir den Skandal vorstellen, wenn ein Mann so etwas mit einer Frau machen würde?«

»Schon, aber … ich war ja freiwillig nackt. Du weißt doch, wie das immer kommentiert wird.«

»Und ich gebe einen feuchten Dreck darauf, wie es kommentiert wird. Nackt oder nicht, er hat dich benutzt. Du darfst deswegen sauer sein. Wir sollten alle selbst über unsere Körper bestimmen dürfen.«

Mir wird heiß im Nacken beim Gefühl, so bestärkt zu werden; allerdings reicht das gute Zureden kaum aus, um ihr wirklich beizupflichten. Also nach außen jedenfalls. Denn ich bin eigentlich absolut ihrer Meinung. Es passt nur nicht zu dem Konzept von »ein Mann sein«, mit dem ich aufgewachsen bin. Im Zusammenhang mit den Ausbrüchen von Xanders Krankheitsangst kann ich es einsehen; während dieser Anfälle macht sein Körper ihm weis, dass er todkrank ist. Das bedeutet aber nicht, dass ich es generell akzeptiere. Alte Gewohnheiten sind schwer loszuwerden. Die, die einem eingeprügelt wurden, ganz besonders.

Meine Aufgabe ist, den Mund zu halten, was mich selbst betrifft, und alle in meinem Umfeld zu schützen.

»Du solltest ihn anzeigen. Das fällt unter Rachepornografie«, sagt sie.

»So etwas gibt es?«

Sie verzieht die Lippen. »Es wird längst nicht häufig genug auf faire Weise strafrechtlich verfolgt, und es wird ein Stigma haben, da du ein Mann bist, aber –«

»Nein.«

»Seven–«

»Ich will mich dem nicht aussetzen.«

Sie nagt kurz an ihrer Unterlippe. Den Gesichtsausdruck kenne ich.

»Was hast du vor?«

»Ich finde nicht, dass wir das einfach auf sich beruhen lassen sollten.«

»Und ich sehe nicht allzu viele Optionen.«

»Wie heißt der Typ, der dachte, ihr führt eine Beziehung?«, fragt sie.

Ich sage es ihr. Zwei Sekunden später hat sie ihn auf den sozialen Medien gefunden.

»Weißt du, wo er wohnt?«

»Wenn er seither nicht umgezogen ist, ja.«

»Dann lass uns kurz bei mir zu Hause vorbeifahren auf dem Weg dorthin.«

»Du willst da *hinfahren*?«

»Aber sicher. Wir werden dieses Miststück zur Rede stellen und dafür sorgen, dass er seinen kleinen Freund dazu bringt, die Fotos zu löschen.«

»Elle ...«

»Kein Elle, Mister. Diese Scheiße wird nicht toleriert. Nicht, wenn ich dabei ein Wort mitzureden habe.«

Es ist toll, dass sie sich so für mich einsetzt. »Dass es viel bewirken würde, kann ich mir kaum vorstellen, egal, was wir sagen. Ich meine, ich könnte ihn aufs Kreuz legen, während du die Fotos löschst, aber selbst dann – woher wissen wir überhaupt, dass der Typ sie Eddie geschickt hat? Was, wenn sie in der Cloud gespeichert sind? Es gibt heute so viele Möglichkeiten. Die haben die Fotos. Es ist zu spät.«

»Es ist nie zu spät, und jetzt komm.«

Elle zerrt mich zu ihrem Auto, und nach einem kurzen Zwischenstopp bei ihr, in dem sie ihr Make-up dezenter macht, eine Perücke aufsetzt, ihr Piercing entfernt und sich in einen Anzug wirft, der wahrscheinlich mehr kostet als meine monatlichen Fixkosten, sind wir wieder unterwegs.

»Also …«, setze ich mit einer Geste auf ihr Outfit an. »Was hat es denn damit auf sich?«

»Das hier ist Arbeits-Elle. Und heute bin ich dein Rechtsbeistand.«

»Leck mich am Barsch.«

Sie schnaubt. »*Das* würde ich nicht empfehlen.«

»Nie im Leben nimmt er mir ab, dass ich mir einen Anwalt genommen habe wegen der Sache.«

»Sicher? Menschen sind ziemlich dämlich.«

»Okay, aber wieso die Perücke?«

Sie streicht sanft darüber. »Männer vertrauen Frauen mit Haaren.«

Ich lotse sie lachend zum U-District. Sie scheint sich gerade für die Sache zu erwärmen. Wenn sie es schafft, diese Fotos verschwinden zu lassen, werde ich mich ihr nicht in den Weg stellen. Ansonsten hätte ich heute Nachmittag nichts besonders Aufregendes vorgehabt, und das hier verspricht immerhin spannend zu werden.

»Wie bist du die Fesseln eigentlich wieder losgeworden?«, fragt Elle während der Fahrt.

Ich sehe wieder Mollys nackte Haut am Bauch vor mir. »Der neue Mitbewohner war zu Hause.«

»Verdammt, das war ja ein Glück.«

»Klar. Ein Glück.«

Ihr Gesichtsausdruck verdüstert sich. Offensichtlich hat sie mich falsch verstanden. »Natürlich wäre es besser gewesen, wenn das alles gar nicht erst passiert wäre. Ich meine nur –«

»Ist schon gut.« Zusätzlich zu der unangenehmen Erinnerung, hilflos dazuliegen, habe ich seither dauernd unangebrachte Gedanken, was meinen Mitbewohner betrifft.

Als wir vor Eddies Wohnblock halten, sehe ich sein Auto da stehen. »Sieht aus, als wäre er zu Hause.«

»Ausgezeichnet.« Sie springt aus ihrem Audi, rückt ihr Jackett gerade, und bedeutet mir, vorauszugehen. Unter all meinen Albträumen rangiert das hier recht weit oben: Einem ehemaligen Sexpartner gegenübertreten, der sauer auf mich ist. Trotzdem gehe ich voraus, fast schon neugierig darauf, wo es hinführen wird. Aber es fällt mir nicht leicht, angesichts dieser Situation eine gewisse Übelkeit zu unterdrücken.

Eddie hat kaum die Tür geöffnet, mit seinen langen Haaren und dem neugierigen Blick, als Elle ihn schon beiseite fegt.

»Ich habe gehört, Sie haben illegal erworbenes Bildmaterial von meinem Klienten erhalten.«

»Ich … ich …«

»Wie lange ist es her, dass die Bilder Ihnen zugesandt wurden?«

»Sie … was …« An mich gewandt fragt er: »Seven? Was soll das?«

»Du hast deinen Freund auf mich gehetzt, um mich abzuschleppen und Rache-Fotos von mir zu machen.«

Er wird so schnell bleich, dass es fast schon komisch aussieht. »Oh, Scheiße.«

»Was gedenken Sie mit diesem Bildmaterial zu tun?«, fragt Elle.

»N-nichts. Ich schwöre es.« Wieder schaut er mich an.» Ich *schwöre*, Seven. Ich hab sie niemand anderem geschickt.«

»Aber Sie geben zu, sie in Ihrem Besitz zu haben«, setzt Elle nach.

Er öffnet und schließt lautlos ein paarmal den Mund. »Äh … also ich …«

»Ist Ihnen bewusst, dass das Weiterreichen von nicht willentlich erworbener Pornografie eine Straftat ist?«

»Ich habe sie nicht weitergereicht.«

»Ihr Freund hat es aber getan, auf Ihren Wunsch. Das sieht nicht besonders gut für Sie aus.«

Eddie kann nicht antworten. Er keucht, als sei er kurz davor, zu hyperventilieren.

Ich trete einen Schritt näher, bevor Elle ihn noch weiter ängstigen kann. »Ich will nur, dass diese Fotos verschwinden.«

»Ja. Okay.« Seine Augen röten sich, während er hastig nach seinem Handy sucht, und ich sehe, dass seine Hände zittern, als er seine Foto-App öffnet und beginnt, Bilder zu löschen.

»Wie kann ich sicher sein, dass du sie alle löschen wirst?«

An Elle gewandt beteuert er: »Mark hat mein Handy benutzt, und das hier sind die einzigen Kopien. Ich schwöre es.«

»Und ich habe irgendwie Mühe, dir das abzunehmen.«

Eddie schluckt. »Ich hatte keine bösen Absichten. Ich wollte nur, dass du so sauer wirst, dass du mit mir reden musst. Das war alles.«

Ich starre ihn an, als sei ihm ein zweiter Kopf gewachsen. »Das ergibt absolut keinen Sinn.«

»Du weißt ja nicht, wie das ist«, sagt er weinerlich.

»Wie *was* ist?«

»Den eigenen festen Freund mit jemand anderem sehen zu müssen.«

Ich würde ihn gerne einen verlampten Idioten schimpfen, aber ich sage in sanfterem Ton: »Wir waren nie zusammen. Es tut mir leid, wenn ich diesen Eindruck vermittelt haben sollte, aber das lag nicht an mir. Ich hatte von Anfang an klar gesagt, dass ich nicht an einer Beziehung interessiert bin.«

Er funkelt mich an. »Ja. Okay.«

»Wenn du das so verstanden hast, als wäre da mehr, ist es nicht meine Schuld.«

»Nicht deine Schuld?«, fragt er. Jetzt klingt er schon etwas bissiger. »Hast du je auch nur eine Sekunde darüber nachgedacht, wie du mit den Gefühlen anderer Leute spielst? Wenn du so lieb und nett bist und dann ist auf einmal Funkstille? Kann ja sein, dass du gesagt hast, dass du nichts Festes willst, aber dein Verhalten spricht eine andere Sprache. Und du bist ein ziemlicher Arsch, weil dir das nicht klar ist.« Er schüttelt sein Handy. »Sie sind gelöscht. Und jetzt raus hier.«

Er schubst uns fast aus der Tür und knallt sie hinter uns zu.

»Ganz klassisches Opfer-Schuldzuweisungs-Verhalten. Warum ist es nur so schwer, vernünftige Männer zu finden?«

Ich reagiere nicht auf Elles Männerhass. Mir ist klar, dass sie Vater-Probleme hat und dass ich nicht gemeint bin. »Glaubst du wirklich, er hat sie alle gelöscht?«

»Tja, wenn du keine Anzeige erstatten willst, werden wir ihm das wohl abnehmen müssen. Er hatte aber ganz schön Angst vor mir, also sind die Chancen gut, dass du aus dem Schneider bist.«

Seufzend strubbele ich mir mit der Hand durch die Haare. »Das war ja ziemlich fies.«

»Was denn?«

»Das Gerede davon, dass ich angeblich Leuten etwas vorgaukele.«

»Nee. Damit fangen wir gar nicht erst an. Nein bedeutet nein, Seven. Lass dir nicht weismachen, das wäre nicht so.«

Ich lache frustriert auf, während wir zum Auto gehen. »Es hat mich an etwas erinnert, was Molly gesagt hat. Dass Männer Spielchen spielen.«

»*Hast* du denn mit dem Typ Spielchen gespielt?«

»*Nein*.« Aber je länger ich darüber nachdenke, desto weniger sicher bin ich. «Also ich *glaube* nicht.«

»Tja, dann kann ich dir nur den professionellen Rat geben: Sei sicher. So eine Situation willst du nicht noch mal am Hals haben.«

»Ja, ja. Du hast ja recht.«

»Gut.« Sie zieht mit Schwung die Perücke ab und setzt die Sonnenbrille auf. »Und jetzt steig ein. Die Rechnung für meinen Service stelle ich später.«

»Na klar. Ich werde in guten Gedanken und Gefühlen zahlen.«

»Wir wissen doch beide, dass du auf dem emotionalen Konto genau so wenig vorzuweisen hast wie auf der Bank. Ich könnte mir aber gut vorstellen, dass du deine Schulden abarbeitest.« Sie wackelt mit den Augenbrauen. »Einen Pool-Boy könnte ich zum Beispiel gut gebrauchen.«

MOLLY

DER MANN, der mir gegenübersitzt, lächelt mich an, und die Fältchen um seine Augen werden ein bisschen tiefer. Ich tue mein Bestes, zurückzulächeln. Er ist ein totaler Silberfuchs, super attraktiv, und ich muss es Madden lassen: Er hat mir genau das geliefert, wovon ich gesagt hatte, dass ich es will.

Das Problem? Ich *weiß* glaube ich gar nicht so genau, was ich will.

Ich finde ältere Männer gut, weil sie reifer sind; aber es ist so schwer, jemanden zu finden, mit dem ich etwas gemeinsam habe. Mir fällt das generell schwer, und von generischem Small Talk mal abgesehen läuft es immer auf Gespräche hinaus, die mir vor Augen rufen, wie verschieden wir in Wirklichkeit sind.

Gerald beugt sich vor und lässt den Blick an meinem Hals herunterwandern. »Sollen wir woanders hingehen?«

Ich spüre die Hitze in meinen Wangen. Diesen Teil mag ich immer am wenigsten. »Weißt du, beim ersten Date mache ich das nicht.«

»Ah.« Geralds Blick schweift ab, und seine Miene wird abweisend. Oh nein. Den Ausdruck kenne ich schon.

»Tut mir leid?«

»Schon gut.« Er hebt die Hand, um nach der Rechnung zu winken. »Das war ja sehr nett, aber wenn ich ehrlich sein soll: Ich lasse nichts anbrennen. Du bist wirklich süß, aber ich habe kein Interesse an – nun …« er winkt ab, als würde er erwarten, dass das Schweigen seinen Satz beendet. Aber das tut es nicht, und ich kann es auch nicht.

Kein Interesse *woran*? An einer Beziehung? Etwas Festem? An *mir*?

Und obwohl ich von Anfang an meine Zweifel an ihm hatte, überkommt mich jetzt die Panik, abgelehnt zu werden.

»Warte. Wir können das schon machen. Ist okay. Ich weiß nur, dass Sex Dates sich später nie wieder bei mir melden, also wollte ich einfach mal etwas anderes ausprobieren. Aber wenn das für dich ein Problem ist …« Mir schnürt sich die Kehle zu, und ich habe Mühe, Worte herauszubringen.

Gerald zieht die schweren Augenbrauen zusammen. »Nein. Wenn du Grenzen hast, dann halte sie auch ein. Dir sollte nur klar sein, dass das nicht immer zu dem passt, was andere vielleicht suchen.«

»Aber ich finde es total okay, Sex zu haben!«, versichere ich ihm, leider so laut, dass uns die Leute an den anderen Tischen ansehen.

Er verspannt sich. Er hat es auch bemerkt. »Molly, das reicht.«

»Was denn? Bin ich dir etwa nicht gut genug?«

»Nicht so laut, Mann.«

Mir steigen Tränen in die Augen. »Erst fragst du mich, ob wir in die Kiste gehen wollen, und jetzt willst du mich nicht mehr?«

»Molly …«

»Nimm mich mit. Du hast meine volle Erlaubnis. Wir müssen noch nicht mal so weit weg …«

Er steht abrupt auf und nimmt seine Jacke.

»… hier sind doch auch Toiletten!«, rufe ich ihm nach.

Erst als ich seinen silbernen Schopf aus den Augen verloren habe, registriere ich, dass es um mich herum ganz still geworden ist. So still, dass ich höre, wie der alte Mann an einem Nebentisch missbilligend mit der Zunge schnalzt.

All mein Selbstvertrauen schwindet dahin, während ich aufstehe und die Tränen weg schniefe. Heute werde ich mir nicht alles von meiner Verlegenheit ruinieren lassen. Ich richte mich auf und halte den Kopf hoch: Nur so lange die Fassung bewahren, bis ich hier raus bin.

Die glotzenden Gäste lasse ich hinter mir.

Bin schon halb durch den Speiseraum.

Fast habe ich die Tür erreicht …

»*Sir*. Die Rechnung ist noch offen.«

Verdammt.

Ein Blick in Richtung der hochnäsigen Stimme zerstört die Hoffnung, es könnte jemand anderer gemeint sein, denn ich finde mich direkt mit dem eisigen Blick des Kellners konfrontiert.

Ich versuche es mit einem freundlichen Lächeln. »Der andere Herr hat nicht gezahlt?« Er hatte extra gesagt, dass ich eingeladen bin, und der Rolex an seinem Handgelenk nach zu schließen konnte er es sich definitiv auch leisten.

»Nein.« Der Kellner verschränkt die Arme.

»Natürlich. Na klar. Ja.« Ich zücke hastig meine Brieftasche und danke dem Universum dafür, dass es mir gelingt, die Kreditkarte zu überreichen, ohne sie fallenzulassen. »Bitte.«

Dann warte ich am Ausgang, während er mit der Karte verschwindet. Ich spüre immer noch, dass ich beobachtet werden. Mit überheblicher Miene kehrt er zurück.

»Passend zu Ihrem … *Tätigkeitsfeld* bin ich mal von zwanzig Prozent Tip ausgegangen.«

Keine Ahnung, wovon er redet. Ich nehme die Karte wieder an mich. »Äh, ja. Danke. Das ist in Ordnung.«

Er mustert mich. »Ich wusste gar nicht, dass es heutzutage

erlaubt ist, auf Kreditkarten ein Alias zu verwenden. Dann noch gute Geschäfte heute, *Molly*.«

Damit dreht er sich um und geht.

Ich wende mich mit verwirrter Miene zum Gehen, meine Enttäuschung unter Kontrolle, bis –

»Der hält mich für einen Callboy!«, platze ich heraus, und erschrecke damit die Familie, die gerade vorbeiläuft. Viel zu erschüttert, um mich darum zu scheren, stürme ich zu meinem Auto, reiße die Tür auf und werfe mich auf den Fahrersitz, bevor die Tränen kommen.

Während ich vor mich hin schluchze, frage ich mich, wieso ich mich eigentlich so aufrege. Am College kannte ich einige, die sich ihr Studium mit Sexarbeit finanziert haben. Striptease, Pornografie … alles Mögliche. Man muss eben sehen, wie man durchkommt. Aber all diese Menschen, all diese Blicke, die mich anstarren und verurteilen, und bestimmte Dinge über mich vermuten … und auf mich *herabschauen*.

Ob Gerald das auch getan hat?

Ach du Scheiße. Ich fühle meine Wangen brennen, die Empörung durch meine Venen rasen, und meine Hände zittern. Irgendwie schaffe ich es, den Wagen zu starten und loszufahren, nach Hause, wo ich hoffentlich ungestört den Abend im Bett verbringen und mein mal wieder gebrochenes Herz pflegen kann.

Um Gerald geht es gar nicht. Mir blutet das Herz für mich, für all die Mühe, die ich mir bei den Dates und Beziehungen gebe. Und doch ist es nie genug. Ich wünsche mir einen Liebsten, aber langsam bekomme ich das Gefühl, dass es keine Person gibt, die mich um meiner selbst willen mögen kann.

Als ich zu Hause ankomme, kleben halb getrocknete Tränen an meinen Wangen. Ich parke in der Einfahrt, werfe die Autotür zu und stapfe hinein. So gerne ich mich auch verstecken will – ich höre Stimmen durch den Flur, und könnte schwören, dass eine davon zu Madden gehört.

Madden, der diesen Albtraum von einem Date arrangiert hat.

Und wenn ich meine Wut schon nicht an diesem *bekloppten* Gerald auslassen kann, kann ich es auf alle Fälle an *ihm* tun.

»Was zum Henker, Madden?«, keuche ich, kaum dass ich die Tür erreicht habe. »Hast du Gerald gesagt, dass ich ein … *Callboy* bin?«

»Was?« Er springt auf. »Was hat er zu dir gesagt?«

Ich öffne den Mund, um alles loszuwerden, und – dann fällt mir nichts ein. »Er … er hat gefragt, ob wir zusammen nach Hause wollen.«

»Okay.«

»Und ich habe nein gesagt …«

Ich schwöre, Madden sieht so aus, als würde seine Seele gerade seinen Körper verlassen. »Wollte er dich etwa mit Gewalt dazu bringen?«

»*Nein*, nichts dergleichen. Er hat gesagt, das wäre in Ordnung und hat das Date abgebrochen.«

»Und …«

»*Und* er ist gegangen!«

»Verstehe …« Maddens Ärger ist offensichtlicher Verwirrung gewichen.

»Ohne auch nur nach meiner Nummer zu fragen! Er ist gegangen, obwohl ich gesagt habe, dass es doch in Ordnung wäre und dass ich mitkommen würde, aber dann haben die Leute angefangen, uns anzustarren, und er ist alleine gegangen, obwohl ich–« Ich schlage die Hände vor den Mund bei dem Gedanken, dass ich mir das selber eingebrockt haben könnte.

»Molly …« Maddens Lippen kräuseln sich in den Mundwinkeln. »Was hast du gesagt?«

»Nichts.«

Hinter Madden ist ein leises Lachen zu hören, und ich bemerke erst jetzt Seven und Xander.

»Du hast auf jeden Fall was gesagt«, erklärt Seven.

Ich schaue von einem zum anderen.

»Könnte sein, dass ich angeboten habe, dass er mich auf der

Toilette vögeln kann«, platze ich dann heraus. »Und das haben alle gehört.«

Madden bricht als erster in dröhnendes Gelächter aus, dann Seven, und dann … atme ich einmal erleichtert durch und lache mit.

»Was habe ich nur für ein *Problem*?«, stöhne ich. »Wieso kann ich nicht normal sein?«

»Normal ist überbewertet«, sagt Xander. »Du bist normal für deine Verhältnisse. Ich hätte dein Angebot sicher angenommen, wenn dir das hilft.«

Seven gibt ihm einen Klaps auf den Oberschenkel. »Ho, Brauner.«

»*Was denn*?«, fragt Xander mit weit aufgerissenen wasserblauen Augen. »Molly ist supersüß. Und ob ich ja gesagt hätte.«

»Danke«, sage ich grinsend, dann lasse ich mich ihnen gegenüber auf die Couch plumpsen. So sehr das Lachen geholfen hat … ich bin müde. Seit mein fester Freund am College mich betrogen hat, habe ich nur noch Pech gehabt mit der Liebe. Manchmal habe ich das Gefühl, als würde ein Fluch auf mir lasten. Alle Kerle in meinem Alter sind selber viel zu chaotisch für eine Beziehung, also hatte ich beschlossen, es mit älteren zu versuchen – aber auch das erweist sich ein ums andere Mal als Fehlschlag. Keine Ahnung, ob ich mir immer die Falschen aussuche, oder ob die Richtigen an jemandem wie mir nicht interessiert sind – wenn ich nicht gerade die Beine breit mache.

In Kilborough dachte ich, ich hätte jemanden gefunden. Ford ist ein Freund meines Vaters. Er flirtet gern, sieht gut aus und macht einen bodenständigen Eindruck. Ein Typ, der gut zu mir sein würde. Aber dann hatte er auf einmal einen Freund, und ich war so verbittert und kleinlich, und hatte es so satt, niemals gut genug zu sein, dass ich ihn geküsst habe.

Man kann sagen: Das ist nicht gut ausgegangen. Sein Freund hat geradezu absurd gutmütig reagiert, und ich bin den beiden ein paar Monate aus dem Weg gegangen, bis ich endlich hierher umziehen konnte.

Wobei die Männer von Seattle anscheinend nicht großartig anders drauf sind.

»Warum kann ich das nur so schlecht?«, frage ich niemand Bestimmten.

»Das ist es nicht, Mols«, sagt Madden und setzt sich neben mich. »Du hast deinen Kerl einfach noch nicht gefunden. Das kommt schon noch.«

»Es geht nicht schnell genug.«

»Woher wissen wir denn, dass er es nicht schlecht kann?«, fragt Seven.

Xander bleibt der Mund offenstehen. »Sei nicht so gemein.«

»Bin ich nicht. Es ist nur eine Frage.« Alles an Seven ist rau. Von seinen dunkelroten Haaren über seine groß gewachsene Gestalt bis zu seinen Tattoos und Piercings. Und dann schaut er mich mit dem freundlichsten Blick an, den ich je gesehen habe. »Du hattest neulich *eine ganze Menge* zu sagen über Lunch-Dates und Anrufe und Textnachrichten … das ist jetzt wirklich Null böse gemeint – aber es klang ein bisschen nach Stalking, Mann.«

»Stalking?«

»Reg dich ab, ich kann auch falsch liegen. Ich kenne dich natürlich nicht besonders gut, aber wenn es so mies läuft wie du sagst … vielleicht liegt es tatsächlich an dir.«

Niemand, und ich meine buchstäblich kein Mensch, ist je auf so einen Gedanken gekommen. Mein bester Freund Will ist immer auf meiner Seite, wenn ich schlecht behandelt werde, Dad sagt jedes Mal, dass sie mich nicht verdient haben, wenn sie kein Interesse haben, und selbst Madden gibt nur leere Plattitüden von sich.

Ich blinzele Seven an. Mein Mund steht etwa bis zu meinen Knöcheln offen. »An mir?«

»Komm schon, guck mich nicht so an.«

»Du solltest vielleicht die Klappe halten«, zischt Xander, dann wendet er sich an mich. »Seven achtet nicht immer auf seine Wortwahl.«

Der plustert sich empört auf. »Und ob ich das tue, Spatzenhirn. Ich bin einfach ehrlicher als ihr anderen.«

»Manche mögen gerne belogen werden.«

»Dann bin ich der Falsche für die.« Seven zuckt die Achseln, und dass einem so egal sein kann, ob man beliebt ist oder nicht – davon könnte ich mir eine Scheibe abschneiden.

»Vielleicht liegt es wirklich an mir …«, murmele ich, während ich nachdenke. »Aber woher soll ich das denn wissen?«

Keiner hat Antworten. Aber sie hören zu. Sie unterstützen mich. Auch wenn Sevens Beitrag etwas anders ist als ich es gewöhnt bin, ist es doch schön, dass sie für mich da sind, auch wenn sie mich nicht besonders gut kennen.

»Ich glaube, ich gehe dann mal ins Bett, aber danke.« Ich sehe Seven in die freundlichen Augen, und lächle ein bisschen. »Das meine ich ernst.«

In meinem Zimmer ziehe ich die Ausgehklamotten aus und schlüpfe in meine Pyjamahose, bevor ich ins Bett steige. Ich hatte vor dem Date geduscht, und habe jetzt keine Energie, es wieder zu tun.

Stattdessen denke ich über die vielen Männer nach, wieder und wieder, bis ich vor meinem inneren Auge Gerald und Ford und die anderen sehe, und dann … Seven.

Seven und seine Tattoos und Muskeln und seine offenen Worte.

Seven und seine freundlichen Augen.

Seven und seine … *Piercings*.

Mein Schwanz zuckt bei der Erinnerung, und ich hebe die Decke vor den Mund, um mein Lachen zu ersticken. Ich bin sowas von kindisch.

Vielleicht war es das, was Gerald gemeint hat?

Der Gedanke ernüchtert mich.

Ein leises Knarzen und ein Lichtstrahl sagen mir, dass jemand die Tür zu meinem Zimmer geöffnet hat, aber sie wird schnell wieder geschlossen. Ich kneife die Augen zusammen, während ich leichte Schritte sich nähern höre.

»Was–«

Meine Decke wird an einer Seite angehoben, dann kuschelt sich ein warmer Körper an mich. Xanders blumiger Duft verbreitet sich in meinem Bett.

»Alles klar?«, fragt er.

»Du bist … in meinem Bett?«

»Ich wollte nach dir sehen.«

»Du, äh, dir ist schon klar, dass wir keinen Sex haben werden, richtig?« Denn auch wenn ich nicht unbedingt glaube, dass Xander das vorhin ganz ernst gemeint hat, möchte ich doch sichergehen.

Er rückt näher. »Ich weiß. Ich weiß alles über die Regeln. Aber …« er wird leiser. »Ich weiß auch, wie das ist. Immer das Gefühl zu haben, dass man nicht gut genug ist. Seven hat das vorhin nicht so gemeint. Ich wollte nur sichergehen, dass er dich nicht gekränkt hat.«

»Hat er nicht«, sage ich, denn ich habe das Gefühl, dass Xander ihm sonst die Hölle heißmachen würde. »Aber es ist möglich, dass etwas dran ist.«

»Echt?«

»Vielleicht.« Ich atme tief durch, dann drehe ich mich auf die Seite, um ihn anzuschauen. »Es kann doch kein Zufall sein, dass ich *so oft* danebenliege.«

»Wir sind jedenfalls alle da, wenn du etwas brauchst. Du bist noch neu hier, aber du gehörst jetzt auch zur Familie. Wir kümmern uns umeinander.«

»Danke. Das bedeutet mir viel.«

Er fängt an, meine Haare zu streicheln. »Wir mussten dich noch nicht mal in die Burrito-Decke packen. Ich vermisse Christian.«

Ich muss lächeln, so deutlich ist ihm das Schmollen anzuhören. »Was ist denn die Burrito-Decke?«

»Dabei wirst du ganz fest in eine Decke gepackt, dann ersticken wir dich mit Umarmungen und lieben Worten, und dann holen wir den Rum heraus.«

»Und Christian brauchte das oft?«

»Ja …« Xander streichelt weiter. »So oft, dass ich schon Angst hatte, ein Alkoholproblem zu entwickeln.«

Ich lache kurz auf. »Tja, Burrito-Decken und Rum sind vielleicht nicht mein Ding, aber Umarmungen sind immer willkommen.«

»Jetzt gleich?«

»Äh …«

Bevor ich antworten kann, rollt Xander mich auf die andere Seite, drängt sich an mich und umarmt mich von hinten. »Schlaf jetzt.«

Ich brauch einen Moment, um zu begreifen, was passiert, aber dann entspanne ich mich in seiner Umarmung. »Danke.«

»Ich hab dich.« Er drückt mich einen Moment. »Und Molly? Ich bin so froh, dass du hier bist.«

Ich bin so froh, dass du hier bist.

Der Knoten der Besorgnis, weil ich befürchte, nicht hineinzupassen, der Außenseiter zu sein, lockert sich ein kleines bisschen.

Lächelnd schließe ich die Augen. »Gute Nacht, Xander.«

»Nacht. Übrigens: Wenn ich im Schlaf einen Steifen bekommen sollte, entschuldige ich mich im Voraus.« Er gähnt. »Ich wache damit auf. Ignoriere es einfach.«

»Alles klar.«

Verdammt nochmal. Diese Jungs sind echt nicht das, was ich erwartet hatte.

KAPITEL
FÜNF

SEVEN

MIT VERSCHRÄNKTEN ARMEN stehe ich im Türrahmen und sehe ihnen beim Schlafen zu. Xander hier vorzufinden überrascht mich nicht, aber wenn er unseren neuen Mitbewohner angraben sollte, würde ich es ihm echt übelnehmen. Molly ging es gestern Abend nicht so besonders, und vielleicht hätte ich mich weniger drastisch ausdrücken sollen oder so, aber … der Kerl ist ein echter Nullchecker, was Dating angeht.

Einer musste ihm das doch mal sagen.

Ich hätte gedacht, dass das Knarren der Tür beim Öffnen sie wecken würde, aber das ist nicht der Fall, also lasse ich ihnen noch eine Minute, dann klopfe ich laut an die Wand. »Raus aus den Federn!«

Etwas Bewegung ist zu sehen, einer der beiden gähnt, dann –

Molly sitzt plötzlich senkrecht. »Es ist nichts passiert!«

Ich lache leise, und Xander stimmt mit ein.

»Lüge«, sagt er dann. »Wir haben die ganze Nacht total gekuschelt.«

Molly bleibt der Mund offenstehen, und er macht ein süßes, hilflos klingendes Geräusch.

»Keine Sorge«, beruhige ich ihn, noch bevor er sich wieder aufregen kann. »Xander hat schon mit jedem hier im Haus gekuschelt.«

Molly grinst. »Soso. Du bist also so 'ne Art Kuschelmatratze, was?«

»So ungefähr die einzige Art von Matratze, die ich bin.«

Er ist so dramatisch. »Das kommt schon noch, Z. Jetzt komm, beweg deinen Arsch hier raus.«

Xander verschränkt die Arme. »Warum?«

»Weil ich mal mit Molly reden muss.«

»Und das kannst du nicht, wenn ich dabei bin?«

»Nö.«

»Frechheit.« Und obwohl ich sicher bin, dass er nur einen Witz machen will, ist es nicht wirklich einer: Xander und ich haben fast keine Geheimnisse voreinander, also trifft ihn auch die kleinste Kleinigkeit.

»Es gibt Dinge, die dich nichts angehen.«

Er tut so, als würde er nach Luft schnappen. »Wenn es mit dir zu tun hat, geht es mich immer etwas an.«

Ich laufe durch den Raum und zerre ihn aus dem Bett, werfe ihn mir über die Schulter, trage ihn in den Flur und stelle ihn dort ab.

Xander funkelt mich von unten an.

Ich drücke ihm einen Kuss auf die Stirn und sage mit gesenkter Stimme: »Es geht nicht um mich. Und wenn Molly einverstanden ist, dass du davon weißt, wirst du es als erster erfahren.«

»Okay.« Er wendet sich zum Gehen, hält dann aber inne. »Sei lieb zu ihm. Er ist … nicht wie wir.«

»Wie wir?« Ich hebe eine Augenbraue.

Xander verknotet die Finger. »Beschädigt.«

»Jeder ist doch auf irgendeine Art beschädigt.«

»Vielleicht, aber bei ihm wäre es ein blauer Fleck, der erst weh tut, wenn man darauf drückt.«

»Und bei uns im Gegensatz dazu offene Fleischwunden?«

»Du hast's erfasst.« Er gibt mir einen Klaps auf die Brust. »Sei lieb. Und mach nicht so lange. Ich war die letzten Tage relativ gesund, also kann es jeden Moment mit mir zu Ende gehen.«

Obwohl es witzig gemeint war und wir beide lachen, zieht sich etwas in meiner Brust zusammen, als ich ihm nachschaue. *Offene Fleischwunden, in der Tat.*

Molly ist aufgestanden, hat ein T-Shirt übergezogen und versucht vergeblich, seine wilde braune Mähne zu bändigen, als ich wieder ins Zimmer komme.

»Hast du kurz Zeit?«

»Ja, klar.« Er erinnert an einen übereifrigen kleinen Hund. Leuchtende Augen und ganz aus dem Häuschen. Ich ... ich weiß nicht, was ich mit so viel Begeisterung anfangen soll.

»Also, wegen gestern Abend ...«

»Mach dir keine Gedanken. Ich glaube tatsächlich, dass du recht hattest. Oder wenigstens, dass etwas dran sein könnte. Jedenfalls war es berechtigt, du brauchst dich also nicht dafür zu entschuldigen, dass du ehrlich warst.«

Entschuldigen? Na sowas. »Äh, das hatte ich gar nicht vor.«

»Oh.« Er runzelt verwirrt seine niedliche Nase, dann setzt er sich auf die Bettkante. »Es ist nur ... weil du gesagt hast, dass es um gestern Abend geht, und Xander hatte gesagt, dass ich mich nicht darüber aufregen soll, als ob er das Gefühl hätte, dass es mich getroffen hat, was total nicht der Fall war, also dachte ich —«

»Vielleicht sollte jetzt mal ich reden?«

Molly klappt den Mund zu und unterdrückt ein Kichern, während er hastig nickt.

Ich bereue das Ganze jetzt schon. «Ich hatte eine Idee, wie ich dir helfen könnte.«

»Ehrlich?«

»Du hast eingeräumt, dass du das Problem sein könntest, dass du aber nicht weißt, wie du das unter Beweis stellen sollst.«

»Genau. Ich kann ja nicht all meine verpatzten Dates anrufen und eine kurze telefonische Umfrage bei ihnen machen.«

»Das nicht. Aber du könntest mich befragen.«

Da ist wieder die kraus gezogene Nase. »Ähm, Seven? Ich mag dich zwar schon nackt gesehen haben, aber wir waren nie auf einem Date.«

Ah super, dass wir jetzt *davon* anfangen. Wirklich nett. Ich habe jetzt schon keinen Bock mehr auf diese Idee – aber Molly hat mir aus der Patsche geholfen, und ich mag es nicht, in seiner Schuld zu stehen.

»Die Idee wäre, mich als Ersatz für einen festen Freund zu nutzen. Wir gehen auf Dates, du machst all das, was du normalerweise auch tun würdest, und ich sage dir, wenn du …« Anhänglich? Nervig? Stalkermäßig? »… zu enthusiastisch bist.« Na, Z? Hab ich meine Worte nicht sorgfältig gewählt?

»Du willst zum Schein mein fester Freund sein?«

»Nee-nee. Nicht zum Schein, und nicht dein fester Freund. Wir werden nicht so tun als ob. Wenn jemand fragt, sagen wir die Wahrheit. Aber du verhältst dich genau so zu mir wie zu jedem anderen Kerl, mit dem du ausgehen würdest.«

Er beobachtet seine Zehen, während er sie in den Teppich bohrt. »Sex?«

»Auf keinen Fall. Du sagst, zu welchem Zeitpunkt es dazu kommen würde, wann du normalerweise danach fragen würdest und so. Aber es ist reine Fortbildung. Also wie … Training. Ich bin dein Dating-Coach.«

»Dating-Coach.« Sein Lächeln ist so strahlend und unschuldig, dass ich langsam dahinterkomme, was Xander gemeint hat. Molly ist nicht wie wir. »Das klingt ja toll. Aber es ist viel verlangt von dir. Warum bietest du mir das an?«

»Du hast mir geholfen, und jetzt revanchiere ich mich.«

»Ich hab dich doch nur losgemacht.«

»Nein, du hast mir in einer ekligen Situation geholfen und mein Geheimnis für dich behalten. Das ist verlampt loyal.«

»Es ist süß, dass du keine Kraftausdrücke benutzt.«

Ich verziehe das Gesicht. »Ich bin nicht süß.«

»Der süße kleine Seven mit seiner gewählten Ausdrucksweise und den Tattoos und Piercings.«

»Piercings?«, frage ich mit einem Seitenblick.

Seine Miene verdüstert sich, und es ist fast schon lustig, wie viel Mühe er sich gibt. »Gesicht. Nase. Ohren. Und …«

»Pimmel?« Ich grinse. »Du hast hingeguckt, stimmt's?«

»Sie haben *das Licht reflektiert*.«

Ich lache mich kaputt über seine Verlegenheit. Er ist so braun gebrannt, dass er nicht sichtbar rot wird, aber ich könnte schwören, dass seine Wangen dunkler aussehen. »Wenn du auch das Licht reflektieren willst, kann ich dich gerne piercen, wo immer du willst.«

»Keine Chance. Es sieht sowas von schmerzhaft aus. Und man darf so lange keinen Sex haben …«

»Du hast nachgelesen.«

Er schüttelt den Kopf. »Ich werde jetzt mal den Mund halten.«

»Du hättest einfach fragen können, weißt du.«

»Er hat Madden gefragt.«

Wir schauen beide in Richtung der Stimme und sehen den inzwischen angezogenen Xander, der uns unschuldig anlächelt. Dieses Lächeln schenkt er mir immer, wenn er glaubt, dass es ihm helfen wird, bei mir mit allem durchzukommen. Meistens hat er recht.

»Welchen Teil von *geht dich nichts an* verstehst du eigentlich nicht?«

Er zuckt die Achseln. »Ich fühlte mich ausgeschlossen.«

Ich fahre mir mit der Hand durch die Haare, während ich überlege, ob ich ihm böse sein soll. Aber … es ist Xander. Ich verstehe ihn schon. Ich hänge genau so sehr an ihm wie er an mir, und wir haben beide keine gesunde Balance für unsere Beziehung gefunden. Manchmal bin ich gar nicht so sicher, dass wir das überhaupt wollen.

»Du kannst nicht einfach die Gespräche von anderen Leuten belauschen«, sage ich im Versuch, vernünftig zu sein.

»Aber du bist nicht andere Leute.«

»Schon gut«, sagt Molly. »Es macht mir nichts aus.«

»Wenn du Xander den kleinen Finger gibst, nimmt er die ganze Hand«, warne ich.

Aber es ist bereits zu spät. Xander ist schon wieder ins Zimmer gekommen und hat sich aufs Bett geworfen.

»Reden wir immer noch von diesem Piercing?«

»Was hast du alles gehört?«, frage ich.

»Schluss mit dem Piercing«, sagt Molly. »Jesses. Es ist, als würdet ihr mich mit Absicht in Verlegenheit bringen wollen.«

»Aber es ist so süß, wenn du verlegen bist«, antworte ich in meiner besten Babystimme – seine eigenen Worte.

Im Gegensatz zu mir leugnet er es gar nicht. Er klimpert einfach mit den Wimpern, das Kinn auf eine Hand gestützt. »Ich bin süß, stimmt's?«

»Oh nein.« Ich werfe Xander einen Blick zu. »Es gibt zwei davon.«

Und obwohl sie sich überhaupt nicht ähnlichsehen, ist der spitzbübische Blick, den sie wechseln, fast identisch. Fast. Der von Xander hat etwas mehr Biss, der von Molly dagegen ist purer Sonnenschein.

Menschen wie er sind mir ein Rätsel. Menschen, deren Leben nicht von Erinnerungen überschattet ist. Die sich erlauben, weich zu sein, weil sie noch nie einen Panzer gebraucht haben. Xander versteht mich. Darum stehen wir uns so nahe. Er ist auch nicht gern weich, aber es gibt Tage, an denen er keine Wahl hat. An solchen Tagen bin *ich* sein Panzer.

Ich drehe mich um und lasse mich auch aufs Bett fallen, während ich Xanders vertrauten Duft einatme, gleichzeitig mit einem neuen, etwas kräftigeren, der wohl zu Molly gehören muss. Er erinnert mich an Wald und an die freie Natur.

»Tja, während ihr beide euch noch ein Schläfchen in meinem Bett gönnt, werde ich dann mal an die Arbeit gehen«, sagt Molly.

»Heute Morgen kein Yoga mit Madden?«, fragt Xander, und ich schaue die beiden an.

»Du machst morgens Yoga?«

»Manchmal.«

»Und wieso weißt du das?«, frage ich Xander.

Er lässt die Augen zufallen, fast als würde er wirklich ein Schläfchen machen wollen. »Ich spanne von der Veranda aus.«

»Du bist spitz wie Nachbars Lumpi. Es wird höchste Zeit, dass du mal Sex hast.«

»Hab ich ja versucht. Du weißt bestimmt noch, wie es beim letzten Mal gelaufen ist.«

Ja, in so eine Situation will ich nie, nie wieder geraten.

»Was ist passiert?«, fragt Molly.

»Sein Mund war dreckig«, antwortet Xander.

»Du stehst nicht auf Dirty Talk?«

»Nein, sein Mund sah echt eklig aus. Und er hatte Mundgeruch. Also wollte ich ihn nicht küssen, und als er sagte, dass ich ihn nicht küssen muss, um ihm einen zu blasen, war es anscheinend nicht die richtige Reaktion, zu fragen, wann er seinen Schwanz das letzte Mal gewaschen hatte.«

»Oh, Xander.«

»Den brauchst du nicht zu bemitleiden«, werfe ich ein, während ich mich auf die Ellbogen stütze. »Eher *mich*. Er hat eine Panikattacke bekommen und sich bei dem Typ im Bad eingeschlossen, also musste ich da hinfahren und ihn vor einem völlig harmlosen Kerl retten, der im Übrigen *Null* Mundgeruch hatte.«

»Äh ...« Molly schnappt sich eine Unterhose aus seiner Kommode. »Ich bin unschlüssig, für wen ich Partei ergreifen soll, also verlasse ich jetzt mein Zimmer und wünsche euch beiden einen fantastischen Tag.«

Er macht sich aus dem Staub, und ich schmunzele ihm hinterher.

»Also«, fängt Xander an, während er es sich unter Mollys Decke bequem macht. »Ihr habt über deinen Penis gesprochen.«

»Themawechsel.«

»Welches Thema? Ich weiß gar nicht, wovon du redest.«

»Was hast du denn mit angehört?«

»Anscheinend nicht genug. Willst du ihn vögeln?«

Ich kneife Xander in den Oberschenkel, ohne hinzusehen. »Nein, du kleiner Popel.«

»Das solltest du.«

»Wir haben eine Regel, auf die wir uns alle geeinigt haben.«

»Eine doofe Regel.«

»Nein, sie ist dazu da, Ärger zu vermeiden. Wir haben es gut hier. Es ist der erste Ort, an dem wir uns wirklich zu Hause fühlen. Selbst wenn ich mit ihm schlafen wollen würde – ich würd's nicht aufs Spiel setzen wollen.«

»Stimmt«, sagt er mit einem großen Gähnen.

»Musst du nicht was tun?«

»Später vielleicht.«

Ich lache und setze mich auf, während ich ihn wieder aufdecke. »Du weißt genau: für später gibt's keine Garantie. Mach dich an die Arbeit. Deine Bilder malen sich nicht von allein.«

»Du hast mir nicht gesagt, worüber ihr gesprochen habt.« Seine Stimme klingt beleidigt, aber er steigt aus dem Bett und reckt sich.

»Ich habe angeboten, ihm bei seinen Dating-Problemen zu helfen. Das war's.«

»Wow.«

»Was denn?«

Er gibt mir seitlich einen Klaps auf den Kopf. »Das ist ja geradezu irre fürsorglich von dir. Wer hätte das gedacht, dass du sowas in dir hast? Also wenn es mal um jemand anderen geht als mich.«

KAPITEL
SECHS

MOLLY

HINTER MIR HÖRE ich ein leises Gähnen und sehe Seven in unser gemeinsames Büro schlendern. Er hat eine Tasse in der einen, das Handy in der anderen Hand, und trägt nur seine Kopfhörer um den Hals und tief auf die Hüften gerutschte Sweat Pants. Über seine Bauchmuskeln, den Oberkörper, über den Hals bis zum halben Kopf ziehen sich Tätowierungen.

Tattoos fand ich schon immer gut.

Er blickt auf, als ich gerade meinen lüsternen Blick von ihm gelöst habe. Er setzt die Tasse auf dem Tisch an der gegenüberliegenden Wand ab, dann kommt er näher und schaut sich meinen Bildschirm an.

»Hast du das gemacht?«

Ich brauche einen Moment, um zu verstehen, was er meint.

Ich hatte mir gerade eine Pause von dem Webdesign gegönnt, das ich für einen Kunden in Arbeit habe, und dem Logo für einen anderen Kunden, um an meinem Web-Comic zu arbeiten, und auf dem Bildschirm ist ein halb fertiges Motiv zu sehen. »Ja, ich spiele ein bisschen rum.«

»Tentakel-Porno.« Er nickt. »Sexy.«

»Was? Nein!« Hastig schaue ich die Zeichnung an, um zu verstehen, wie er zu diesem Eindruck kommt, aber Seven lacht nur und strubbelt mir durch die Haare.

»Ich betreibe kein Kink-Shaming.«

»Es ist kein Tentakel-Porno, verdammt.«

»Was ist das denn sonst?« Er deutet auf die Schlangenlinien unten am Bildschirm.

»Ich bin noch nicht *fertig*.«

»*Na dann …*«

Mit empörtem Schnaufen klicke ich auf das Logo für das Café. »Du nervst.«

»Das höre ich nicht zum ersten Mal.« Er legt den Kopf schief und betrachtet wieder meinen Monitor. »Sieht gut aus, aber Sex-Fantasie ist es keine.«

Ich verschlucke ein Lachen und schubse ihn. »Verzieh dich und lass mich arbeiten.«

Seven geht an seinen Schreibtisch und lässt sich auf den Stuhl fallen. Er hat drei Bildschirme, einen Gaming-Schreibtischstuhl und einen großen Tisch in L-Form. Schon seit ich meinen Arbeitsplatz hier eingerichtet habe, frage ich mich, wozu er das alles braucht.

Er setzt die Kopfhörer auf, bevor ich mich erkundigen kann.

Obwohl er arbeitet und ich so tue als ob, kann ich mir nicht verkneifen, ihn immer wieder kurz von der Seite anzuschauen. Mit den Händen trommelt er den Rhythmus zu was auch immer er da hört mit, und hin und wieder lacht er leise auf oder zieht eine spöttische Grimasse.

Ich könnte mir auch meine Noise-Canceling-Kopfhörer holen, aber ich bin viel zu neugierig darauf, was er da macht. Ihn unbemerkt zu beobachten ist wie eine anthropologische Studie. Seven in freier Wildbahn. Entspannt und offen und … *sexy*. Sowas von sexy.

Ich sollte ihn nicht unterbrechen, keine Frage. Er hat diese

Kopfhörer sicher aus gutem Grund aufgesetzt. Aber was auch immer er da macht – Arbeit ist es nicht. Wäre es also wirklich so dreist, nachzufragen? Mich anzuschleichen und über seine Schulter zu lesen?

Ich kaue kurz auf meiner Unterlippe, dann suche ich sein Profil auf den sozialen Medien und öffne das Chat-Feld. Wenn er zu beschäftigt ist, kann er mich ja ignorieren.

Ich:

Was machst du da drüben eigentlich?

Seven:

Hast du mir gerade eine Nachricht quer durchs Zimmer gesendet?

Ich:

Ignorierst du meine Frage quer durchs Zimmer?

Seven:

Kümmere dich um deinen Kram, Kleiner.

Ich:

Aha, es ist also etwas Peinliches?

Seven:

Naja, Tentakel-Porno ist es nicht, also hätte ich nicht gedacht, dass es dich interessiert.

Ich:

Ich bekomme langsam das Gefühl, dass du derjenige mit einer Schwäche für merkwürdige Extremitäten bist.

Seven:

Ich bin ein recht offener Typ.

Ich:

Ist mir aufgefallen.

Sein lautes Lachen kommt von der anderen Seite des Raumes.

Ich:

Meine Neugier tut weh. Du willst mir doch nicht weh tun, oder?

Seven:

Da bist du beim Falschen gelandet mit dem schlechtes Gewissen Machen.

Ich:

Das stimmt. Madden kann da nie widerstehen.

Seven:

Zu schade, dass ich weiß, dass Neugier gut für die Seele ist.

Ich:

Meine verdorrt gerade.

Seven:

Etwas so Strahlendes? Das wage ich zu bezweifeln.

Ich spüre ein nervöses Kitzeln im Magen. Klar könnte ich aufstehen und an seinen Schreibtisch treten, um meine Fragen direkt zu beantworten. Ich könnte ihm die Kopfhörer abnehmen und ein normales Gespräch mit ihm führen, anstatt mich mit dem ganzen Tippen abzulenken, aber so mit ihm zu kommunizieren ist irgendwie anders. Seven schüchtert mich ein. Ich weiß, er ist weniger unheimlich als er aussieht, aber das ist es gar nicht. Er ist eine … Naturgewalt. Mit eigener Schwerkraft. Ich kann nicht anders: seine Gegenwart lenkt mich ab.

Und er findet, dass ich eine strahlende Seele habe.

Ich bezweifele, dass er das laut ausgesprochen hätte, aber ich bin zögerlich, diesen kleinen Gesprächszauber zu unterbrechen.

Ich:

Bist du bestechlich?

Seven:

Nö.

Ich:

Du musst doch einen Preis haben?

Seven:

Logo. Kauf mir ein neues Auto, dann können wir darüber reden.

Ich:

Hot Wheels okay?

Wieder lacht er tonlos auf. Hört sich schön an.

Seven:

Sorry, Kleiner. Keine Chance.

Ich:

Kleiner, hm?

Seven:

Tut mir leid, das bleibt dir jetzt erhalten.

Ich:

Ist okay, ich mag Spitznamen.

Ich warte einen Moment ab. Er gibt dem Kommentar ein Herz, schreibt aber nichts zurück. Das ist also ein dickes, fettes Nein. Ich versuche, mich nicht davon beirren zu lassen, und gehe wieder an die Arbeit.

Nach dem College war ich zwei Jahre fest angestellt, und nebenbei habe ich mir einen Kundenstamm mit freier Arbeit aufgebaut. Ich bin damit vertraut, in Anwesenheit anderer zu arbeiten, mich nicht stören zu lassen und mich darauf zu konzentrieren, was ich gerade zu tun habe. Aber Seven ist eine gewaltige Ablenkung, und es ist schwerer, ihn auszublenden, als ich es gewöhnt bin.

Das Hauptproblem ist, glaube ich, dass ich ihn als Person so interessant finde. Madden hat erzählt, dass Seven und Xander einiges durchgemacht haben, eine Weile bei der gleichen Pflegefamilie gelebt haben, und dass Seven ein Typ ist, der für andere Himmel und Hölle in Bewegung setzen würde.

Mein bester Freund Will hat bei uns gewohnt, weil seine Familie passiv-aggressiv homophob war; außer ihm kenne ich aber niemanden, der ein schlimmes Elternhaus hatte. Ich verspüre eine morbide Faszination, und hasse mich selbst dafür, aber ich kann nicht aufhören zu grübeln, wie Seven wohl zu Seven geworden ist. Wie Xander und er zu diesem unglaublichen Verhältnis gekommen sind, das sie haben.

Das Verlangen, die beiden besser kennenzulernen, will sich nicht abstellen lassen.

Eine Stunde später höre ich den Benachrichtigungston des Chats.

Seven:

Wann willst du mich eigentlich fragen, ob wir zusammen ausgehen wollen?

Ich blinzele die Nachricht an, mein Grinsen wird immer breiter, bis mir klar wird, was er meint.

Ich:

Wegen Coaching?

Seven:

Ich dachte, damit sollten wir anfangen, oder? Fragst du normalerweise, oder überlässt du den anderen die Planung?

Ich:

Ist beides gut, spielt für mich keine Rolle. Meistens planen wir gemeinsam etwas, Mittag- oder Abendessen, aber wenn du lieber ein richtig geplantes Date probieren willst, können wir das auch machen.

Seven:

Ich mag Restaurants nicht besonders.

Ich:

Ist okay! Wir können uns etwas anderes ausdenken.

Seven:

Was machst du denn normalerweise bei Dates? Es sollte wahrscheinlich so ähnlich wie möglich an das angelehnt sein, was du gewöhnt bist, damit es Sinn ergibt.

Da hat er eigentlich recht.

Ich:

Es wird dir nicht gefallen.

Seven:

Restaurants?

Ich:

Bestimmt neunzig Prozent, ja.

Seven:

Komm schon, das geht doch besser.

Ich:

Es ist am einfachsten! Und normalerweise schaffe ich es auch gar nicht weiter als bis zum ersten Date, also habe ich wenig Übung.

Seven:

Also gut. Dieses Mal kümmere ich mich um das Date. Pass gut auf, junger Grashüpfer, vielleicht lernst du etwas dabei.

Ich:
Jetzt bin ich also ein Grashüpfer?
Seven:
Die sind auch klein, oder nicht?

Jetzt bin ich es, der ein Herz hinterlässt und den Chat schließt. Wenn wir so weiter machen, werde ich ihn wegen Details über das Date löchern, und ich denke, ich will überrascht werden. Es ist kein echtes Date, also ist es ja wohl egal, was er sich ausdenkt. Solange er sich darum kümmert – Planen ist nicht mein Ding, und wenn Seven mir dabei etwas beibringen will, werde ich mich nicht dagegen sträuben.

Ein kurzer Blick über die Schulter, um sicherzugehen, dass er beschäftigt ist … mit was auch immer er da tut, dann öffne ich eine neue Seite. Ich weiß noch nicht genau, was ich zeichnen will, aber sobald ich angefangen habe, wird ein Oktopus mit Penissen statt der Tentakel daraus. Aber nur sieben. Ich zeichne an alle Extremitäten ein Jacob's-Ladder-Piercing, dann gebe ich einem der Pimmel ein Transparent in die Hand, auf dem steht: »Ich sitze anscheinend in der Tinte«.

Ich bin gerade am Überlegen, ob ich es ihm schicken oder das verdammte Ding lieber gleich löschen soll, als ich dieses tonlose Auflachen höre, und erschrocken hochfahre. Ich habe ihn gar nicht kommen hören.

Seven beugt sich vor und sieht sich das Motiv näher an, einen Ellbogen auf meiner Stuhllehne und die andere Hand auf meinem Schreibtisch abgestützt.

»Du hast einen Okto-Seven daraus gemacht.«

»Ich dachte, ich nenne ihn Sevopus.«

»Das soll ich sein.«

»Jetzt braucht er nur noch eine Million Tattoos.«

Er grinst, mustert eine volle Minute den Monitor, dann schaut er mich an. »Du bist wirklich gut.«

»Es ist ein Sevopus mit Schwänzen. Reg dich ab. Ist nichts Besonderes.«

In seinen freundlichen Augen blitzt Belustigung auf. »Warum?«

»Weil ich nur so rumgespielt habe.«

»Das ist meine Spezialität.« Er streckt den Arm aus und deutet auf die verschiedenen Bilder auf dem Monitor. »Nur weil es Spaß macht, bedeutet es nicht, dass es keine Kunst ist.«

»Stimmt, aber …« Ich runzele die Nase und versuche, Sevopus als etwas anderes als einen Klecks mit mehreren phallischen Anhängseln zu sehen. »Ich glaube nicht, dass Kunst sonst so pornografisch ist.«

»Sag das mal den alten Griechen.«

Er steht auf. Endlich habe ich Abstand zu ihm. Aber als er die Arme über den Kopf reckt, sein ganzer Oberkörper angespannt und lang und … verdammt nochmal. Viel zu viel Körperwärme in diesem winzigen Raum.

»Kannst du es mir schicken, wenn du fertig bist?«

»Ja, hatte ich vor.«

Er drückt meine Schulter. »Guck mal wie unsere Freundschaft abhebt. Wir sind schon auf dem Level des Pornografie-Austauschs angekommen.«

»Oh mein Gott.«

»Warte nur, bis ich den anderen erzähle, dass du extra für mich Schweinkram gezeichnet hast.«

Ich verdrehe die Augen und mache mich daran, die Tattoos einzufügen. »Und warte nur, bis ich den anderen erzähle, dass ich dich nackt aus den Fesseln an deinem Bett befreit habe.«

»Oooh, das war ja richtig garstig, Kleiner.«

»Ich mag zwar klein und süß sein, aber ich weiß mich zu wehren.«

»Gut. Für sich selber einzustehen ist eine wichtige Fähigkeit.« Er senkt kurz den Blick. »Wenn du nur eine einzige Sache von mir lernst, sollte es das sein.«

SEVEN

EIN VERSCHWITZTER ABEND auf der Tanzfläche wäre mir jetzt tausendmal lieber. Normalerweise würde ich so ein Date zu zweit auch gar nicht erst unternehmen. Ich habe null Ahnung, worüber wir uns unterhalten sollen, aber ich denke, wenn ich das Molly überlasse, wird es für mich einfacher, ihm Tipps zu geben. Also habe ich mir nicht allzu viele Gedanken um das Date gemacht. Ich nehme mal an, wenn es echt wäre, würde ich mir nervös das Hirn zermartern, aber jetzt scheint es nicht so kompliziert.

Etwas planen, was wir zusammen machen können, das als erstes Date gut passt, und Molly Gelegenheit gibt … er selbst zu sein. Je mehr er das ist, desto einfacher wird es, festzustellen, ob er das Problem ist.

Nein, das Date macht mir keine Sorgen.

Es geht um Xander.

Der Grund, warum ich mich nur noch auf Sex-Dates einlasse? Niemand begreift unser Verhältnis. Wenn ich jemanden mitten in einem Date sitzen lassen muss, weil mein Mitbewohner glaubt, im

Sterben zu liegen – das finden die eher nicht so toll. Was eigentlich mehr über die aussagt als über Xander. Hypochonder nennen sie ihn, und sagen, ich soll ihn nicht so verhätscheln. Die verstehen das nicht. Krankheitsangst kann man nun mal nicht einfach abstellen, und ich werde ihn nicht im Stich lassen, nur weil es jemandem, an dem ich Interesse habe, lieber wäre.

Dafür stehen Xander und ich uns viel zu nahe. Und das schreckt Menschen ab. Aber so wie Xander gestrickt ist, muss er nun mal immer an erster Stelle kommen. Und da ich mich nie ganz einer anderen Person widmen kann, sehe ich auch keinen Sinn darin, eine Beziehung einzugehen, wenn ich genau weiß, dass ich sie nur enttäuschen werde.

Xander und mich gibt es nur im Doppelpack. Und das kapiert keiner.

Ich kann nur hoffen, dass Molly Verständnis dafür haben wird, dass es nichts mit ihm zu tun hat, falls ich plötzlich aufbrechen muss.

Solche Grundregeln klarzustellen ist wahrscheinlich ein guter Ausgangspunkt für dieses Date.

Ich hatte Molly gebeten, um acht Uhr fertig zu sein. Außerdem hatte ich organisiert, dass Rush, Madden und Xander zusammen ausgehen. Details hatte ich nicht verraten, weil ich keine Ahnung habe, wie viel Molly den anderen erzählt, außerdem weiß ich, dass Xander geblieben wäre, sobald er mitbekommen hätte, dass etwas stattfindet, was potenziell Spaß verspricht.

Es mag kein echtes Date sein, aber ich ziehe mich etwas besser an, dann bemühe ich mich, meine Haare zu richten und sprühe mich mit so viel Kram ein, dass ich Molly wahrscheinlich an einen dieser Parfum-Läden in den Malls erinnere.

Es fühlt sich übertrieben an, als ich zu Mollys Zimmer gehe. Aber ich hatte vor, ihn abzuholen, als wäre es ein echtes Date.

Kaum habe ich angeklopft, reißt er auch schon die Tür auf, ein breites, bezauberndes Lächeln im Gesicht.

Oh Mann.

»Sag mir bitte, dass du da nicht schon gestanden und gewartet hast«, sage ich.

»Okay, aber das wäre gelogen.«

Ich lache. »Du siehst viel zu übereifrig aus.«

»Ich freue mich eben.«

»Es ist kein echtes Date.«

»Na und? Ich freue mich trotzdem.«

»Ja, das nervöse an der Tür Warten hat das mehr als deutlich gemacht. Gute Arbeit!«

Er legt die Hand um sein Kinn und tippt sich mit dem Zeigefinger an die Spitze seiner Stupsnase. »Die Kerle wollen also lieber *nicht* wissen, dass ich mich freue?«

»Damit kenne ich mich jetzt nicht so aus, aber ich denke, es ist sicherer, wenn du ein bisschen cooler bleibst. Also schon erfreut sein, sie zu sehen oder so, dich aber nicht sofort auf sie stürzen, sobald sie da sind.«

»Aha.« Es ist, als könnte man an seinem Blick sehen, wie sich die Zahnrädchen drehen. Dann tritt er plötzlich einen Schritt zurück und schlägt mir die Tür vor der Nase zu.

Na sowas. Habe ich ihn jetzt schon abgeschreckt?

Schnell denke ich darüber nach, was ich gesagt habe, und also jetzt mal ehrlich, nichts davon war so schlimm. Wenn Molly so überempfindlich reagiert –

»Kannst du bitte anklopfen?«, kommt durch die Tür.

Ein paar Sekunden brauche ich, um zu kapieren, dass er es ernst meint. Ich hebe die Faust und klopfe ein paarmal.

Nichts.

Keine Bewegung, keine Antwort, einfach … Stille.

Gerade als ich überlege, nochmal anzuklopfen oder einfach wieder in mein Zimmer zu gehen, öffnet Molly die Tür. Um seine Lippen zuckt es, aber er lächelt nicht, sondern streckt nur die Hand aus.

»Hallo. Schön, dich wiederzusehen.«

Heiliges Kanonenrohr. Er hat wirklich nochmal von vorne angefangen. »Ja, dich auch.« Ich nehme seine Hand, aber statt sie zu schütteln, ziehe ich ihn an mich und gebe ihm einen schnellen Kuss auf die Wange. »Gut siehst du aus.« Und das tut er auch. Sein brauner Schopf ist gestylt, seine Klamotten sind figurnah, ohne obszön zu sein, und wenn er sich so das Lächeln verkneift, bringt das seine Augen verlampt nochmal zum Strahlen.

Ja, in diesem Typ steckt viel zu viel Gutes.

Er tritt in den Flur und schließt die Tür, dann verschränkt er die Hände vor dem Körper. An der Bewegung ist nichts natürlich; es wirkt, als würde er sich bremsen.

Ich nehme seine Körpersprache und seine Anspannung wahr, dann muss ich lachen. »Das funktioniert schon mal nicht.«

»*Was denn*?« Damit wirft er die Hände hoch, und die Anspannung ist wie weggeblasen. »Du hast gesagt, ich soll nicht so übereifrig sein, also nehme ich mich zurück, und jetzt funktioniert das auch nicht.«

»Sei einfach … du selbst.«

»Das war ich doch.«

»Du hast zu dick aufgetragen.«

»Aber das *muss* ich doch.« Er schaut mich an, als könnte er nicht glauben, was ich da sage. »Ich werde mir doch keinen tollen Typ durch die Finger gehen lassen, nur weil ich mich nicht genug ins Zeug gelegt habe.«

»Nein, aber du vergraulst ihn, wenn du dich an ihn klebst wie eine Klette und ihn nicht mehr loslässt.«

Molly sinkt in sich zusammen. »Es ist hoffnungslos.«

»Nein, Rachel, Omron und Pilots Dreiecksgeschichte ist hoffnungslos. Das hier ist nur ein Date.«

»Wer sind denn Rachel, Omron und Pilot?«

Ich blinzele ihn geschockt und betroffen an. »Das goldene Dreieck aller Liebesgeschichten? Kill Diver?«

Mollys Augenbrauen wandern nach oben. »Wer?«

»Wow. Wow. Wenn das hier ein echtes Date wäre, würde ich es hier und jetzt abbrechen.«

»Ich habe echt keinen Plan, wovon du redest.«

»Kill Diver. Das Computerspiel, aus dem die Buchreihe und später die Filme entstanden sind?«

»Ohhh…« Molly legt die verschränkten Hände an die Wange. »Bist du etwa ein kleiner Fanboy?«

»Halt die Klappe.« Ich wende mich und laufe den Flur hinunter, Molly trabt mir hinterher. Ich bin nicht einfach nur *ein* Fanboy. Ich bin *der* Fanboy. Ich leite das Kill-Diver-Fandom, seit ich das Spiel entdeckt habe, und habe nicht vor, daran etwas zu ändern. Die Serie hat mich durch die schlimmsten Hundeatem-Zeiten meines Lebens begleitet, und heute ist das Fandom mein Zufluchtsort. Es ist die einzige Sache, in die ich mich fallen lassen kann, und die nur mir allein gehört.

»Wie groß bist du eigentlich?«, fragt Molly plötzlich.

»Eins neunzig.«

»Ach du Scheiße.«

»Gabe, der Typ, dessen Zimmer du übernommen hast, ist eins fünfundneunzig. Es ist schön, endlich die größte Person im Haus zu sein.«

»Woher kommt das mit all den Riesen hier?«

»Kindheitstrauma ist wie Dünger. Man wird groß und stark davon.«

Ich erwarte schon, dass mein Kommentar die Stimmung ruiniert, aber Molly lacht. »Das war es also, was mein Wachstum gehemmt hat!«

»Japp. Ein gesundes Familienleben ist nicht gut für dich. Zu viel Therapiekosten gespart und zu viel Schlaf in der Nacht, wenn man eigentlich wach liegen und Ängste haben könnte.«

»Machst du das oft?«

»Nö. Wenn ich nicht schlafen kann, vergrabe ich mich im Internet.«

»Gesund«, kommentiert er mit einem Schnauben.

»Eine meiner besseren Eigenschaften.«

Wir verlassen das Haus und laufen die Straße hinunter.

»Was sind die anderen besseren Eigenschaften?«, fragt er.

Ich denke noch über seine Frage nach, als Molly nähertritt und mich unterhakt. Ich bin kurz überrascht, aber als ich auf ihn herabschaue und seinem geduldigen Blick begegne – er wartet auf eine Antwort – lasse ich es gut sein. Offensichtlich ist Körperkontakt bei einem Date für ihn normal.

»Mal sehen … ich bin loyal wie ein Golden Retriever, gut in der Kiste, habe einen passabel großen Penis –«

Molly lacht leise spöttisch. »Und jetzt etwas, was ich noch nicht weiß.«

Ich stupse ihn in die Seite. »Also gut, du kleiner Perversling. Ich … ich werde immer der erste sein, der dir mitteilt, wenn du eine doofe Idee hast, aber ich würde hundert Prozent hinter dir stehen, wenn du sie trotzdem weiterverfolgen willst.«

»Ohh, das ist eine gute Sache.«

»Und das war's auch schon.«

Molly drückt meinen Arm. »Das werden wir ja sehen.«

»Okay. Und du so?«

»Gute Eigenschaften?«

»Japp.«

»Da fällt mir genau gar nichts ein.« Sein ganzes Gesicht verzieht sich. »Manchmal befürchte ich, kein besonders guter Mensch zu sein.«

Erst halte ich das für einen Scherz, aber dann sehe ich seine ernste Miene. »Jetzt bin ich gespannt. Wie kommst du denn darauf?«

»Ich bin sowas wie ein … Menschen-Abschreckungsmittel.«

»Das reicht mir immer noch nicht.«

»Mein Freund am College hat mich betrogen. Lange. Wie wollten eigentlich heiraten und all diese großen Für-immer-zusammen-Sachen machen, aber dann stellte sich heraus, dass ich der war, mit dem er fremd gegangen ist. Er war in seinen Freund aus der High-School verliebt, und die beiden hatten sich nie getrennt. Also hat er mit uns beiden parallel eine Beziehung geführt und uns beiden die gleichen Dinge versprochen. Wie sich später herausgestellt hat, lag ich nach echt intensivem Sex neben ihm im Bett, während er diesem Typ Nachrichten geschickt hat, wie sehr er ihn liebt und vermisst. Das wusste ich damals natürlich noch nicht, aber es war *wirklich* eklig. Also wie bei einer Skandal-Talkshow, als dann alles rauskam.«

Autsch. »Das klingt aber echt, als wäre er das Problem gewesen. Ein echter Müllhaufen von Mensch.«

»Die Sache ist die – ich wäre niemals drauf gekommen. In hundert Jahren nicht. Er war mit mir zu Hause, Dad besuchen, und alles. Null Schuldgefühle. Null Verlogenheit. Einfach ein super süßer Typ, der mich wie einen Prinzen behandelt hat.«

»Vielleicht ist das das Problem.«

»Was meinst du?«

»Na ja, alle haben auch hässliche Seiten. Niemand ist immer nur toll. Xander und ich stehen uns so nahe wie zwei Menschen sich nur stehen können, aber wir streiten trotzdem. Ich glaube, Partner müssen auch den Kaugummi unter der Schuhsohle deiner Persönlichkeit sehen. Wie sollten sie einen sonst lieben? Dieser Typ … der wusste, dass sein Kaugummi eklig war. Er hat alles getan, um ihn vor dir zu verbergen. Du hast nicht ihn geliebt, sondern den Kerl, der er zu sein vorgab.«

»Hmm … gut möglich.«

»Hey.« Ich drehe ihn zu mir um und bleibe stehen. »Ich mein's ernst. Du hast nichts falsch gemacht.«

Er legt den Kopf schief, und sein Ausdruck wird weicher. »Du bist tatsächlich loyal.«

»Und ich sage die Wahrheit.«

»Okay, okay.« Molly zieht mich weiter. »Jedenfalls hat es mich total eingemacht. Danach wollte ich einen reiferen Typ, mein bester Freund steht auch auf ältere Kerle, das hat uns also verbunden. Wir hatten dann beide nur noch was mit erwachsenen Männern.«

»Und wie ist das so gelaufen?«

»Natürlich nicht besonders gut.«

»Nur weil du Pech mit den Männern hattest, heißt das nicht, dass du abschreckend bist.«

»Es sind nicht nur die Männer. Ich hatte meinen Dad und meinen besten Freund – aber wann immer wir zu dritt sind, ist es so, als wäre ich gar nicht da.«

Wie bitte?

»Er hätte lieber Will als Sohn. Und dieser Typ in meiner Heimatstadt, mit dem ich geflirtet hatte, hat sich dann plötzlich einen Freund angelacht. Meine Freunde aus der High-School haben sich kaum je bei mir gemeldet –«

»Was ist mit Madden?«

»Wieso–«

»Du kennst ihn seit dem College, und du hast ihn bisher nicht vergrault. Außerdem wohnst du jetzt bei uns, und wir halten zusammen.«

»Aber wie lange?«

»Für immer. Das meine ich ernst. Du gehörst jetzt uns, Kleiner.«

»Sehr besitzergreifend von dir.« Er umfasst meinen Arm fester.

Es ist wirklich nicht schön, sich so zu fühlen wie er. Vielleicht projiziert er, und macht mehr daraus als wirklich da ist, aber ich weiß schon lange, dass Gefühle valide sind. Ganz unterschwellig und intuitiv begreifen wir Dinge, und selbst wenn wir manchmal falsch liegen mit unseren Annahmen: Es hat meistens seinen Grund.

Molly fühlt sich ausgeschlossen.

Er fühlt sich wie der Außenseiter, mit dem niemand etwas zu tun haben will.

Ich kann ihm erzählen, dass er hier willkommen ist, und dass wir uns um ihn kümmern werden, solange ich will – Worte bedeuten nichts. Wir müssen es ihm beweisen. Xander kann das gut. Madden ist schon sein Freund. Ich muss mal mit Rush reden; seine Zerstreutheit lässt ihn manchmal oberflächlich rüberkommen. Aber es ist jetzt an ihm und an mir, uns Mühe zu geben und sicherzugehen, dass Molly seinen Platz bei uns hat.

Uns andere verbinden die Abgründe unserer Kindheitserlebnisse, aber ganz unbeschadet scheint Molly auch nicht davongekommen zu sein.

Der kleine Sonnenschein hat Narben. Sie sind vielleicht nicht so tief wie meine und Xanders, aber es sind trotzdem Narben.

Wir haben unsere Runde um den Block beendet, und stehen wieder vor Bertha. »Da sind wir schon.«

Molly wirft mir einen verwirrten Blick zu, hinterfragt mich aber nicht. Er lässt sich ums Haus herum in den Garten führen, wo Madden und ich dieses Date mit großem Erfolg vorbereitet haben.

MOLLY

»HMMM … hallo, Schönheit!« Mir bleibt der Mund offenstehen, dann drehe ich mich mit weit aufgerissenen Augen zu Seven um.

Er grinst. »Hast du mich erst jetzt richtig angeguckt?«

»Oh nein, das hatte ich schon, sobald ich die Tür aufgemacht habe. Aber *das hier*? Wie hast du das hingekriegt, ohne dass ich es bemerkt habe?«

Seven zuckt die Achseln, Hände in den Hosentaschen, und tritt einen Schritt zurück. »Du bist geradezu bemerkenswert unaufmerksam.«

»Noch nie war ich so froh über eine Beleidigung.«

»Keine Beleidigung. Nur eine Tatsache. Meistens siehst du aus, als wäre dein Kopf irgendwo in den Wolken.«

»Ist notiert«, sage ich nickend, plötzlich ernst, während ich versuche, die Rückmeldung einzuordnen. Bisher war alles toll. Also vorwiegend. Ich merke mir alles. Die Herausforderung wird sein, es bei meinem nächsten Date auch in die Tat umzusetzen.

Obwohl das Date nur schwerlich dagegen ankommen wird, wie hübsch *das hier* ist.

Unser Garten ist verwildert, mit riesigen Bäumen und Sträuchern, aber am schönsten finde ich den rötlichen japanischen Ahorn. Darunter ist der perfekte Platz zum Lesen, von Blättern umrankt, und der hängt jetzt voller Lichterketten.

Seven beugt sich vor und zieht den Vorhang der herabhängenden Lichter zur Seite. »Nach dir.«

Ich bücke mich und krieche darunter durch, und in meiner Brust breitet sich ein *Ohhh* aus.

»Seven …« Gerührt drehe ich mich zu ihm, während er sich neben mich auf die Decke fallen lässt. Es liegen jede Menge Kissen herum, und von hier unter dem Baum aus ist es, als wären wir vom Nachthimmel umgeben. Oder im Inneren einer glitzernden Blätterhöhle. *Oh!* Oder einer Feen-Grotte.

»Cool bleiben – schon vergessen?«, fragt er.

»Und wie soll ich das anstellen, wenn das hier das Allerromantischste ist, was ich je gesehen habe?«

Er lacht leise, tief und herzlich. »Du bist ein anspruchsloses Date.«

»*Scheint so!* Wer braucht ein Restaurant, wenn du mich mit ein paar Lichterketten ins Dunkle zerren kannst?«

»Du bist wie ein Vogel. Die mögen auch gern Glitzer.«

Ich strecke mich auf meiner Seite in den Kissen aus. Ein schwacher, erdiger Duft umgibt mich, etwas Blumiges, überlagert von Sevens Eau de Cologne. Er duftet wie eine warme Umarmung. »Und jetzt, da du mich hier hast – werden wir einfach die freie Natur genießen, oder hattest du einen richtigen Plan?«

»Wow. Und plötzlich hat er doch Ansprüche.«

Ich schnappe nach Luft und gebe ihm einen Klaps auf den Arm. »Ich traue dir eben mehr zu.«

»Zutrauen heißt das jetzt also.« Aber er lächelt, während er nach zwei Einkaufstüten greift.

»Was hast du denn da drin?«

»Und ungeduldig obendrein«, murmelt er.

»Ich werde heute noch mit einem Komplex nach Hause gehen, stimmt's?«

Er wirft mir aus seinen freundlichen Augen einen prüfenden Seitenblick zu. Er braucht nichts weiter zu sagen, ich weiß schon, was er hören will.

»Das war ein Scherz.«

»Gut. Ich will nämlich nicht, dass du dich so negativ betrachtest. Also die Begeisterung ist ja ganz süß, aber ich bin auch nicht darauf aus, mit dir auszugehen. Wir wollen nur alle Eventualitäten abdecken.«

»Genau. Ja.« Aber ich kann mir nicht helfen: Ich recke den Hals und versuche, einen Blick auf den Inhalt der Tüte zu erhaschen. Seven legt mir eine riesige Pranke aufs Gesicht und schubst mich auf den Rücken. »Dafür würde ich es dir am liebsten gar nicht zeigen.«

»Wenn du da Essen und Alkohol drin hast, kann ich nicht versprechen, mich nicht in dich zu verlieben.«

»Dann wird es gleich sehr peinlich, denn genau das habe ich. Außerdem noch eine Aktivität für später.«

»*Aktivität*?« Ich horche auf, plötzlich aufgeregt und nervös beim Gedanken, er könnte Kondome und Gleitgel zu einem Date mitgebracht haben. »Ein bisschen anmaßend, aber ich kann mich darauf einstellen.«

»*Was?*«

»Ich meine, ich mache es normalerweise nicht gleich beim ersten Date–«

Sevens erstickter Ausruf unterbricht mich. »Wir hatten doch gesagt, kein Sex-Kram, schon vergessen? Und jetzt mach mal deine Gedanken ein bisschen sauber und hau rein.«

Schnell holt er eine Menge verschiedener Boxen heraus, die er zwischen uns abstellt, dann gießt er zwei Weingläser voll. Wein steht zwar auf meiner Hit-Liste nicht so weit oben, aber es ist Alkohol, und den kann ich jetzt brauchen. Inzwischen trinke ich nicht mehr, um betrunken zu werden, aber ich mag es, auf einen kleinen Schwips hinzuarbeiten.

Seven streckt sich auf der anderen Seite aus, seine Schuhe stoßen kurz an meine, dann öffnet er die erste Box. Ich helfe ihm, und ich schwöre bei Gott, der Mann hat an alles gedacht. Oliven und sonnengetrocknete Tomaten, tausend und eine Käsesorte, Cracker, Aufschnitt und Sushi. Alle möglichen Beeren, liebevoll auf Holzstäbchen gesteckt, Schlagsahne, Schokolade und verschiedene Nüsse.

»Wie viele Gäste hast du denn erwartet?«, frage ich mit Blick auf das ganze Essen.

»Ich esse viel. Außerdem wusste ich nicht, was du außer Cornflakes so isst, also habe ich etwas von allem eingepackt.« Dann schüttelt er die letzte Box, und als er den Deckel öffnet –

»Lucky Charms!«

Er stellt die Box vor mir ab. »Wie alt bist du eigentlich? Neun? Wie kannst du das nur essen?«

»Hab eine Schwäche für Süßes.«

»Das wundert mich irgendwie überhaupt nicht.«

Ich nehme einen der bunten Kringel, und als ich zu ihm rüber schaue, sehe ich, dass er mich beobachtet. Dieser ehrliche Blick und das sanfte Lächeln machen es sehr viel einfacher, so zu tun, als wäre das hier ein echtes Date. Ich werfe den Lucky Charm hoch und fange ihn mit dem Mund auf.

»Niemand mag Angeber«, kommentiert Seven.

Grinsend kaue ich. »Gib's zu. Du warst beeindruckt.«

»Hm, da fallen mir bessere Sachen ein, die man mit dem Mund machen kann.«

Na hoppla. Ich lasse die Wimpern klimpern. »Du oder ich?«

Sevens Blick bleibt an meinen Lippen hängen, und ich nutze den Moment, um noch einen Lucky Charm zu nehmen und ihn lasziv mit der Zunge aufzuspießen.

Leider fällt er mir dabei aus dem Mund und zieht einen Spuckefaden.

»Oh mein Gott«, keuche ich und schlage die Hand vor den Mund.

Und Seven lacht sich kaputt. »Das – was immer das war – sollte ganz oben auf die Liste der Dinge, die nie wieder passieren dürfen.«

»Ich wollte sexy sein!«

»Nein. Ganz klares Nein.« Jetzt hält er sich den Bauch. »Molly, von ganzem Herzen: Das war einfach nur schräg.«

»Hab ich ein Glück, dass du nicht gemein bist«, sage ich schmollend.

Er hat sichtlich Mühe, ernst zu bleiben, als er mein Gesicht in beide Hände nimmt. Das Schmollen ist verschwunden, während ich seine großen Hände spüre, die mich umfassen, und plötzlich könnte Seven alles zu mir sagen, was er will, und es wäre mir gleich.

Ich sehe das Zucken um seine Lippen, als würde er gegen die Belustigung ankämpfen. »Das passiert, wenn du übertreibst. Du darfst dich entspannen. Ich werde nicht davonlaufen.«

»Ehrlich?«

»Na ja, vielleicht, wenn du wieder überall hinspuckst.« Dann gibt er auf, lässt sich auf den Rücken fallen, und schüttelt sich erneut vor Lachen.

Ich beschließe, darüber zu stehen. »Ist nicht meine Schuld, wenn du so kindisch bist.«

»Keine Chance. Wenn du das gesehen hättest, würdest du auch die Fassung verlieren.«

»Ich würde mein Date niemals auslachen.«

»Dann nimmst du sie viel zu ernst. Vielleicht ist das Teil des Problems.«

»Ist es denn so schlimm, sich zu wünschen, dass beim ersten Date mit der potenziellen großen Liebe meines Lebens alles glatt läuft?«

»Liebe deines Lebens? Was?« Seven rollt sich auf die Seite, jetzt endlich wieder ernst. »Gehst du an alle Dates mit dem Gedanken heran, es könnte für immer sein?«

»Wie denn sonst?«

»Ähm, vielleicht einfach als das, was es ist. Jemanden kennenlernen, und herausfinden, ob du den Menschen magst oder nicht. So als Ausgangspunkt.«

»Hmm … vielleicht.«

»Wenn du gleich beim ersten Date an für immer denkst, ist es kein Wunder, wenn du unter dem Druck zusammenbrichst.«

»Aber es wäre doch denkbar«, setze ich nach. »Du weißt nie, wann du deinem späteren Ehegatten gegenübersitzt. Dem zukünftigen Vater deiner Kinder.«

»Das wünschst du dir alles?«

»Absolut.«

Er beobachtet mich einen Moment. »Was brauchst du denn, um an diesen Punkt zu kommen?«

»Einen festen Freund.«

»Und was brauchst du, um einen festen Freund zu bekommen?«

Ich weiß schon, worauf er hinauswill. Seufzend antworte ich: »Das erste Date erfolgreich hinter mich bringen.«

»Bingo. Ich bin übrigens besorgt – du hast immer noch nicht versprochen, nicht überall hin zu sabbern.«

Empört lege ich die Hand aufs Herz. »Ich schwöre, all meine Körperflüssigkeiten für mich zu behalten.«

»Na ja, so weit würde ich nicht unbedingt gehen.«

Ich fange an zu lachen. »Das läuft überhaupt nicht gut.«

»Ehrlich gesagt habe ich gerade gedacht, dass es eins der besten Dates ist, auf denen ich je war.«

Ich horche auf bei dem ehrlichen Unterton. »Wirklich?«

»Japp. Ich sollte dir vielleicht verraten, dass ich die Anzahl der Dates an zwei Händen abzählen kann. Aber das hier ist auf jeden Fall unter den Top zwei. Drei vielleicht.«

»Hm, meinem Ego kann in deiner Gegenwart nicht viel passieren.« Ich stelle die Cornflakes beiseite und widme mich dem richtigen Essen. Und obwohl Seven nicht wusste, was ich mag, ist nicht viel da, was ich ablehnen würde. Die Tomaten sind nicht mein Ding, und der eine Käse ist ein bisschen zu würzig für mich, aber bei allem anderen bin ich dabei, und wir schaffen es, fast alles aufzuessen.

»Du kannst ja ordentlich was wegpacken«, bemerkt er, während wir abräumen.

»Ich bin vielleicht dünn, aber nicht, weil ich nicht daran arbeite. Habe ich wohl von meiner Mutter.«

»Ach ja?« Er verstaut die Dosen wieder in der Tüte. »Du hast schon von deinem Dad gesprochen, aber nicht von ihr …«

Das liegt daran, dass ich gar nicht wüsste, wo ich anfangen soll. Mit schmalem Lächeln sage ich: »Das ist kein Gespräch fürs erste Date. Außerdem habe ich echt Glück mit meinem Dad, das weiß ich.«

»Klar, aber ein guter Elternteil gleicht es nicht aus, wenn der andere ein Rotzgesicht war. Kann ich mir jedenfalls vorstellen.«

»Tut mir leid.«

»Nein, schon gut. Ich habe ja Z. Und der Rest der Bertha-Jungs. Aggy wirst du noch kennenlernen, sobald sie von ihrer Reise zurückkommt. Und du kannst mir glauben: Sie liebt uns mehr als jeder halbherzige Elternteil.«

Von Agatha, der Nachbarin, habe ich schon gehört. »Das klingt nett.«

»Dich wird sie auch lieben. Und dann wirst du es nicht mehr so nett finden.«

Ich lache. »Wieso?«

»Sie ist eine mürrische alte Schreckschraube.« Seine Worte klingen vielleicht gemein, sind aber ganz klar liebevoll.

»Eine mürrische alte Schreckschraube, die du liebst?«

»Exakt. Und wenn sie besonders mürrisch ist, warte ich, bis es spät ist, und dann mache ich direkt unter ihrem Fenster Musik an.«

»Mit Gefühlen kannst du nicht so gut umgehen, was?«

»Nö«, antwortet er leichthin. »Sie sind das Letzte.«

Wieder mustere ich die zweite Tüte. »Und … die Aktivität?«

Seven zieht einen Karton heraus, und als er ihn schüttelt, wackelt es darin.

»Ist das ein Puzzle?«

»Allerdings.«

»Du willst bei einem Date puzzeln.«

»Na klar. Und jetzt Schluss mit diesem negativen Unterton.« Seven nimmt den Deckel an und leert die Teile aus.

»Ganz ehrlich? So ein Date hatte ich noch nie.«

Er hebt die Faust in Siegerpose. »Geschafft.«

»Das hast du«, sage ich und strecke die Hand aus, um seinen Kopf zu tätscheln.

Er lehnt den Deckel an den Baumstamm, damit wir eine Anleitung haben.

»Ein Problem habe ich aber«, bemerke ich. »Für mich steht es auf dem Kopf.«

Seven klopft auf den Platz vor sich. »Dann komm hier rüber.«

»Und dann machen wir Löffelchen?«

»Das würde dir wohl gefallen.« Er zwinkert mir zu. »Aber nein, du bist klein genug, um dich aufzusetzen.«

Nun, wenn er mich näher bei sich haben will, wer bin ich denn, das abzulehnen? Ich krabbele auf seine Seite des Puzzles und setze mich vor ihn. Wir berühren uns zwar nicht, aber es hat etwas Schönes, Intimes, wie er sich über mich beugt. Wir arbeiten schweigend.

»Wieso ein Puzzle?«, frage ich.

»Keine peinlichen Pausen.«

»Außer wenn du deinem Date mitteilst, dass ihr ein verdammtes Puzzle macht.«

Ich spüre sein tiefes Lachen in meinem eigenen Brustkorb.

»Das habe ich vorher auch noch nie versucht, und ich würde

sagen, wir haben den peinlichen Moment erfolgreich umgangen, oder?«

»Stimmt.«

Und als wir weiter schweigen, verstehe ich, was er meint: Wir konzentrieren uns, also gibt es keinen Zwang, die Stille zu überspielen. Wir arbeiten zusammen, zanken ab und zu darüber, wo ein bestimmtes Teilchen hinmuss. Er erzählt ein bisschen von Xander, ich erzähle von Will, und zum ersten Mal seit langer Zeit habe ich bei einem Date nicht das Gefühl, dass meine Gliedmaßen zu groß sind, und ich fühle mich nicht, als hätte ich meinen Körper und mein Mundwerk nicht unter Kontrolle. Ich kann es tatsächlich genießen.

Und als ich zu Seven rüberschaue, die konzentriert gerunzelte Stirn, seine Zunge, die ein bisschen hervorguckt, habe ich das dumpfe Gefühl, dass es gar nichts mit dem Puzzle zu tun hat.

Seven zu mögen ist ganz leicht.

KAPITEL
NEUN

SEVEN

ALS ICH AUFWACHE, sehe ich als erstes Xanders unverwandten Blick. Früher hätte mich das vielleicht erschreckt, aber inzwischen kommt es so oft vor, dass ich ihn meist schon spüren kann, bevor ich die Augen aufschlage.

»Morgen«, sage ich und recke die Arme.

»Morgen.«

»Liegst du im Sterben?«

»Nö«, sagt er knapp. »Obwohl der Gedanke, dass du auf einem Date warst, es nahelegen würde. *Du*.«

Stöhnend lege ich den Arm übers Gesicht. »Hat Madden es dir erzählt?«

»Tante Agatha, wenn du es genau wissen willst.«

»Wie hat die es denn rausbekommen?«

»Wie konntest du denn denken, sie würde es nicht rausbekommen?«

Ich senke den Arm wieder. »Manchmal ist es schwer auszuhalten, wie viel wir hier immer voneinander wissen.«

»Ich finde es gut so.«

»Weil du dich sicher fühlst.« Ich gähne lauthals, dann recke ich mich einmal kräftig über die ganze Länge des Bettes. »Das war außerdem kein Date.«

»Als was würdest du es denn bezeichnen?«

»Ich tue ihm einen Gefallen.«

»Aha. Zwinker zwinker, stups stups? So einen Gefallen?«

»Hast du es zu deiner Mission erklärt, zu nerven?«

»Manchmal schon.« Xander fixiert mich.

Ich starre zurück.

»Hattet ihr Sex?«

»Heilige Meise, was sollen denn die ganzen Fragen?«

»Es *interessiert* mich.«

»Nein, du bist neugierig. Es gibt nichts weiter zu erzählen. Er glaubt, dass er seine Dates verpatzt, also helfe ich ihm, indem ich ihn darauf hinweise, wenn er Fehler macht.«

Xander kuschelt sich in mein zweites Kopfkissen. »Das klingt ja ungewöhnlich nett von dir.«

»Hey, ich bin nett.«

»Zu mir.«

»Zu vielen Leuten.«

Er summt, als wäre er anderer Meinung, hätte aber keine Lust, zu diskutieren. Wir kennen uns so gut, dass er gar nichts zu sagen braucht. Ich weiß genau, was in seinem Kopf vorgeht.

»Ich mag ihn«, sagt Xander.

»Molly?«

»Ja.«

»Willst du vielleicht lieber mit ihm ausgehen?«, frage ich. Aber schon während ich es ausspreche, gefällt es mir nicht. Wenn Xander eine Schwäche für Molly hat, werde ich mich da tunlichst raushalten, aber … na ja, Molly ist cool. Unkompliziert. Das habe ich sonst nicht so viel in meinem Leben, und auch wenn diese dämliche Dating-Idee mich schon gehörig nervt, war es trotzdem nett, ein bisschen Zeit mit ihm zu verbringen. Jemand neuen kennenzulernen. Jemanden, der nicht schon jedes kleinste Detail über mich weiß.

Xander lacht. »Und ihn darauf hinweisen, was er falsch macht? Wir wissen doch beide, dass ich hoffnungslos überfordert wäre.«

»Das Angebot steht. Du solltest ihn vielleicht zu einem richtigen Date einladen.

Xander hebt den Kopf wieder. Seine Stirn ist gerunzelt. »Was? Wieso?«

»Du sagst, du magst ihn.«

Seine rosa Lippen bilden ein kleines O. »Nicht so. Er ist aber ein echter Schatz. Ehrlich gesagt glaube ich, dass er gut für *dich* wäre.«

»Oh, bitte. Als hätte ich nicht schon alle Hände voll mit dir zu tun.«

»Schon, aber wir sind kein Paar.« Er kaut einen Moment auf seiner Lippe herum. »Das darfst du ruhig machen, weißt du?«

»Ich weiß.«

»Warum tust du es dann nicht?«

»Warum tust *du* es denn nicht?«

Xander gibt ein anmutiges Schnauben von sich. »Wir wissen beide, warum. Es erschöpft mich, Typen kennenzulernen, die dann vor meinen Ängsten Reißaus nehmen.«

»Das sind alles Idioten, wenn sie sich davon abschrecken lassen.«

»Zugegeben. Aber du hast keine Ängste, die Leute abschrecken würden.«

»Nur eine miese Einstellung und keinen Humor.« Ich bin wirklich ein toller Fang. »Vielleicht will ich ja gar keine Beziehung. Auch das ist erlaubt.«

»Ja …«

Das Unausgesprochene liegt mal wieder in der Luft. Ich weiß, Xander fühlt sich schuldig, weil er der Grund dafür ist, dass ich niemanden gefunden habe, und das Gefühl würde ich ihm gerne nehmen. Er hat schließlich keinen Einfluss auf das Einfühlungsvermögen, den Egoismus anderer Menschen. Mir ist klar, dass es nicht einfach auszuhalten wäre, mit mir zusammen zu sein und ihn als Zugabe zu bekommen. Aber dafür entschuldige ich mich nicht, und ich würde es gar nicht anders haben wollen. Und wenn das bedeutet, dass ich allein sterbe, dann ist das eben so.

Meine perfekte Person würde uns beide akzeptieren.

Und mit weniger als perfekt werde ich mich nicht zufriedengeben.

Mein Handy gibt den Signalton für eine neue Nachricht von sich, und Xander schnappt es sich, bevor ich es zur Hand nehmen kann. Er kennt meinen Code ebenso wie ich seinen, und obwohl ich noch nie Geheimnisse vor ihm hatte, wünsche ich mir etwas klarere Grenzen als wir sie haben, als ich Mollys Nachricht sehe.

»Was … was ist das denn?«, fragt Xander.

»*Das* ist anscheinend ein Sevopus.«

»Mit deinen Tattoos?«

»Genau.«

»Und einem Witz?«

»Hm-hm.«

»Und deinem Penis?«

»Genau genommen ist das nicht mein Penis. Er hat nur die gleichen Piercings wie ich.«

Xander krabbelt mit einem diabolischen Grinsen auf mich. »Er ist ziemlich fasziniert von deinem Schwanz.«

»Das sind die Piercings.«

»Ich wette, er würde ihn gerne lutschen.«

»Xander …«

»Findest du ihn hübsch?«

»Nein.«

»Blödsinn.« Xander lacht. »Er ist sehr hübsch. Sehr … *dein Typ.*«

»Ich werde nicht mit ihm schlafen.«

»Solltest du aber.«

»Ich weiß ja, dass du immer noch Jungfrau bist – aber du solltest wissen, dass beim Sex beide Teilnehmer ein Mitspracherecht haben.«

»Ich wette, er hätte nichts dagegen.«

»Das kannst du unmöglich wissen.«

Xander verschränkt die Arme über meiner Brust. »Wenn er dich fragen würde, würdest du?«

»Es verstößt gegen die Bertha-Regeln.«

»Scheiß auf die Regeln. Vögel Molly. Verliebe dich. Ich will nur dein Glück.«

»Du bist mein Glück.«

Xander schnaubt. »Du weißt, was ich meine.«

»Ich hab dich wirklich lieb, aber dieses Gespräch ist jetzt gleich beendet.«

»Wieso?« Er kneift die Augen zusammen. »Du denkst darüber nach, stimmt's?«

»Ich versuche nur, nett zu dem Kerl zu sein. Er gehört jetzt zur Familie. Ich will, dass er sich willkommen fühlt.«

»Ein bisschen Rimming würde das sehr deutlich machen.«

Ich werfe ihn von mir runter, dann steige ich aus dem Bett. »Wie halte ich es nur aus mit dir?«

»Ich bin sehr süß.«

»Und anhänglich … und bedürftig …«

»Sei nicht so fies.«

Ich lege den Kopf schief. »Waren wir nicht dabei, deine guten Eigenschaften aufzuzählen?«

Er plustert sich stolz auf. »Dafür werde ich den ganzen Tag nichts gegen Kill Diver sagen.«

»Du weißt, wie du mich kriegen kannst.«

Xander kaut auf seinem lackierten Daumennagel, während er beobachtet, wie ich Klamotten zusammensuche. Er trägt bunte Overknee-Strümpfe, ein rosa T-Shirt und eine kurze Pyjamahose mit Kätzchen darauf. Wenn Xander sagt, dass er süß ist, hat er ganz recht. Er legt Wert darauf. Immer.

Da er nie weiß, wann wir wegen seiner Krankheitsangst aus der Tür stürmen müssen, ist er stets bereit – bis hin zu den Sommersprossen, die ich ihm letztes Jahr auf die Nase tätowieren musste.

Ich wollte es ihm eigentlich ausreden, aber dann habe ich es nicht getan. Wenn es um Xander geht, kann ich nie nein sagen.

»Seven …«

»Ja?«

»*Wenn* du dich in Molly verlieben würdest–«

»Ich habe dir doch gesagt–«

»Jaja, nicht interessiert oder so.« Er winkt ab. »Es ist eine hypothetische Frage. Nehmen wir mal an, ihr würdet euch verlieben und so …«

»Du willst wissen, wo wir beide dann stehen würden?«

Er zögert einen Moment, dann flüstert er: »Ja?«

Ich gehe zu ihm rüber und hocke mich vor ihn hin. »Das würde nichts ändern.«

Xander mustert mich aus wasserblauen Augen. »Woher willst du das wissen?«

»Easy. Ich kann mich überhaupt nicht in jemanden verlieben, der dich nicht genau so lieb hat wie ich.«

»Ja … genau das bereitet mir ja Sorge.«

Ich drücke ihm einen Kuss auf die Stirn. »Du weißt, dass es auf Gegenseitigkeit beruht.«

Er lässt sich mit einem Seufzer aufs Bett zurückfallen. »Wenn mir der Gedanke an Sex mit dir nicht so unangenehm wäre, wären wir das perfekteste Paar aller Zeiten.«

Ich schnaube. »Wir wären das dysfunktionalste Paar aller Zeiten.«

»Wir sind also dazu verdammt, für immer Junggesellen zu bleiben.«

Und obwohl ich jetzt nicht allzu scharf darauf bin, sesshaft zu werden oder so, hoffe ich doch, dass das nicht stimmt. Ich will schon irgendwann jemanden haben. Das Gleiche wünsche ich mir für Xander. Er hat es verdient, mehr als viele andere.

»Weißt du was?«, fragt er.

»Ja?« Ich lege mir die sauberen Klamotten über die Schulter, drauf und dran, duschen zu gehen.

»Ich glaube, Molly mag mich.«

Ich verdrehe fast die Augen. »Ach nee.«

»Japp. Und wenn nicht, gehe ich ihm so lange auf den Geist, bis er es tut.«

»Ich bin nicht ganz sicher, ob man damit ans Ziel kommt, aber was weiß ich schon?«

Xander verzieht das Gesicht. »Wie sollte man es sonst machen?«

»Keinen Schimmer.« Ich zucke die Achseln. »Ich glaube nicht, dass unsere Art von Traumabewältigung jedermanns Sache ist.«

»Die wissen ja nicht, was ihnen entgeht.«

Ich lasse Xander in meinem Zimmer zurück und laufe den Flur runter. Heute habe ich einen frühen Termin, dann nachmittags einen Kunden nach dem anderen, also wird es ein langer Vormittag, den ich mit Warten verbringen muss, bis es richtig losgeht.

Ich stoße die Badezimmertür mit der Schulter auf und stehe sofort in einer Dampfwolke, dann–

»Oh, Shit!«, keucht Molly, der den Fuß auf die Badewanne gestellt und den Rasierer knapp über seinen spiegelglatt rasierten Hoden erhoben hat.

Ich spüre eine Hitzewelle beim Anblick seines weichen Schwanzes, seiner durchtrainierten Muskeln und der kleinen Gestalt. Xander hat schon recht. Er ist *genau* mein Typ.

Ich reiße den Blick von seinen Bauchmuskeln los und konzentriere mich auf den Bambi-haften Blick, mit dem er mich anstarrt.

»Äh, hey …« ganz langsam nimmt er den Fuß vom Wannenrand und hält die Hände vor sein bestes Stück.

»Vorsicht mit dem Rasierer.«

»Iiiih.« Er wirft ihn ins Waschbecken, und ich reiche ihm ein Handtuch.

»Übrigens, wissenswert: Der kleine Knopf da an der Türklinke? Das ist das Schloss. Ich benutze das gewöhnlich, wenn ich dusche oder mir einen runterhole oder Manscaping mache …«

»Du bist so witzig. Ich dachte, es *wäre* abgeschlossen.« Aber als er das Handtuch um seine schmalen Hüften schlingt, hilft das nicht. Ein Wassertropfen läuft aus seinen nassen Haaren über seinen linken Brustmuskel. Ich stelle mir vor, wie ich dem Rinnsal mit der Zunge folge.

Als ich meinen Blick mühsam losreiße, sehe ich, dass Molly rote Wangen hat und sich auf die Unterlippe beißt.

»So hast du mich bei unserem Date aber nicht angesehen.«

Ich unterdrücke ein Stöhnen. »Da hast du mir auch nicht nackt gegenübergestanden, oder?«

»Ich hätte nicht gedacht, dass Nacktheit dir was ausmacht, da du ja mit Madden zusammenwohnst …«

»Ja …« Ich schaue unwillkürlich nochmal hin. »Madden ist nicht mein Typ.«

»Ich aber.«

Ich stöhne, und da ich mir gerade selbst nicht ganz über den Weg traue, fasse ich ihn nicht an, sondern nehme den Rasierer aus dem Waschbecken und schubse ihn mit dem Griff Richtung Tür. »Und jetzt raus mit dir. Ich brauche Privatsphäre.«

»Aber ich hatte mich noch gar nicht fertig rasiert!«

»Weiteres Material brauche ich nicht, dankeschön.«

Er lacht, während ich ihn in den Flur schiebe und die Tür hinter ihm zuknalle. Dann schließe ich sie ab wie jeder normale Mensch.

Jetzt muss ich nur noch beten, dass Xander nie davon erfährt.

KAPITEL
ZEHN

MOLLY

TAGSÜBER IST es ruhig hier im Haus. Seven, Rush und Madden sind arbeiten, und Xander ist entweder im Studio und malt, oder schläft, oder … ich weiß nicht so genau. Manchmal ist das Haus so lebendig, und dann ist es wieder wie jetzt. Schläfrig. Fast schon unheimlich.

Wie es wohl war, als Christian und Gabe noch hier gewohnt haben?

Ich höre Schritte die Treppe hinunter poltern, und einen Augenblick später steht Rush in der Küche. Er ist groß, stets unrasiert und macht den Eindruck, als wäre er absolut verloren.

»Äh, hi«, sagt er, während er sich auf mich konzentriert. Dann tritt er mit ausgestreckter Hand auf mich zu. »Ich bin Rush. Nett, dich kennenzulernen.«

Ich schüttele ihm die Hand. »Molly. Nett, dich kennenzulernen. Nochmal.«

»Nochmal, ach ja … richtig … ja …« Er schaut sich um, die Augenbrauen zusammengezogen.

»Suchst du etwas?«

»Ja, mein Handy. Ich habe den Wecker verschlafen, und jetzt komme ich zu spät zur Arbeit.«

»Dein Handy? Also ... meinst du das in deiner Hand?«

Rush hebt die Hand mit dem Handy und blinzelt. »Hatte ich das die ganze Zeit, während ich mich angezogen habe ...«, murmelt er.

»Möchtest du einen Kaffee mitnehmen?«, schlage ich vor.

»Ja, bitte.«

Er setzt sich an den Küchentresen, während ich ihm einen Thermobecher aus dem Schrank hole und Kaffee eingieße. »Zucker? Milch?«

»Nur ein Stück Zucker und ein bisschen kaltes Wasser. Danke.«

Ich befolge die Anweisung, rühre um, setze den Deckel auf und reiche ihm den Becher.

Rush nimmt einen langen Schluck und lässt die Augen zufallen. »Danke, Molly, das ist wunderbar.«

»Gerne.«

Er lächelt, ich lächle, und dann wird es ganz schnell ganz seltsam.

»Äh ... musst du nicht los?«, frage ich.

»Oh. Brauchst du die Küche?«

Ich schlucke wieder mein Lachen herunter. »Ich dachte, du bist zu spät?«

»Ach du Scheiße, das *bin* ich. Danke, Molly. Bis später zum Monopoly-Montag.«

Rush saust aus der Tür, und ich habe nicht das Herz, ihn darauf hinzuweisen, dass heute Donnerstag ist.

Ich habe gestern die meisten großen Jobs für diese Woche fertiggemacht, also habe ich nur noch ein paar kleinere Aufgaben bis zum Wochenende. Ich überlege schon, ob ich sie bis Montag verschieben und an meinem Graphic Novel weiterarbeiten sollte, als aus dem Flur zu hören ist:

»Hilfe ... *Hilfe!*«

Fast hätte ich meinen Kaffee fallenlassen. Ich stelle die Tasse auf den Tresen, dann folge ich dem Klang von Xanders Stimme.

»Molly!«

»Hey, hey …«, rufe ich und stoße die Tür auf. »Ich bin da. Was ist passiert?«

Er blinzelt die Tränen weg. »Seven geht nicht ran, und etwas hat mich gestochen, und es tut *weh*. Meine Kehle ist wie zugeschnürt, Molly, ich glaube, ich bin allergisch.«

Als ich eingezogen bin, hatte Madden mich gewarnt, dass Xander ein zartes Pflänzchen ist – seine Worte – und dass er hin und wieder einen Anfall seiner Krankeitsangst bekommt und glaubt, sterben zu müssen.

Zu meiner Schande muss ich gestehen, dass ich die Warnung nicht allzu ernst genommen habe, aber jetzt sehe ich mit offenem Mund zu, wie Xander nach Luft schnappt, und spüre einen Klumpen im Magen.

Ob Madden so etwas gemeint hat?

Und ob Xander wirklich gestochen worden ist?

Ob ihm verdammt nochmal der Hals zuschwillt?

»Ist okay, ich bin da.« Ich nehme seine zitternde Hand, beeile mich, ihn zu untersuchen, ohne auch nur eine Ahnung zu haben, wonach ich eigentlich suchen soll. Er sieht nicht so aus, als würde etwas anschwellen, aber sicher bin ich nicht.

»Soll ich einen Krankenwagen holen?« Verflucht nochmal, meine Stimme ist echt schrill.

Xander schüttelt den Kopf, und jetzt laufen ihm die Tränen die Wangen herunter. »S-seven.«

Ich suche hastig sein Handy und versuche es wieder bei Seven.

Zum Glück nimmt er jetzt ab.

»Hi, Z, ich habe eine Kundin. Brauchst du mich?«

»Xander hat irgendeine Reaktion auf etwas, und sein Hals schwillt zu, und ich glaube, ich sollte einen Krankenwagen holen, aber er sagt, ich sollte dich anrufen.«

Eine lange Pause tritt ein – länger als eine Pause in einer Notsituation sein sollte.

»*Hallo*?«, kreische ich.

»Es ist jetzt wichtig, dass du dich abregst.«

»Hast du nicht *gehört*, was ich gerade gesagt habe?«

»Doch. So. Erstmal kann ich dir versprechen, dass er nicht in unmittelbarer Gefahr schwebt. Wenn du helfen willst, kannst du das aber nur, wenn du selber auch atmest.«

Ich atme zitternd durch. »Ich atme. Und was jetzt?«

Der Dreckskerl lacht mich aus. »Nochmal.«

»Seven!«

»Noch einen verbuchten Atemzug, Molly.«

Er hat ja keine Ahnung, was er da von mir verlangt. Xander umklammert meine Hand, praktisch in Krämpfen vor lauter Anstrengung, Sauerstoff runterzubekommen, und mein Puls rast in meinen Ohren, und ich soll einfach atmen? Verdammt nochmal *atmen*?«

»Sag mir, was ich machen soll.«

»Das versuche ich gerade.«

»Nein, tust du nicht!«

»Weißt du, ich kann Aggy bitten, rüberzukommen. Sie kann Xander helfen, bis ich da bin. Ich brauche zehn Minuten.«

Ich zwinge mich, durchzuatmen. »Ich kann mich darum kümmern.«

»Klingt nicht so.«

»Verdammt nochmal, er ist kurz vor dem Umkippen.«

Und kaum habe ich es ausgesprochen, schwankt Xander an meiner Seite.

»Um alles in der Welt, hör auf zu reden.«

Ich schnaufe empört auf, dann atme ich wieder.

»Hör genau zu. Sag nichts Besorgniserregendes oder irgendwas, was ihn auf falsche Gedanken bringen könnte. Er *weiß*, dass ihm nichts fehlt. Xander weiß genau, was passiert, aber sein

Gehirn zwingt ihm diese Gefühle auf. Sobald er anfängt, so durchzudrehen, hilft nur noch eins.«

»Was ist das?«

»Er muss von Derek untersucht werden.«

»Wer zum Henker ist das denn?«

»In Xanders Handy ist ein Kontakt unter GPD Apotheke. Da rufst du an und sagst, dass Xander vorbeikommen muss. Frag nach Derek.«

»Und wenn der nicht da ist?«

»Er wird da sein.«

»Aber wenn er–«

»Er wird da sein. Die wissen, was zu tun ist.«

»Okay. Ich rufe da an.«

»Alles klar. Ich komme da hin.«

»Ich sagte, ich komme klar, verdammt. Bleib du bei deiner Kundin.«

»Molly–«

»Ich mein's ernst.«

Seven macht ein frustriertes Geräusch. »Ich … ich kann nicht.«

»Bring mich nicht dazu, dich zu erpressen, denn ich würde es tun. Du bleibst schön bei der Arbeit. Ich kümmere mich.«

Ich lege auf, finde die Nummer und versuche, keine Panik zu bekommen, als Xander neben mir auf dem Boden zusammensinkt. Inzwischen zittere ich fast so sehr wie er, und obwohl ich wirklich, wirklich ernsthaft glaube, dass es besser wäre, den Notarzt zu holen, warte ich geduldig, bis die Verbindung steht.

»George Park District Apotheke.«

»Ähm, hi.«

»Hi.«

»Ich bin hier mit Xander. Ist, äh, Derek verfügbar?«

»Aber ja, Schätzchen. Was hat er für Symptome?«

»Er ist von etwas gestochen worden, und jetzt hat er eine allergische Reaktion.«

»Kein Problem. Wir erwarten ihn.«

Sie legt auf, und ich starre einen Moment das Handy an, dann wende ich mich wieder Xander zu, der unkontrolliert zuckend am Boden liegt.

Sein Gehirn zwingt ihm diese Gefühle auf.

Mein Mut schwindet.

»Okay, hoch mit dir«, sage ich.

Ich lege den Arm um ihn und helfe ihm, aufzustehen. Er kann zum Glück laufen, und nachdem ich ihn auf dem Beifahrersitz meines Autos angeschnallt habe, laufe ich um die Motorhaube herum, setze mich ans Steuer und unterdrücke die Stress-Tränen, so gut ich kann.

»Wo wurdest du denn gestochen?«

»Am … Knöchel …«

»Verstehe. Ähm.« Ich gehe im Geiste fieberhaft das wenige Wissen über Erste Hilfe durch, das ich habe. »Ziemlich sicher, dass du ihn hochlegen solltest … oder?«

Er hebt den Fuß auf die Ablage.

»Gut.«

Dann lege ich den Rückwärtsgang ein und folge den Instruktionen des GPS zur Apotheke.

Sie haben nicht übertrieben – die erwarten uns tatsächlich. Sobald wir da sind, wird Xander in ein Hinterzimmer gebracht. Die Frau spricht beruhigend auf ihn ein, hilft ihm auf eine Liege, dann betritt ein Mann – vermutlich Derek – den Raum.

Er ist groß und hat schwarze Haare, ein stoppeliges Kinn und scharfe braune Augen. Er mustert mich verwundert, dann tritt er um mich herum zu Xander.

»Xander«, sagt er mit sanfter Stimme. »Du bist gestochen worden, und jetzt simuliert dein Körper einen anaphylaktischen Schock, ist das richtig?«

Xander nickt schnell.

»Ich werde den Stich untersuchen. Verstehst du?«

Xander nickt erneut.

»An diesem Knöchel«, sage ich.

Derek schenkt mir ein kurzes Lächeln, dann untersucht er Xanders Knöchel. Er leuchtet ihn mit einer kleinen Lampe an, dann säubert er die Stelle mit einem antibakteriellen Tupfer. Die ganze Zeit rechne ich damit, dass Derek es abtun und Xander sagen wird, er sei gesund und könne getrost nach Hause gehen, aber er nimmt sich Zeit.

»Du müsstest jetzt bitte den Mund aufmachen, damit ich reinschauen kann. Schaffst du das?«

Xander öffnet den Mund weit. Derek untersucht Xanders Zunge und seinen Rachen. Dann horcht er seinen Pulsschlag ab.

»Okay.« Derek zieht einen Hocker heran und setzt sich. »Nach gründlicher Untersuchung habe ich festgestellt, dass du keinen anaphylaktischen Schock hast. Dein Hals ist offen, deine Zunge ist nicht angeschwollen, und der Stich, den du gespürt hast, ist von einem Moskito.«

»Ein … ein Moskito?«

»Korrekt.«

Xander hechelt noch ein bisschen weiter, aber schließlich gelingt es ihm, seine Atmung unter Kontrolle zu bringen. Er ist blass und angespannt, und schlingt die Arme um sich selbst. »Bist du sicher?«

»Das bin ich.«

Ein Schauder durchläuft ihn. »Warum bin ich nur so?«, fragt er mit brechender Stimme, dann beugt er sich vor, legt den Kopf auf die Knie und schluchzt.

Ich habe mich schon fast in Bewegung gesetzt, als Derek sich vorbeugt und seine Hand auf Xanders Rücken legt. »Du bist hier in einem sicheren Raum. Niemand verurteilt dich.«

»*Ich* verurteile mich.«

»*Xander*.« Dereks Ton wird schärfer, und Xander hebt schließlich den Kopf. Seine Augen sind gerötet und das Make-up darunter verschmiert.

»Du bist hier sicher«, erinnert Derek ihn. »Du hast die Kontrolle.«

»Okay«, sagt er mit schwacher Stimme.

Derek senkt die Stimme wieder. »Hast du gemacht, was wir besprochen haben? Hast du sie angerufen?«

»Habe ich, aber ich habe das Geld nicht. Sie ist teuer.«

»*Alle* Psychologen sind teuer.«

Xander wirft Derek einen Blick zu, sein Gesichtsausdruck finsterer als ich es von ihm gewöhnt bin. »Und darum habe ich nach wie vor einen an der Klatsche.«

»Was hatte ich dazu gesagt, dass du nicht so über dich reden sollst?«

Xander wirft mir einen leeren Blick zu. »Du denkst sicher das Gleiche, oder, Molly?«

Ich denke viele Sachen über Xander: süß, gebrochen, verwirrt, bezaubernd – aber *das* denke ich nicht.

Ich schüttele den Kopf. »Ehrlich gesagt finde ich dich echt tapfer.«

Und das waren anscheinend die richtigen Worte, denn Derek lächelt mich freundlich an, während Xander wieder das Gesicht in seine Knie bohrt.

»Wo ist Seven?«

»Bei der Arbeit.«

Derek nickt. »Gut. Xander sollte nicht immer nur auf ihn angewiesen sein.«

KAPITEL
ELF

SEVEN

NICHTS ZU HÖREN MACHT mich fertig. Meine Kundin weiß, dass etwas nicht stimmt, aber wir reden nicht darüber. Sie wirft mir nur ab und zu besorgte Blicke zu, wenn sie nicht schmerzhaft zusammenzuckt. Der innere Kampf gegen das Bedürfnis, loszurennen, ist überwältigend, aber Molly hat gesagt, dass er klarkommt.

Ich glaube ihm zwar kein Wort, aber ich werde ja bald erfahren, wie es lief.

Xander diesem Risiko auszusetzen gibt mir das Gefühl, ihn im Stich zu lassen. Er braucht mich. Wenn ich meinen Job aufgeben könnte, um immer für ihn da sein zu können, würde ich es tun. Aber ich brauche das Geld, und Suri zahlt gut. Verbucht gut.

So gut, dass er erwartet, dass mein Arsch auf dem Hocker sitzt, wenn wir einen Termin haben. Die Kunden kommen an erster Stelle, und die paar Male, die ich wegen Xander absagen musste, hatte er zwar Verständnis, aber begeistert war er nicht. Er hat nie angedeutet, dass mein Job auf dem Spiel steht, aber so weit will ich es auch nicht kommen lassen.

Das hindert mich daran, loszufahren, Molly hin oder her.

Und wir haben inzwischen auch alles gut geregelt. Derek macht sein beruhigendes Medizin-Ding, und Xander kriegt sich wieder ein. Der Tag, an dem wir auf Gabes Antihistamin warten mussten, war wahrscheinlich unser Glückstag.

Denn all die vielen Besuche in der Notaufnahme gingen echt ins Geld.

Den Tag, an dem eine Panikattacke verkommt, als Glückstag zu bezeichnen, will echt was heißen.

»Das war's«, sage ich und wische das Tattoo der Frau abschließend ab. Sie hatte mir gesagt, wie sie heißt, als sie ankam, aber das war sofort vergessen, als der Anruf von Molly kam ... hätte sie sich doch den eigenen Namen eintätowieren lassen statt die ihrer Kinder.

»Danke. Es sieht super aus!«

Ich ringe mir ein freundliches Lächeln ab und begleite sie nach vorne zum Bezahlen. Sobald sie weg ist, schnappe ich mir mein Handy und zerbreche fast das Display, so fest tippe ich auf Xanders Kontakt. Er nimmt nach wenigen Klingeltönen ab.

»Ich bin hier und hasse mich«, sagt er in seiner gelangweilten Stimme. Diese Stimme verabscheue ich am meisten. Lieber streite ich mit ihm und lasse mir seine kleinlichen Beleidigungen gefallen.

Wenn Xander gelangweilt klingt, distanziert er sich von sich selbst. Ich habe keine Ahnung, wie das medizinisch genau heißt oder so, weil er immer noch keinen verlampten Psychologen konsultiert hat und ich selbst recherchieren musste. Und da ich nicht der Schlaueste bin, läuft die Recherche nicht allzu gut.

Aber nach einem Anfall, der ihm wirklich zusetzt, ist er manchmal einfach ... weggetreten. Nicht im Kontakt mit seinen Gefühlen.

»War's so schlimm?«

»Tja, ich habe mich selbst fast in Ohnmacht geschickt, und Molly hat alles mitbekommen, also ja, es lief super.«

»Es ist schon eine Weile her, dass dir etwas so zugesetzt hat.«

»Mir geht's gut. Ich mag es einfach, so viel Scheiß im Kopf zu haben. Das finde ich ja so toll an mir.«

Ich beiße die Zähne zusammen. Ja, mir ist es definitiv lieber, wenn Xander sauer auf mich ist. An mich gerichtete bösartige Beleidigungen kann ich aushalten. Wenn er so über sich redet, habe ich das Bedürfnis, ihn einmal kräftig durchzuschütteln.

»Wie hat Molly sich angestellt?«

»Absolut super. Hat alles gemacht, was du gesagt hast. Sehr unterwürfig von ihm.«

Das ignoriere ich. »Gut zu wissen.«

»Und ich hasse mich noch mehr deswegen.«

»Was?« Meine Frustration nicht zu zeigen ist eine reife Leistung. »Wieso das denn?«

»Weil ich ihm wahrscheinlich verdammte Angst eingejagt habe und damit alle Chancen zunichte gemacht habe, dass ihr beide je zusammenkommt.«

»Können wir das bitte lassen?«

»Tja, jetzt ist es ja auch egal, oder nicht?«

»Du hast gar nichts zunichte gemacht.« Denn um etwas zunichte zu machen, muss vorher etwas da sein, und das ist nicht der Fall. Wir sind kaum erst befreundet, und klar ist Molly süß, und die Vorstellung, dieser nackte, schlanke Körper könnte im Schlafzimmer all meine Befehle befolgen, total reizvoll, aber das war's auch schon. Ein bisschen körperliche Anziehung, eine beginnende Freundschaft, mehr nicht.

Xander ist wichtiger als das alles, und das wird auch immer so bleiben.

Er summt belanglos, seine Methode, mich als Lügner zu bezeichnen, ohne dass er es aussprechen muss.

»Ist mein Ernst.« Jetzt kann ich die Frustration nicht mehr im Zaum halten. »Hör auf damit, so streng zu dir zu sein. Es ist mir egal. Mir ist nur wichtig, dass es dir gut geht.«

»Mir geht's nie gut.«

»*Körperlich.*«

»Ja, weil das so einen Unterschied ausmacht.«

So kann ich mit ihm nicht reden. Frustriert bohre ich meine Faust in die Augenhöhle. Ich will nicht mit ihm streiten. »Lass mich kurz dem Chef Bescheid sagen, dass ich meine Termine heute Nachmittag absagen muss. Ich habe jetzt ein paar Stunden frei, und dann habe ich hier noch bis spät zu tun …«

»Lass es.«

»Ich habe nicht um Erlaubnis gebeten.«

Er schnaubt. »Dann mach was du willst, aber meine Tür ist abgeschlossen, und ich werde sie vor neun nicht wieder aufmachen, wenn du von der Arbeit kommst.«

»Würdest du mal ganz kurz vernünftig sein?«

»Oh, bitte. Du brauchst hier nicht dein Löwenmutter-Ding abzuziehen. Lass es. Ich werde nicht der Grund sein, warum du nach Hause gehst und dein Honorar für heute verlierst.«

»Das Geld ist mir egal.«

»Das sollte es vielleicht nicht sein.«

»Die alte Leier wieder? Echt jetzt?«

»Wenn dir ab und zu auch noch andere Dinge außer mir wichtig wären, wäre dein Leben vielleicht nicht so verkorkst.«

Ich lache frustriert auf. »Du hast so ein Glück, dass ich keine Kraftausdrücke benutze, denn mir fallen gerade eine Menge für dich ein.«

»Ich wette mit dir: Ich habe mich garantiert schon selbst so genannt.«

»Ich *mag* mein Leben. Wenn du mich dafür verurteilen willst, ist das nicht mein Problem, sondern deins.«

»Wie könnte ich das nicht tun? Du bist praktisch eine Amme, die sich um das kleine Baby kümmert, das nicht für sich selbst sorgen kann.«

Oh, ja. Er hat ganz großes Glück, dass ich nie fluche. »Du sorgst jeden Tag für dich. Wovon redest du eigentlich?«

»Das große Baby, das Seven oder Derek oder Molly braucht,

um den Tag zu überstehen. Derek hat recht. Ich sollte nicht dir alles aufhalsen.«

»*Das* hat er gesagt?« Meine Backenzähne brechen fast. Ich bin ganz kurz davor, aufzulegen und in der Apotheke anzurufen, um dem Kerl die Meinung zu sagen, als Xander ein hohles Lachen von sich gibt.

»Er hat zu Molly gesagt, dass ich mich nicht immer nur auf dich verlassen sollte. Aber ich weiß genau, was er gemeint hat. Du brauchst ein eigenes Leben.«

Okay, das steckt also dahinter. Derek liegt wirklich etwas an Xander. Er ist immer da, wenn wir ihn brauchen, und zögert nie, alles fallen zu lassen, um zu helfen. Kein einziges Mal hat er den Eindruck gemacht, als wären wir lästig; nie hat er Xander ein schlechtes Gefühl gegeben oder seinen Zustand verharmlost. Dass er sich mehr Menschen wünscht, die Xander helfen, klingt schon eher nach ihm.

Genau wie Xanders absichtliches Falschverstehen genau nach ihm klingt.

»Wie wäre es denn damit?«, frage ich bissig. »Vielleicht würdest du dich weniger wie ein Baby fühlen, wenn du dich mal nicht so verhalten würdest?«

»Siehst du? Auch dir bin ich schon langweilig.«

»Dieses Verhalten? Absolut. Aber wir bleiben zusammen. Wenn du also nicht für dich selbst mit dem Selbstmitleid aufhören willst, wie wär's denn, wenn du es für mich tun würdest?«

»Das ist nicht fair.«

»Zeig mich doch an.«

Ich habe keine Schuldgefühle, diese Schwachstelle auszunutzen. Ich würde alles für ihn tun, aber das ist auch umgekehrt so.

»Du bist manchmal ein echter Arsch«, sagt er bissig, jetzt schon wesentlich lebhafter.

»Oh sorry – wusstest du das noch gar nicht über mich?« Ich würde niemals wegen seiner Anfälle sauer auf ihn sein, denn daran kann er nichts ändern. Aber diese Einstellung, die nervt, genau wie seine Angewohnheit, seine Anfälle zum Anlass zu nehmen, sein Umfeld abzustrafen – das kann ich so nicht hinnehmen. Jederzeit würde ich ihm das unter die Nase reiben. Die Sache ist die: Xander fühlt sich sicher bei mir. Er weiß, dass ich für ihn da bin, egal was passiert. Er kann mich wie einen Hundehaufen behandeln, und ich wäre immer noch für ihn da. Xander kennt keine Grenzen, wenn er mal anfängt, garstig zu sein. Es gibt nichts, das er nicht sagen würde, um jemandem weh zu tun, und angesichts unserer Erlebnisse mache ich ihm das auch nicht zum Vorwurf.

Meine Bewältigungsstrategie ist, mich über mein Trauma lustig zu machen.

Xander benutzt es als Panzer.

Als er wieder spricht, ist seine Stimme sanfter. »Ich mein's ernst. Neun Uhr.«

»Also gut. Aber ich bin pünktlich auf die Minute zu Hause.«

Wir legen auf, und ich spüre, wie mich ein Gefühl der Hilflosigkeit überwältigt. Ich hasse es, nicht weg zu können. Ich weiß, dass ich nichts in Ordnung bringen kann, ich weiß, dass es nicht meine Aufgabe ist, aber ich kann körperlich anwesend sein, damit er weiß, dass er nicht allein ist, auch wenn er es nicht annehmen will.

Es ist das Einzige, was ich tun kann, also macht es mich nervös, dass er es mir verwehrt. Ich laufe im Laden auf und ab, was mir genervte Blicke von Tia und Ross einbringt, die zu arbeiten versuchen.

Ich könnte trotzdem nach Hause fahren und nach Molly schauen. Aber da ich ein froschbäuchiger Feigling bin, habe ich Angst, ihm gegenüberzutreten. Ich mache es später, nachdem ich mit Z gesprochen habe, wenn ich genau weiß, was passiert ist und wie er damit umgegangen ist, und wenn es Molly sein sollte, der etwas Unterstützung braucht, kann ich sie ihm geben.

Nach Hause zu fahren, ihn zu fragen, wie es ihm geht, und

dann sagen zu müssen: »Vergiss nicht, was du sagen wolltest, bin in acht Stunden zurück!« ist das Letzte, was ich will.

Ich schreibe ihm ein schnelles *Danke* und schaue mir lächelnd den Sevopus an, den er mir heute Morgen geschickt hatte. Sowas von cool. Sogar meine Tattoos hat er richtig getroffen.

Da habe ich eine Idee.

Ich glaube, ich weiß, wie ich die nächsten Stunden überbrücken kann.

KAPITEL ZWÖLF

MOLLY

ICH SITZE auf der Treppe hinter dem Haus mit Blick auf den japanischen Ahorn, als ich ihn herauskommen höre.

Ich habe gewartet. Seven ist vor einer Stunde nach Hause gekommen und gleich zu Xander gegangen, der sein Zimmer nicht verlassen hat, seit wir zurückgekommen sind. Ich bin immer noch nicht sicher, was ich von dem Geschehen am heutigen Vormittag halten soll, und war den ganzen restlichen Tag so abgelenkt, dass ich nichts auf die Reihe bekommen habe. Die Frustration setzt mir zu, aber ich habe das Gefühl, mit Seven reden zu *müssen*, bevor ich das Ganze verarbeiten kann. Vielleicht hätte ich darauf bestehen sollen, dass er nach Hause kommt. Vielleicht hätte ich nicht versuchen sollen, alles alleine zu regeln.

»Hey.« Seine tiefe Stimme ist mir schon so vertraut.

»Hi.«

»Krasser Tag.« Er setzt sich neben mich. Seine weißen Zähne blitzen im Dunkeln auf. »Wie hältst du dich?«

Ich wusste zwar, dass er früher oder später hier rauskommen würde, aber die Frage trifft mich unvorbereitet. Ich hätte erwartet, dass er sich erstmal für Xander entschuldigen und Dinge zu erklären versuchen würde. Dafür sehe ich echte Anteilnahme in seinen Augen.

»Alles …« ich unterbreche mich, denn ich wollte zwar »okay« sagen, aber ehrlich gesagt weiß ich gar nicht so genau, ob das stimmt. »… ganz schön verwirrend«, sage ich schließlich.

»Verständlich.«

»Ja?«

»Na klar. Ich hatte Jahre Zeit, zu lernen, was Xander braucht und wie ich ihm helfen kann. Das ist dir jetzt alles mehr oder weniger in den Schoß gefallen. Tut mir leid.«

»Nicht deine Schuld.«

»Genau genommen ist es niemandes Schuld, aber ich hätte dich besser vorbereiten können.«

Ich runzele die Nase. »Ja, ich glaube nicht, dass das möglich gewesen wäre. Madden hatte es schon erwähnt. Er sagte, manchmal glaubt Xander, dass er sterben muss, und ich dachte, es ist dann so wie bei Hypochondern in Filmen. Wenn sie sich so krass selbst diagnostizieren und–«

»Also erstmal: es heißt nicht mehr so.«

»Nein?«

Seven kneift die Lippen zusammen. »Nein. Xander hat Krankheitsangst. Normalerweise hat er es unter Kontrolle, aber manchmal überwältigen ihn solche invasiven Gedanken bis zu dem Punkt, den du heute miterlebt hast. Wenn das passiert braucht er Hilfe, so wie wir alle manchmal. Seine Panikattacken sind heftig, und wenn er dann keine Luft bekommt, geht er vom Schlimmsten aus. Lungenkrebs. Anaphylaktischer Schock. Was immer ihm gerade einfällt.«

»Scheiße.«

»Ja. Aber er sollte dir nicht leidtun. Das hasst er.« Seven stupst mich an. Ich spüre die Wärme seines Ellbogens meinen ganzen Arm nach oben wandern. »Er sagt, du hast gesagt, er ist tapfer.«

»War er auch.«

Seven schweigt einen Moment. »Danke.«

Und so süß es auch ist, dass er so besorgt um Xander ist – er soll wissen, dass ich das ernst gemeint habe. »Das war nicht an dich gerichtet. Oder an ihn. Es ist einfach eine Tatsache.«

»Sehe ich auch so.«

Ich zögere einen Moment, mir ist fast übel vor Nervosität, aber ich umfasse seinen Unterarm und drücke ihn. Sevens verwirrter Blick landet auf meiner Hand, aber ich lasse sie nicht lange liegen. »Ich bin froh, dass er dich hat.«

»Nee, ich habe Glück, ihn zu haben.«

Ich weiß, ich sollte nicht nachfragen, aber ich kann mir nicht helfen. »Und, ihr … also da läuft wirklich nichts zwischen euch?«

Er schubst mich leicht. »Jedes Mal, wenn du diese Frage stellst, fängt irgendwo ein Twink an zu weinen und ruiniert sein Make-up.«

Ich lache. »Ein Twink?«

»Ich habe einen Typ.«

»Ach ja?« Ich stütze das Kinn in die Hand und schaue zu ihm auf. »Xander ist ein Twink mit Make-up.«

»Oh, nein! Das war wieder einer.« Er schlägt dramatisch die Hände vors Gesicht, und ich lache leise. Ob ich noch eine Bemerkung machen sollte?? Und … wieso nicht? Wir waren schon auf einem Date.

»*Ich* bin auch ein Twink, weißt du. Ich trage zwar kein Make-up, aber es zählt trotzdem.«

Sein Lächeln ist ein bisschen bösartig. »Ist mir aufgefallen.«

»Du hast mir nicht geantwortet, als ich gefragt hatte. Ich bin dein Typ, stimmt's?«

»Wenn du kein Mitbewohner wärst, wärst du genau mein Typ.«

Mein Magen krampft sich zusammen, als ich das höre.

»Aber keine Sorge. Ich weiß, dass alte Männer dein Ding sind, also weiß ich, wo ich stehe.«

Ich lache tonlos auf und puste dabei meine Haare aus der

Stirn. Das mit den älteren Typen hatte ich auch gedacht, aber dabei geht es nicht darum, was ich sexy finde. Es geht darum, respektiert und als Partner betrachtet zu werden. Was Seven tut. Also, als Freund. Was die Attraktivität angeht – ich fühle mich auf jeden Fall zu ihm hingezogen.

»Ähm … wir treffen uns also nochmal zu einem Date?«

»Na klar.« Seven zuckt die Achseln. »Obwohl ich sagen muss: Das erste lief verlampt gut. Bist du sicher, dass du diese Dinger immer verpatzt?«

»Bitte lass mich nicht wieder auf die Spucke zu sprechen kommen.«

Seven versucht, seine Belustigung nicht zu zeigen, aber ich sehe sie in seinem Blick aufblitzen. »Ach stimmt. Das war witzig.«

»Vielleicht sollten wir als Nächstes wirklich ein Restaurant versuchen. Da werde ich höchstwahrscheinlich früher oder später wieder landen, also wäre es sinnvoll, zu erleben, wie ich mich vor so einer Kulisse total zum Affen mache.«

»Also gut. Ich kann es nicht für immer und ewig vermeiden.«

»Wow, nur die Ruhe. Ich weiß ja, ein Date mit mir ist echt aufregend–«

Er schlingt mir den Arm um den Nacken und verstrubbelt mit der freien Hand meine Haare. »Entspann dich, Kleiner. Ich hab dir doch gesagt, ich hasse Restaurants. Hat nichts mit dir zu tun.«

»Aber wieso eigentlich?«, frage ich, während ich mich befreie. Meine Wangen glühen verdächtig.

»Ich bin nicht damit aufgewachsen. Die Rechnung verwirrt mich, ich verstehe die Hälfte der Karte nicht, und dann werde ich immer komisch angeguckt wegen der Tattoos und Piercings. Ich fühle mich in solchen Läden einfach nicht wohl.«

Seine Antwort eröffnet eine Welt voller Fragen, die ich gerne loswerden will, aber da er der ist, der mir einen Gefallen tut, sollte ich wenigstens versuchen, ihm nicht zu nahe zu treten. Auch wenn es mich fast umbringt. »Dann lassen wir die Idee wieder.«

»Nein, ich finde schon auch, wir sollten es einmal ausprobieren.«

»Hör mal, ich würde zwar gern über meine desaströse Dating-Historie hinwegkommen, aber nicht auf deine Kosten. Wenn du dich da nicht wohlfühlst, planen wir etwas anderes.«

»Okay, aber–«

Hinter uns meldet sich eine Stimme. »Da ihr inzwischen beim Flirten angekommen seid: seid ihr dann fertig damit, über mich zu reden?«

Ich lache, meine Wangen brennen noch mehr, und drehe mich zu Xander um. Die blauen Haare sehen luftig und frisch gewaschen aus, aber er ist nach wie vor blass, und zum ersten Mal, seit ich ihn kenne, ist er ungeschminkt. Ich rutsche und klopfe auf den Platz zwischen uns.

»Bist du okay?«

»Die Frage ist verboten, danke auch«, sagt er und setzt sich neben mich. Der gezwungen fröhliche Ton tut mir buchstäblich im Herzen weh. Seven hatte gesagt, kein Mitleid – aber das ist leichter gesagt als getan.

Seven legt ihm den Arm um die Schultern. »Hast du was zu Abend gegessen?«

»Ja, Dad«, sagt Xander und verdreht die Augen.

»Hast du genug Wasser getrunken?«, füge ich hinzu. Es war das Letzte, was Derek uns mit auf den Weg gegeben hat.

Xander pustet empört, stellt die Ellbogen auf den Knien ab und legt den Kopf in die Hände. »Ich war ein braver Junge, und jetzt lasst mich gefälligst beide in Ruhe.«

Seven und ich grinsen uns über seinen Rücken hinweg an.

»Deine Daddys machen sich nur Sorgen um dich«, sage ich neckend.

»Na super. Und jetzt machst du mich auch noch geil.«

Seven gibt ihm einen Klaps auf den Hinterkopf. »Wir haben Besuch.«

»Hab' nicht mit *dir* gesprochen.«

»Ja, aber ich bin trotzdem in Hörweite, Z. Sowas will ich nicht hören.«

»Dann solltest du Molly erklären, dass er sich nicht Daddy nennen soll.«

Während ich die beiden beobachte, schwindet auch der letzte Zweifel, was ihr Verhältnis betrifft. Sie sind wie … Brüder. Vielleicht sogar enger als die meisten Brüder, aber ich nehme nichts außer Liebe zwischen ihnen wahr.

»Du hast damit angefangen«, sage ich zu Xander.

Er setzt sich plötzlich auf, als hätte ich etwas Revolutionäres gesagt. »Wenn du mein Daddy bist, hast du mich dann lieb?«

»Ähm …« Ich schaue hilfesuchend zu Seven hinüber, aber er starrt entnervt Xanders Hinterkopf an. »Als Freund … ja?«

Xander quiekt und zieht mich in eine feste Umarmung. »Ich wusste es. Ich *wusste es*. Siehst du, Seven? Siehst du?«

»Hör auf.«

»Ich hab's dir gesagt.«

»Ich mein's ernst. Hör mit dem Steiß auf.«

»Aber jetzt könnt ihr–«

Seven legt Xander die Hand über den Mund, und Xander versucht, ihn wegzuschubsen. Sie rangeln eine Weile hin und her, während ich mich zur Seite lehne, um nicht dazwischen zu geraten, dann gibt Xander Seven einen so festen Klaps auf die Brust, dass das Klatschen im ganzen Garten widerhallt.

»Aua, gottverlampter Mist!«, schreit Seven auf, lässt los, und Xander zuckt sofort zurück.

»So fest war das doch gar nicht.«

Seven hat die Zähne zusammengebissen und zieht das T-Shirt weg von seiner Brust.

»Moment mal.« Xander deutet mit aufgerissenen Augen darauf. »Du hast ein neues Tattoo.«

»Nö.« Seven lässt sein Shirt los und setzt sich auf. »Kein Tattoo. Hier gibt's nichts zu sehen.«

»Und ob!« Xander zieht an seinem T-Shirt. »Warum versteckst du es?«

»Ich *verstecke* gar nichts. Es ist nur–«

»Dann zeig es uns.«

Der Blick, den Seven Xander zuwirft, hätte mich zurückweichen lassen, aber Xander klimpert nur mit den Wimpern. »Ich war heute *sehr* krank.«

»Z …«

»Ich bin fast gestorben! Was, wenn du es mir nicht zeigst und ich morgen nicht mehr aufwache? Wie würdest du dich dann fühlen, hm? *Hm*?«

Seven schließt die Augen und legt den Kopf in den Nacken, als würde er um Kraft beten. Dann gehen seine Augen auf, und er funkelt Xander böse an und zieht den Halsausschnitt des T-Shirts runter. Er hat so viele Tattoos, dass ich erst nicht weiß, was ich da sehe, aber dann konzentriere ich mich auf das leicht gerötete, etwas dunklere Motiv mitten auf der Brust.

»Oh mein Gott!«, quieke ich, während ich über Xander klettere, um besser sehen zu können. »Sevopus!«

Seven lacht leise, aber es klingt gezwungen. »Hab' doch gesagt, dass er mir gefällt.«

»Er ist auf dich drauf tätowiert.«

»Japp.«

»Für immer.«

»Mehr oder weniger, ja.«

»Aber ich habe doch nur rumgespielt.«

»Und wie gesagt, das bedeutet nicht, dass es nicht großartig sein kann.«

Ich bin quasi noch unter Schock, dass etwas von *mir* Erfundenes sich jetzt als Kunst auf seinem verdammten Körper befindet. Mein Motiv. Auf dem Körper eines anderen Mannes. »Wow.«

»Du hast Penisse für mich gemalt. Es war Liebe auf den ersten Blick.«

Ich lege die gekreuzten Arme auf Xanders Oberschenkel,

immer noch ganz baff. Dass Sevens Körper genau so ein Blickfang ist wie die Tattoos auf seiner Haut schadet nicht.

»Und? Reicht es langsam?«, fragt er.

»Vielleicht noch eine Minute.«

Xander fährt mir mit den Händen durch die Haare, dann fängt er an, mir einen Zopf zu flechten. Ich lehne mich in die Berührung, etwas überwältigt davon, wie gut ich das alles finde, und dabei erkenne ich: Ja, ich habe ihn wirklich lieb, als Freund. Das gilt für beide. Wir kennen uns noch nicht lange, aber in der Gegenwart von zwei solchen Menschen, die ohne Wenn und Aber ihre Herzen öffnen, die sich nicht zurückhalten und Spielchen spielen, kann ich nicht umhin, mich verbunden zu fühlen.

Ich komme Xanders Berührung entgegen wie eine Katze, und er gibt mir einen Kuss auf die Haare.

Seven seufzt und lässt das T-Shirt wieder los. »Ihr beide werdet mir noch ganz schön das Leben schwermachen, stimmt's?«

SEVEN

»WIR WERDEN ein Familienessen veranstalten müssen. Glaubst du, du bekommst alle zusammen?«, fragt Elle.

»Klar. Rush müssen wir wahrscheinlich irgendwo festbinden, damit er nicht verloren geht, aber es ist machbar.«

Ihr Bruder Émile und mein Mitbewohner Christian kommen diese Woche für eine Nacht nach Hause. Ich schwöre, der Kerl ist schon ewig unterwegs, aber wenn ich seine Textnachrichten lese, klingt er immer glücklich. Was für Christian ein echt verlampt großer Schritt ist.

Es ist zufällig der gleiche Tag, für den ich ein Überraschungsdate im Restaurant für Molly geplant hatte, aber der Kram kann warten. An diesem Wochenende wird Molly damit vertraut gemacht, was es wirklich bedeutet, ein Big-Boned-Bertha-Junge zu sein. Christian kennt er noch gar nicht, und Émile und Elle sind Mitglieder ehrenhalber. Molly hat meist nur mit einem oder zweien von uns zu tun, also wird es bestimmt ein Schock, uns alle zusammen zu erleben.

»Dann sind wir also ihr sechs und wir zwei–«

Ich unterbreche Elle. »Sieben.«

»Was meinst du?«

»Ich meine, wir sind jetzt sieben.«

Sie runzelt einen Moment die Stirn. »Oh, der Neue. Er kommt auch dazu?«

»Na logisch.«

»Okay, ganz schön bissig …«

»Ich bin nicht bissig. Ich verstehe nur nicht, wieso du überhaupt fragst.«

»Ja sicher, ich glaube dir, absolut«, antwortet sie mit groß aufgerissenen schönen blauen Augen.

»Er gehört jetzt zur Familie, also ist er automatisch dabei, okay?«

»Okay, ich verstehe schon. Reg dich ab, Rambo.«

»Verpflüm dich.«

»Es ist wirklich sehr süß, wie du dich für ihn stark machst.«

»Mach ich überhaupt–«

»Du *magst* ihn doch nicht etwa?«

»Bist du jetzt wieder in der High-School?«

Elle summt ein bisschen. »Ich könnte euer Fangirl werden.«

»Wenn es sich lohnt.«

»Ohh, bissiger Humor für die reiche Erbin.«

Ich schnaube. »Schade nur, dass du leider gar nichts erben wirst, Ersatzkind.«

Elles Familie hat so einige verschrobene Ansichten. Das Vermögen des Familienunternehmens – ein internationales Logistikunternehmen, das ungefähr seit Anbeginn der Zeit existiert – bleibt den männlichen Familienmitgliedern vorbehalten. Darum ist Elle auch so eine überzeugte Feministin … allen gegenüber außer denen. Sie mag zwar reich sein, aber sie ist fest entschlossen, sich ein Leben außerhalb der Familie aufzubauen, denn wenn die den Löffel abgeben, wird das Geld, abgesehen von ihrem Fonds, aufhören zu fließen.

Soweit ich weiß, hat Émile dem Ganzen auch den Rücken gekehrt, also geht stattdessen alles an ihren Cousin.

»Gar nicht auffällig, dass du das Thema gewechselt hast«, meint sie nachdenklich.

»Wenn du Molly erwähnst–«

»Kann ich mal kurz sagen, wie süß ich diesen Namen finde? Seine Eltern müssen verdammt noch mal super sein, und ich möchte, dass ihr beiden heiratet, damit ich sie eines Tages kennenlernen kann.«

»Na klar, darum kümmere ich mich sofort«, sage ich trocken. Den Erzählungen von Molly nach ist sein Dad super und seine Mom nicht, aber ich bin noch gar nicht darauf gekommen, zu fragen, wer ihm eigentlich diesen Namen gegeben hat. Molly ist einfach Molly. Jeder andere Name wäre falsch für ihn.

»Ich freue mich schon, ihn zu treffen«, sagt Elle. »Ich habe schon so viel von ihm gehört, dass ich fast das Gefühl habe, ihn schon zu kennen.«

»Lass mich raten. Xander?«

»Könnte sein, dass er ihn erwähnt hat.«

Ich stöhne auf. »Was für Kupplerpläne habt ihr beiden ausgeheckt?«

»Was? Wir? Nein. Nichts. Gar nichts.«

Das glaube ich nie im Leben. Xander hat sich schon immer in alle Aspekte meines Lebens eingemischt. Jetzt hat er anscheinend eine Komplizin. »Lasst es.«

»Du weißt gar nicht, was wir geplant haben.«

»Ist mir steißegal, was ihr geplant habt. Lasst es einfach. Da gibt es nichts zu planen.«

»Na, das werde ich ja dann am Samstag selber sehen. Ooh, vielleicht sollte ich Darcy mitbringen? Er mag große, muskulöse Männer wie dich, seinen Erzählungen nach, aber er hat auch schon den einen oder anderen Twink vernascht. *Oh mein Gott!* Ein Molly / Seven-Sandwich? Er wäre im siebten Himmel.«

Ich antworte gar nicht erst. Ich weiß, was sie da tut. Sobald ich sage, dass er nicht kommen soll, wird sie vermuten, dass ich eifersüchtig bin, und dann hört sie nie wieder davon auf. In die Falle werde ich nicht tappen.

»Molly und Darcy, das wäre wie im Märchen«, fährt sie fort.

Ich brumme nur.

»Der gutaussehende, unglaublich reiche Prinz, der Neuling, eine Wirbelwindromanze–«

Ich beiße die Zähne zusammen.

»Er nimmt ihn mit in sein Schloss auf dem Berg und bringt den Neuling die ganze Nacht zum –«

»Es ist ein reines *Familientreffen*.«

Sie lächelt, während sie mit dem elektronischen Stift auf ihr digitales Notizbuch tippt. »Beliebig – aber okay.«

»Oh, das Hasslevel, das du in mir erweckst …«

»Wer hätte das gedacht, dass du solche Gefühle entwickeln kannst?«

»Nur für dich, Babe.«

»Es ist ernsthaft scheußlich, dass du mich Molly noch nicht vorgestellt hast. Ich glaube, ich sollte beleidigt sein.«

»Ja, aber nach Samstag werde ich auf dich zeigen können und sagen: *Das hier ist der Grund*.«

»Dafür allein werde ich mich tadellos benehmen.«

»Ja, sicher.«

»Ich werde das schüchternste Mauerblümchen sein, das du je gesehen hast.«

»Droh mir bitte keinen Spaß an.«

Sie hebt eine Augenbraue, ihr stummes Anzeichen beim Annehmen einer Herausforderung, und jetzt freue ich mich erst richtig auf Samstag.

———

Ich:

Bist du am Arbeiten?

Molly:

War ich. Und jetzt hast du mich abgelenkt. Böser Seven.

Ich:

Soll ich dich weitermachen lassen?

Molly:

Nein, verdammt, wo bist du?

Ich:

Vor der Tür.

Kaum ist der Signalton seines Handys zu hören, reißt Molly schon die Tür zum Büro auf. Er hat alle Fenster des Erkerzimmers weit geöffnet und mehr Sonne reingelassen als ich es sonst tue, und die Sonnenstrahlen beleuchten die Staubpartikel hinter seinem Kopf. Der Typ sieht aus wie ein verbuchter Engel.

Bis sein Blick meinen Oberkörper hinunter wandert.

»Manchmal frage ich mich, ob du mich absichtlich scharf machen willst.«

Ich verkneife mir das Lachen. »Tja, bis du mich beim Rasieren meiner Eier ertappst, darfst du sowas nicht sagen.«

Er lehnt sich an den Türrahmen und kreuzt die Beine. Seine kurze Sporthose zeigt schön definierte braune Oberschenkel.

Molly knurrt. »Und jetzt schaust du mich so an. Das ist nicht fair.«

»Du hast schamlos gespannt.«

»Du hast kein T-Shirt an und bist dreißig Zentimeter größer als ich. Ich habe nur geradeaus geguckt.«

»Du hast aber nicht versucht, wegzuschauen, oder?«

»Ich meine …« Er beißt sich auf die Unterlippe und senkt den Blick. »Ich mag dieses Tattoo einfach.«

Ich lehne mich an die andere Seite des Türrahmens und versuche, nicht zu lächeln. »Als ich zugestimmt habe, mit dir auf Dates zu gehen, hatte ich erwartet, dass du arbeitsintensiver sein würdest.«

»Ehrlich?«

»Nach dem, was du gesagt hattest. Aber bisher habe ich erst

sechsunddreißig Textnachrichten und zwei grundlose Anrufe bekommen; beim ersten ging es um eine Biene vor dem Fenster und beim zweiten um das englische Adelstitelsystem.«

»Ich war neugierig.«

»Und du hast selbst Google.«

Er beißt sich wieder auf die Unterlippe. »War das übertrieben?«

Schwer zu sagen. Mollys Nachrichten lesen sich genau wie er spricht. Jeder Satz eine neue Botschaft, lauter kurze, unzusammenhängende Aussagen, sprunghaft in einer Weise, die man unmöglich nachvollziehen kann, aber es zu versuchen, macht Spaß. Also antworte ich ausweichend. »Vielleicht, wenn ich bei der Arbeit wäre. Oder, keine Ahnung, einen Bürojob hätte.«

»Okay ...« Die Information wird offensichtlich abgespeichert, und ich spüre einen kleinen Stich. Irgendetwas daran stört mich.

»Aber wenn ich antworte, nur zu. So viele du willst.«

»Ehrlich?«

»Also an mich jedenfalls. Man kann normalerweise aus dem Unterton von Nachrichten ablesen, wenn einen jemand loswerden will.«

»Ja, nee. Das ist leider nicht meine Stärke.«

»Dann frag einfach. Kommunikation ist wichtig in Beziehungen, und es ist besser, solche Dinge von Anfang an zu wissen, als später Probleme damit zu bekommen.«

»Und ... dir? Kann ich schreiben, wenn du nicht arbeitest?«

»Na ja, ich kann nicht antworten, wenn ich arbeite, aber solange es dir nichts ausmacht, zu warten, lese ich gern alles, nachdem ich fertig bin. Nur keine solchen Sachen wie *Hey, wo bist du*, oder *Warum antwortest du nicht*, denn das fängt schnell an zu nerven.«

Er lacht leise, dann streckt er die Hand aus, den kleinen Finger ausgestreckt. »Versprochen.«

»Kannst du total vergessen. Kein kleiner-Finger-Schwur für mich.«

»Och, komm schon.«

Und weil ich Sorge habe, dass Molly mich zu so gut wie allem überreden kann, verschränke ich die Arme. »Das ist eine harte Grenze für mich.«

Molly schnauft. »Also gut. Dafür schicke ich dir morgen hundert Nachrichten, bis du von der Arbeit kommst.«

»Jetzt hast du's mir aber gegeben.« Dass mir das ganz gut gefallen würde, sage ich nicht.

Es dauert einen Moment, bis ich registriere, dass wir uns gegenüberstehen und uns anlächeln.

Mit einem Räuspern wende ich mich zum Gehen. »Vergiss nicht, das nächste Date organisierst du.«

»Bin schon dabei.«

»Ach so. Warum ich eigentlich hier bin, bevor du angefangen hast zu sabbern und mich vom Thema abzulenken – diesen Samstag ist ein Bertha-Ding. Du bist dabei, oder?«

»Wenn du Ding sagst, meinst du eher so etwas wie Monopoly-Montag, oder eine Orgie? Denn das zweite wäre zwar nicht unbedingt ausgeschlossen, aber ich würde es mir gern in Ruhe überlegen.«

»Hmm. Ich hätte nicht gedacht, dass du Interesse hättest, mit Madden zu schlafen.«

Molly zuckt die Achseln. »Ist zwar schon ein Weilchen her bei mir – aber zugegeben: nein. Nicht mit ihm.« Er wirft mir einen schnellen Seitenblick zu.

Ich trete grinsend einen Schritt näher. »Wenn ich es nicht besser wüsste, würde ich denke, dass du einen zweiten Blick auf meinen Schwanz erhaschen willst.«

»Aber zum Glück weißt du es besser.«

»Pech für dich. Es ist ein *super* Schwanz.«

Molly grinst. »Ich weiß. Ich habe ihn schon gesehen.«

Ich fange seinen Blick auf. Wie weit soll ich das hier treiben? Wir gehen auf Übungsdates und freunden uns an, und ich bin anscheinend nicht sein Typ. Aber Himmel nochmal, ist Molly hübsch. Für ihn würde ich die Regel brechen. Noch nie hat mich jemand so sehr in Versuchung geführt wie er.

»Samstag ist ein Essen«, teile ich ihm mit. »Und für danach hat Elle den VIP-Bereich in einem der Clubs in der Innenstadt gebucht.«

»Schick.«

»Einflussreiche Freunde. Ich hätte nie gedacht, dass ich mal welche haben würde.«

Wieder sind wir uns unwillkürlich nähergekommen, und plötzlich wird Mollys Miene spitzbübisch, und er stellt sich auf die Zehenspitzen und reibt seine Nasenspitze an meiner.

»Was–«

»Kein kleiner-Finger-Schwur für dich. Stattdessen geben wir uns Nasenküsschen.«

Ich mache einen großen Schritt zurück. »Nasenküsse? Über meine Leiche.«

»Zu spä-ät«, säuselt er.

Ich gehe kopfschüttelnd meiner Wege. »Samstag.«

»Bin dabei. Und ich werde extra für dich etwas besonders Aufreizendes anziehen.«

KAPITEL
VIERZEHN

MOLLY

»KOMM, Miez-Miez …«, locke ich das hässliche rote Viech, das auf dem Zaun zwischen unserem Garten und dem Nachbarhaus sitzt.

Wie erwartet starrt er mich nur an und gibt ein tiefes *Mauuuu* von sich.

Ich schneide ihm eine Grimasse. »Ich will dich doch nur liebhaben.« Dann gebe ich auf und werfe das Trockenfutter, mit dem ich ihn bestechen wollte, in den Garten. Ich sehe ihm zu, wie er sich anschleicht, ein Auge auf mich und das andere auf den daneben landenden Vogel gerichtet. Er lässt mich keine Sekunde aus den Augen, während er frisst.

Blöde Katze – der einzige Mitbewohner, der mich nicht mit offenen Armen empfangen hat.

Beim Gedanken an die anderen Mitbewohner verspüre ich leichte Nervosität.

Diesen Samstag lerne ich sie alle kennen. Die ganze Bande. Und werde versuchen, nicht zu offensichtlich mit Seven zu flirten. Die Sache ist die: Christian ist diesen Jungs sehr wichtig, und ich mache mir Sorgen darüber, was passieren würde, wenn sich herausstellen sollte, dass er mich nicht mag.

Ich strecke mich auf dem Rücken aus, dann stütze ich die Ellbogen auf die Treppenstufe hinter mir. Jenseits der steinernen Mauer zur Straße fahren Autos vorbei, so gut wie unsichtbar durch den mit Bäumen und Sträuchern zugewucherten Garten. Wir wohnen zwar mitten im George Park District von Seattle, aber es ist, als hätten wir hier eine eigene kleine Oase.

Seit meiner Ankunft warte ich auf das Heimweh. Auf das tiefsitzende Bedürfnis, wieder nach Kilborough zurückzukehren, aber entweder kommt die Reaktion sehr verspätet, oder sie wird gar nicht mehr kommen. Es fühlt sich irgendwie richtig an, hier zu sein, und ich vermisse zwar meinen Dad und Will, aber ich weiß auch, dass sie nur einen Flug weit entfernt sind.

Hier kann ich neu anfangen, was mir besser gefällt als es der Fall sein sollte. Das ist einer der Gründe, warum ich nicht viel mit Dad und Will gesprochen habe, und immer eine Ausrede gefunden habe, warum es gerade nicht passt. Ich will ihnen nicht den Eindruck geben, es ginge mir hier besser als in ihrer Nähe. Das ist es nicht. Aber die Freiheit in Worte zu fassen, die es mir gibt, ist nicht einfach. Es würde bedeuten, zugeben zu müssen, wie sehr ich mich selbst gehasst habe, als ich gegangen bin.

Aber ewig kann ich es auch nicht hinauszögern, und als ich durch meine Kontakte scrolle und dabei auf Dads Nummer lande, beschließe ich, dass jetzt der Zeitpunkt gekommen ist, es hinter mich zu bringen. Ich bin ein bisschen schläfrig, aber guter Laune, und emotional bereit für ein Gespräch mit beiden – für den unwahrscheinlichen Fall, dass Will auch zu Hause ist. Ich hatte ihn gedrängt, bei Dad einzuziehen, als ich weggezogen bin, da er keine andere Bleibe hatte; ich bin zwar eifersüchtig auf ihre ... tja, wie soll man es eigentlich nennen? Freundschaft? Ersatz-Vater-Sohn-Beziehung? Das bedeutet aber nicht, dass ich Will zu seiner homophoben Familie zurückschicken wollen würde.

Immerhin können sie sich umeinander kümmern, wenn ich

nicht da bin, und vielleicht merken sie dann gar nicht, dass ich weg bin.

Und da ist die Bitterkeit wieder.

Das musst du ablegen, Molly.

Dad nimmt fast sofort ab.

»Das wird ja auch Zeit, Junge. Ich war schon drauf und dran, in den Flieger zu hüpfen und mich davon zu überzeugen, dass du noch am Leben bist.«

Ich lache leise. »Sorry«, sage ich dann, denn ich fühle mich sofort schuldig, als ich seine Stimme höre. Er ist der beste Vater gewesen, den ich mir hätte wünschen können. Ich weiß, Will kann mich gar nicht ersetzen, und doch fühle ich mich automatisch abgelehnt. »Du – hast mir gefehlt.« Und das stimmt, wie sehr, wird mir erst klar, als ich es ausgesprochen habe.

»Ja, das glaube ich, aber es wird dir guttun, ein bisschen weg zu sein.«

»Vermisst du mich denn …?«

Dad lacht. »Versteht sich das nicht von selbst? Ich habe dir immer gesagt, dass ich dich liebend gern bei mir behalte, bis ich den Löffel abgebe. Du bist meine ganze Welt, Mols, aber ich kann dich total vermissen und trotzdem stolz sein, wenn du dich auf eigene Füße stellst.«

Ich lächle meine Knie an. Wie konnte ich je an ihm zweifeln? Wir streiten und geraten aneinander, aber er liebt mich.

»Erzähl mal von Seattle«, sagt er. »Oh, Moment. Will sagt, ich soll auf laut stellen.«

Eine winzige Spur von Eifersucht fängt an, an mir zu nagen, aber das ignoriere ich, sobald ich Wills warme Stimme höre.

»Molly! Du hast mir gefehlt. Wo bist du? Geht es dir gut?«

»Alles gut. Mir geht's gut. Ich habe mich nur eingewöhnt.« Ich versuche, mir die Frage zu verkneifen, aber es gelingt mir nicht. »Was macht ihr beiden so?«

»Dein Dad spielt den typischen alten Mann und macht ein Kreuzworträtsel.«

»Und wer bietet mir dauernd seine Hilfe an?«

»Weil ein gewisser Jemand die ganze Zeit vor sich hin murrt wegen vier senkrecht.«

Ich schließe einen Moment die Augen und versuche, mir das Gezanke nicht unter die Haut gehen zu lassen. »Also, in Seattle ist es *ganz toll*.«

Sofort sind sie still.

»Sorry, Mols«, sagt Dad in weicherem Ton. »Schieß los.«

Und ich habe die beiden zwar lieb und sie fehlen mir, aber ich bin auf einmal nicht mehr so scharf drauf, zu erzählen wie noch vor ein paar Minuten. Ich wollte Dad von meinen Mitbewohnern berichten und Will von dem bekloppten Date, und beiden von Sevens falschem Date erzählen und dass er sich buchstäblich eine meiner Zeichnungen auf *seine verdammte Haut* tätowiert hat.

Aber im Sekundenbruchteil erscheinen mir all diese Dinge viel zu persönlich.

»Mir gefällt's gut hier«, antworte ich wahrheitsgemäß. »Das Haus ist schön, und die Jungs, mit denen ich zusammenwohne, sind ein lustiger Haufen. Madden hat sich *sehr* verändert.«

Will lacht.

»Aber ich fühle mich hier zuhause.«

»Toll, das zu hören.«

»Ja … und wie ist es bei euch so?«

Und anders als ich haben beide ganz viel zu erzählen, was sehr überraschend ist, wenn man bedenkt, dass sich im Kleinstadtleben eigentlich nie viel verändert.

»Und Ford und Orson?«, frage ich schließlich. Ich glaube nicht, dass ich jemals keine Reue empfinden werde, wenn ich daran denke, wie ich sie behandelt habe.

»Gut. Orson hat nach dir gefragt.«

Ich verdrehe die Augen. »Na klar hat er das.« Der Mann ist ein verdammter Heiliger. Als ich seinen Freund geküsst habe, hat er statt sauer zu werden dafür gesorgt, dass ich im betrunkenen Zustand sicher nach Hause kam.

Eine Bewegung auf dem Pfad zum Haus lässt mich aufblicken, und ich rechne damit, dass Kismet sich wieder zeigt. Stattdessen kommt eine ältere Dame mit Spazierstock und listiger Miene in Sicht.

»Äh, ich muss auflegen«, sage ich, als sie sich nähert. Für jemanden, der am Stock geht, ist sie ziemlich schnell.

»Okay«, sagt Dad, der alles andere als glücklich klingt. »Aber melde dich bald wieder.«

»Ja. Klar.« Nicht ganz sicher, ob ich gerade lüge. »Hab euch lieb.«

»Dich auch.«

Ich beende den Anruf und begrüße die Frau. »Tante Agatha?«

Sie mustert mich prüfend. »Molly?«

»Ein und derselbe.«

»Möchtest du eine liebenswerte alte Dame nicht auf einen Tee hereinbitten?«

»Liebenswert?« Ich fixiere sie mit einem Blick. »Die anderen haben mich schon vorgewarnt.«

Mit einem dramatischen Seufzer entgegnet sie: »Noch so ein Frechdachs als Nachbar. Wie soll ich das nur überleben?«

Ich habe schon viele Geschichten über Aggy gehört; ich kenne sie zwar noch nicht, und will beim ersten Treffen auch nicht übertreiben, aber nach allem, was ich so gehört habe, ist sie eine humorvolle Person. Liebevoll. Aber weit davon entfernt, ein Unschuldslamm zu sein.

»Vielleicht mit etwas Tee«, schlage ich vor, während ich versuche, mir das Lachen zu verbeißen.

»Ausgezeichnete Idee.«

»Brauchst du Hilfe bei den Treppen?«

»Ich bin neunundsiebzig, nicht tot.«

»Verstehe.« Ich halte ihr die Tür auf. Bestimmt könnte sie das auch selber, aber ich bin einfach so erzogen. Dad hat mir Manieren beigebracht, was er selbst erst lernen musste, als er ein

Teenager-Papa ohne Geld war. »Was für Tee magst du denn?«, frage ich, während ich ihr den Flur hinunter folge.

»Meine Verlorenen Jungs haben normalerweise Twinings für mich im Haus.«

Ich stöbere in der Speisekammer herum, während Agatha eine schwere Tasche auf den Tresen stellt.

»Was hast du da alles?«

»Ich dachte, wir könnten uns kennenlernen und gleichzeitig etwas zu essen für alle machen.«

»Machst du das öfter?«

Achselzuckend läuft sie um die Kücheninsel herum, um Teewasser aufzusetzen. »Normalerweise koche ich ein paarmal pro Woche zu Hause ein paar Portionen und lege sie ihnen in die Tiefkühltruhe. Meine Jungs müssen essen.«

»Das ist ja lieb.«

»Tja, die Buben in diesem Haus können es brauchen. Und mir macht es keine Mühe.«

»Das ist freundlich ausgedrückt.«

Ich bereite ihren Tee zu, während Agatha den Inhalt des Stoffbeutels auf der Ablage ausbreitet. Ich versuche, anhand der Zutaten zu erraten, was wir daraus kochen werden, aber ich komme nicht darauf.

»Und? Kannst du es dir denken?«, fragt sie.

Ich reiche ihr eine Tasse. »Überhaupt nicht.«

»Vegetarische Pot-Pie mit Sahnesauce.«

»Das klingt ja köstlich.«

»Und das ist es auch.«

»Bist du das, Aggy?«, ruft Xander, kurz bevor er in der Küche auftaucht. »Oh, und Molly.«

Ich erhasche eine Bewegung aus dem Augenwinkel, aber bevor ich mich umgedreht habe, lässt Agatha die Hand sinken.

»Ja, mein süßer Junge. Nur ich. Und dein neuer Mitbewohner. Ich verhöre ihn gerade.«

Xander lächelt ein zittriges Lächeln. »Lieb sein. Wir mögen ihn.«

»*Bin* ich ja, bin ich ja. Wir kochen etwas zusammen, stimmt's, Zuckerschote?«

Ich brauche einen Moment, um zu kapieren, dass ich damit gemeint war. »Äh, japp. Genau.«

»Vegetarische Pot-Pie.« Die betonte Art und Weise, wie sie das sagt, und dass Xanders Augen aufleuchten, macht mich stutzig. Die beiden wechseln einen Blick, dann wendet Xander sich zum Gehen.

»Dann viel Spaß noch, ihr beiden.«

Nachdem er weg ist, wende ich mich langsam zu der geschäftigen alten Dame neben mir. »Was war das denn?«

»Ich weiß nicht, was du meinst. Würdest du bitte die Pilze kleinschneiden?«

Ich stelle mich vor das Schneidebrett, das sie auf die Ablage gelegt hat. »Mache ich. Aber ich habe eure Heimlichkeiten genau mitbekommen, nur damit das klar ist.«

»Heimlichkeiten?«

»Ist Pot-Pie ein Insiderwitz oder so?«

Sie schnappt dramatisch nach Luft. »Was für Gemeinheiten du einer alten Dame unterstellst.«

»Diese Unschuldsnummer zieht bei mir nicht.« Ich verkneife mir das Lachen. »Ich wette, du mischst hier den ganzen Laden auf.«

»Iwo. Ich sorge dafür, dass meine Jungs zu essen haben und gesund bleiben. Ich mache nie viel Gewese.«

»So, so.«

»Außer, wenn Seven die ganze Nacht seine Musik anhat.«

Ich erinnere mich, dass er erzählt hatte, dass das nur dann passiert, wenn sie ihm auf die Nerven geht. »Er ist ein Guter.«

»Das ist er. Hat eine schöne Seele. Hätte eine schöne Seele an seiner Seite verdient.«

Ich werde ihr da nicht widersprechen, aber mir gefällt die

Vorstellung, Seven mit einem festen Partner zu sehen, nicht besonders. »Kann gut sein …«

Sobald ich die Pilze fertig habe, habe ich schon Sellerie und Blumenkohl vor mir.

»Xander sagt, du verbringst viel Zeit mit Seven«, sagt Agatha.

»Ja, und mit Xander. Und Madden. Mit Rush würde ich auch mehr Zeit verbringen, wenn er je zu Hause wäre.«

»Arbeitet sich zu Tode, der Gute. Und er ist ein einfaches Gemüt. Manchmal mache ich mir so meine Gedanken um ihn …«

»Ich glaube, er hat von einem festen Freund gesprochen.«

»*Wirklich*? Na, davon wusste ich ja noch gar nichts.«

Mit einem Seitenblick frage ich: »Du weißt wohl die meisten Dinge, die hier vor sich gehen?«

»Und ob.«

Ich beiße mir kurz auf die Unterlippe. »Wie viel weißt du denn von Seven und Xander?«

»Alles.«

»Also … wie sie aufgewachsen sind?«

»Alle. Verdammten. Einzelheiten. Die hatten das beide nicht verdient.«

»Ich weiß noch nicht mal genau, was passiert ist, aber ich kann auf jeden Fall zustimmen.«

Sie summt, und ich habe das Gefühl, ebenfalls von der Seite gemustert zu werden. »Sie sind beide etwas ganz Besonderes.«

»Ich weiß.«

»Und gehören zusammen.«

Ich muss lachen. »Ja, das hatte ich schon rausbekommen. Die sind sehr eng miteinander.«

»Aber nicht so.« Sie dreht sich plötzlich mit dem erhobenen Messer in der Hand um. »Versteh mich nicht falsch, diese beiden sind einfach platonisch und wie Brüder. Sonst läuft da nichts.«

»Das hatte ich auch schon mitgekriegt.«

»Ja. Nun.« Sie schneidet weiter den Lauch auf.

»Die Sache ist nur, dass mich interessiert, wie alles begonnen hat. Aber es fühlt sich komisch an, sie zu fragen.«

»Stattdessen fragst du jemanden, den du buchstäblich gerade erst kennengelernt hast.«

Ich stupse sie mit dem Ellbogen. »Du gehörst doch im Grunde zur Familie.«

»Und du bist ein kleiner Schmeichler, stimmt's?«

»Wenn ich damit etwas erreichen kann.«

Sie lacht rau und kratzig auf, was mich sofort für sie einnimmt. »Denk nicht zu viel darüber nach. Es ist eine Geschichte, die sie dir schon erzählen werden, wenn sie sich an dich gewöhnt haben.«

»Okay.«

»*Oder* wenn sie sternhagelvolltrunken sind.«

Ich lache. »Du bist ganz anders als ich erwartet hatte.«

»Gleichfalls. Und? Wie lange hast du vor zu bleiben?«

»Ich habe keine Pläne. Eine Weile bestimmt. Mir gefällt es gut hier.«

»Kein Wunder.«

Ich denke lächelnd über meine Mitbewohner nach. »Das stimmt.« Bisher fühle ich mich hier mehr willkommen und wertgeschätzt als zu Hause in den vergangenen paar Jahren.

Als wir der Pot-Pie den Teigdeckel aufgesetzt haben, sieht Agatha mir direkt in die Augen. »Ich mag dich, Molly.«

»Ganz meinerseits.«

»Gut. Und ich würde dich noch mehr mögen, wenn du die anderen von dieser Pot-Pie fernhalten könntest, bis Seven nach Hause kommt.« Sie zwinkert mir zu. »Es ist sein Leibgericht.«

Und da wird mir klar, dass Agatha und Xander das Ganze geplant hatten.

»Zwischen uns läuft nichts«, versichere ich ihr.

»Aha. Das solltest du mal deinem Lächeln mitteilen, Zuckerschote.«

Ich schlage mir die Hand vor den Mund.

Sie wendet sich Richtung Flur. »Hab ein Auge auf die Pot-Pie. Zwanzig Minuten. Seven wird kurz darauf nach Hause kommen.« Sie hält kurz inne, dann verschwindet sie. »Bis bald.«

»Ja, klingt gut.«

Da werde ich ja wohl durch müssen. Ich schaue in den Backofen und muss lachen. Immerhin weiß ich jetzt, wie sie zu meinem Interesse an Seven steht.

Es dauert zwar nicht allzu lang, aber ich laufe nervös auf und ab, sehe prüfend im Backofen nach, ob die Pot-Pie noch da, noch warm oder wie von Zauberhand aus der Auflaufform verschwunden ist. Als ich die Eingangstür höre, sause ich durch den Flur, um Seven abzufangen, bevor er nach oben verschwinden kann.

»Hey, Mol–«

»Ja. Hi. Komm mal mit.« Ich nehme ihn bei der Hand und zerre ihn in die Küche. »Ich habe Abendessen gekocht. Mit Agatha, aber es zählt trotzdem.«

Er schnüffelt konzentriert, dann sagt er mit gerunzelter Stirn: »Ist das …«

»Pot Pie! Ja. Genau. Dein Lieblingsessen. Das hat sie jedenfalls gesagt.« Ich verschränke die Hände hinter dem Rücken im Versuch, der Nervosität in meinen Eingeweiden Herr zu werden.

Er nimmt den Deckel ab und atmet tief ein. »Boah, riecht das gut.«

Ich seufze erleichtert auf. »Lecker?«

In seinem Blick schwingt etwas mit, als er mich anschaut, und dann lächelt er eines der seltenen Lächeln, das auch seine Augen erreicht. »Glaubst du, wir schaffen es, das nach oben in mein Zimmer zu schmuggeln, ohne dass die anderen was mitkriegen?«

»Ich nehme Gabeln und Becher, du schnappst dir das hier und etwas zu trinken?«

»Guter Plan.« Er gibt mir einen Klaps auf den Po auf dem Weg zum Kühlschrank. »Go, Team!«

Ich muss mich unbedingt bei Agatha bedanken, wenn ich sie das nächste Mal sehe.

KAPITEL
FÜNFZEHN

SEVEN

DIE VERLORENEN JUNGS mal wieder zusammen zu sehen ist wie nach Hause kommen. Christian und Émile sitzen aneinander gekuschelt an einer Seite, Gabe mir gegenüber am Kopfende, Xander zwischen Christian und Rush. Auf der anderen Seite sitzen nebeneinander Molly, Madden, Elle und Elles Freund Darcy.

Mit tiefer, warmer Zuneigung betrachte ich diesen Chaotenhaufen. Nie hätte ich für möglich gehalten, dass ich jemals so eine Familienatmosphäre erleben würde. Was ich davor kannte, war, von Pflegefamilie zu Pflegefamilie weitergereicht zu werden, bis ich in der von Xander landete. Den Elternfiguren traute ich nie wegen der Misshandlungen, die ich erfahren hatte, und dafür wurde ich abgelehnt. Manche dieser so genannten Eltern teilten einen Teil des Hauses für die *anderen* Kinder ab. Wir aßen getrennt. Schliefen getrennt. Im Grunde bekamen wir dort nur das Dach über dem Kopf. Keine Verbundenheit. Definitiv keine Liebe. Xanders Probleme entstanden aus seinem Bedürfnis nach Aufmerksamkeit, und sein Gehirn nahm ernsthaften Schaden dadurch. Es gibt da draußen viele tolle Pflegefamilien – anscheinend – aber bis zu meiner letzten Station wollte nie jemand ein Kind mit solchen Problemen wie ich sie hatte.

Ich habe einige miese Sachen erlebt. Eine Zeitlang glaubte ich nicht, Liebe überhaupt verdient zu haben. Oder Familie. Ich hasste es, dass Xander sich so an mich anschloss und nicht mehr losließ, denn ich glaubte, er hätte jemand Besseren verdient. Jemanden, der keine Schwierigkeiten damit hat, Gefühle zu zeigen.

Ich wusste damals nicht, dass ich einfach in der Warteschleife für meine wahre Familie war, die mich schließlich gefunden hat.

Wie angekündigt ist Elle angezogen wie in einem Kostümfilm. Das hochgeschlossene Kleid geht bis zu den Knöcheln, und sie trägt einen Blumenkranz auf dem rasierten Schädel.

Ich werfe ihr einen stummen Blick zu, der besagen soll »Was zur Hölle hast du vor?«, und sie erwidert ihn mit einem boshaften Lächeln, bevor sie sich an Molly wendet.

»Hallo, mein liebes Kind«, sagt sie salbungsvoll. »Wie wundervoll ist es doch, dass du heute mit meinen anderen verlorenen Lämmern zusammen hier bist, und dass sie dich in ihrer Mitte aufgenommen haben. Ich halte euch *alle* in meinem Herzen und wünsche euch aus tiefster Seele –«

Émile platzt laut heraus. »Was, geliebte Schwester, soll denn dieser Scheiß?«

Elle schnappt gekünstelt nach Luft. »Welch eine Ungezogenheit, *liebster Bruder*, in Gegenwart einer Dame zu fluchen.«

»Eine Dame? Das ist der größte Haufen Scheiße, den ich je gehört habe.«

Ich schnaube. »Ja, du verhältst dich so, als hätte ich dir kein Abschreckungs-Motiv auf die Pobacke tätowiert.«

»Wie bitte?«, fragt Émile, der sich nur mühsam das Lachen verkneift.

»Ich trage ein kleines, professionelles Kunstwerk«, antwortet sie, immer noch in dieser merkwürdigen Stimme, »auf meinem

Gesäß. Aber können wir jetzt auf das Wesentliche zurückkommen, unseren liebsten Freund Molly?«

Ich beuge mich vor und lasse den Kopf auf den Tisch fallen. »Das kann nicht wahr sein. Das *kann* nicht wahr sein.«

»Und ob, versprochen«, säuselt Xander. »Keine Ahnung warum, aber ich amüsiere mich.«

»Ich auch«, sagt der etwas biedere Darcy.

Soviel dazu, dass nur Familie hier sein sollte. Immerhin hat sie noch nicht versucht, ihn mit Molly zu verkuppeln. Der Typ ist ein echter Fang.

Nicht, dass mir das nicht egal wäre, ob sie ihn mit Molly zusammenbringt. Logischerweise. Ich weiß einfach, dass er nicht Mollys Typ ist, das ist alles.

Und Molly ist noch dabei, das mit den Dates zu lernen. Es ist noch zu früh für ihn, sich wieder ins Geschehen zu stürzen.

Aber kaum habe ich das innerlich mit mir selber ausdiskutiert, lehnt Elle sich leicht zurück und legt eine Hand auf Mollys, die andere auf Darcys Schulter.

»Ich glaube, ihr kennt euch noch gar nicht.«

»Das trifft glaube ich auf die meisten Menschen an diesem Tisch zu«, bemerkt Darcy.

»Spielt keine Rolle, mein Lieber. Diese Zuckerschnute hier ist Molly. Und Molly, Liebster, Darcy ist einer meiner ältesten, liebsten Freunde, und ich habe gehört, dass er einen unglaublich großen Penis hat.«

Molly verschluckt sich und prustet sein Getränk quer über den Tisch.

Der versteinerte Gesichtsausdruck und der Schock aller Anwesenden entlockt mir ein lautes Lachen. Ich sterbe innerlich, während ich eine Serviette rüberreiche und sage: »Das hatten wir doch schon bei unserem ersten Date besprochen. Niemanden anspucken, Kleiner.«

Die Verlegenheit verschwindet, und seine Augen fangen an zu

leuchten. »Ganz offensichtlich bist du kein besonders guter Lehrer.« Er wischt sich die Flüssigkeit vom tropfenden Kinn.

»Moment mal«, sagt Christian und beugt sich vor. »Was meinst du damit, ein Date?«

»Entspann dich.« Ich habe Mühe, nicht die Augen zu verdrehen. »Es war kein echtes Date.«

»Seven hilft mir, normal zu werden, wenn ich unter Menschen gehe.«

Émile berührt leicht Mollys Hand. »Normal ist überbewertet. Bei unserer ersten Begegnung hat Christian eigenhändig eine ganze Hochzeit ruiniert. Wenn die Männer, mit denen du dich triffst, es nicht aushalten, wenn es chaotisch wird, haben sie dich auch nicht verdient.«

Molly fängt an zu strahlen, und verdammt, er ist wirklich hübsch, wenn er lächelt. »Findest du wirklich?«

»Ich habe vorhin versucht, durchs Fenster reinzukommen statt durch die Tür«, sagt Christian. »Solchen Scheiß kann man nicht abstellen. Früher war ich sehr streng mit mir deswegen, aber durch Émile habe ich begriffen, dass es schon okay ist, wenn man ein bisschen …«

»Chaotisch ist?«, ergänzt Émile fragend.

»Genau. Chaos macht Spaß.«

Und das meine ich mit Familie. Sie sind alle unglaublich, sehr verschieden, aber Menschen mit Herz.

»Wie gut, dass du keine Probleme mehr hattest«, sagt Darcy zu Émile. Und alles an seinem gepflegten Akzent macht mich aggro.

Um mich abzulenken, schaue ich zu Rush hinüber, der hektisch auf seinem Handy tippt.

»Alles okay?«, frage ich.

Er blickt auf, schaut sich um, dann sperrt er das Display. »Japp. Alles bestens. Ist nur mein Freund. Er ist übers Wochenende verreist. Wir machen Pläne. Hoffentlich für nächste Woche, aber –«

Das leuchtet sein Display wieder auf, und er stürzt sich fast darauf.

Immerhin, zwei der Verlorenen Jungs sind glücklich verliebt.

Ich kann nicht verhindern, wieder Molly anzuschauen, und merke, dass sein Blick schon auf mir ruht. Er schenkt mir eines dieser breiten Lächeln, die ich bis ins Innerste spüre. Der Kerl lässt mich täglich immer zehnmal weicher werden, und wenn ich nicht aufpasse, wird Xanders kleiner Finger nicht der einzige sein, um den ich gewickelt werde. Ich weiß nur, dass ich es bereue, am Kopfende zu sitzen, wenn ich doch eigentlich lieber Elles Platz hätte. Na gut, vielleicht nicht genau neben Darcy.

Die Bedienung kommt, und wir geben unsere Bestellungen auf. Als sie wieder geht, hebt Gabe das Kinn in meine Richtung. Ich sehe ihn fragend an, und er deutet mit dem Finger auf Molly und mich, dann macht er ein Herz mit den Fingern.

Ich zeige dem Pogesicht den Mittelfinger.

Wie war das nochmal mit Familien?

Ich hasse sie. Alle miteinander. Von Gabes spöttischem Grinsen über den übertrieben engelsgleichen Ausdruck auf Elles Gesicht bis zu Émile, der Christian unter dem Tisch befummelt. Madden nestelt genervt an seinem Hemdkragen und wirkt von seinen Klamotten ebenso abgelenkt wie Rush von seinem Handy. Darcy sitzt nur unbehaglich da, starrt auf seinen Teller und macht den Eindruck, als wäre er jetzt überall lieber als hier.

Der Arme. Wahrscheinlich wurde ihm gesagt, dass er hier ist, um einen heißen Typ kennenzulernen. Pech für ihn.

Xander faltet einen Schwan aus seiner Serviette.

»Und womit wischt du dir dann den Mund ab?«

»Mit deiner?«, fragt er mit Augenaufschlag.

»Keine Chance.«

Er schmollt mit den rosa geschminkten Lippen. »Man könnte denken, du hast mich nicht mehr lieb.«

»Entschuldigung«, unterbricht Darcy. »Seid ihr beiden …«

»*Nein*«, antworten wir wie aus einem Mund.

»Mein Fehler.«

»Ist schon gut, Liebling«, sagt Elle. »Du bist nicht der erste, der das denkt. Aber ihre Liebe zueinander ist so schön wie die reinste Blume ...«

Und glücklicherweise wird in diesem Moment mein Teller vor mir abgestellt. Ich nehme ein Pommes-Stäbchen und werfe es nach ihr.

Sie blinzelt erschrocken, als es an ihrer Nase abprallt. »Was war das denn, verdammt nochmal?«

»Oh gut, du bist wieder du selbst.«

»Und du bist immer noch ein Arschloch«, erwidert sie mit einem Augenaufschlag, der dem von Xander gleicht.

»Okay, was zum Schlenker? Wie gerate ich eigentlich immer an Leute wie euch?«

»Wovon du wohl reden magst ...?«

»Ihr drei manipulativen kleinen Schrecksfratzen.« Ich zeige auf Xander, dann auf sie, dann auf Molly.

Molly starrt mich an. »Was habe ich denn damit zu tun?«

»*Du weißt schon.* Dasitzen und mich lieb anlächeln. Hör auf damit.«

Und als wäre das, was ich gesagt habe, witzig, muss er sich mühsam das Lächeln verbeißen. »Tut mir leid, dass ich süß bin.«

»Sollte es auch.«

»Ihr zwei seid sowas von bezaubernd«, sagt Elle hingebungsvoll.

»Und sexy«, fügt Xander hinzu.

Ich schaue zu Christian rüber. »Musstet ihr unbedingt nach Hause kommen? Es hat schon seinen Grund, dass wir sonst nie Familienessen machen. Ihr seid alle doof.«

»Was hab *ich* denn damit zu tun?«, fragt Madden jetzt.

»Deine Hose ist noch nicht mal richtig zu, Mann.«

Er schaut nach unten, wie ich genau sehen kann, dass sein Hosenknopf und der Reißverschluss offen sind.

»Ha. Upps. Ich dachte, das merkt keiner.«

»*Alle* haben es gemerkt«, sagt Gabe. »Es ist nicht so einfach, einen Kerl zu übersehen, der so aussieht, als würde er gleich seinen Schwanz rausholen.

Elle hebt das Tischtuch an und lehnt sich über Molly hinweg, um zu gucken. »Nö. Ist verstaut.«

»Ein Glück«, murmele ich.

»Warum haben wir nicht einfach zu Hause gegessen?«, fragt Molly, der immer noch gegen das Lächeln kämpft. Der Effekt ist sogar noch süßer als vorher, verdammt soll er sein.

»Weil meine Schwester irgendwie der Illusion unterliegt, dass wir uns unter Leute wagen können.« Émile lehnt sich zurück und legt den Arm um Christian. »Wir anderen warten nur darauf, dass Christian den Tisch umwirft.«

Christian legt seinem Mann die Hand über den Mund. »Tja, jetzt, wo du es ausgesprochen hast, wird es nicht passieren, was bedeutet, dass etwas viel, viel Schlimmeres geschehen wird.«

MOLLY

SEVEN FINDET MICH SÜSS. Und das hat er auch vor allen seinen Freunden zugegeben. Ja, es gibt Hausregeln. Und ja, Seven sagte, er würde sie nicht brechen, und ich würde ihn auch niemals dazu drängen, aber … *er findet mich süß.*

Genau genommen soll ich mich so verhalten wie bei allen anderen, mit denen ich ausgehe, und wenn er wirklich mein Freund wäre, oh … mir wird ganz *schwummerig*.

Ich werfe ihm über den kleinen Tisch, auf dem die Getränke stehen, verliebte Blicke zu, aber er merkt es gar nicht. Er ist damit beschäftigt, auf die Tanzfläche des gut besuchten Clubs zu starren, in den Elle uns mitgenommen hat. Es ist dunkel, Neonlichter blitzen, und die Musik dröhnt rhythmisch in meinen Ohren. Der VIP-Bereich liegt oberhalb der Tanzfläche, man hat den gesamten Club im Blick, und die Bedienungen, die unsere Drinks bringen, tragen arschfreie Chaps. Ich gebe mir Mühe, die Männer nicht anzuglotzen, aber einige der Pos sind echt verlockend.

Wie Seven in solchen Chaps aussehen würde, kann ich mir nur

vorstellen. Statt den Gedanken für mich zu behalten, hole ich das Handy heraus und schicke ihm eine Nachricht.

Ich:

Wie hoch wäre das Bestechungsgeld, um dich dazu zu bringen, solche Hosen anzuziehen?

Seven:

Umsonst. Ich habe ein Paar zuhause.

Mir fallen fast die Augen aus dem Kopf. Ich schaue ihn mit offenem Mund an, und Seven lacht.

Seven:

Dein Gesichtsausdruck! Zum Totlachen.

Ich:

Gemein! Ich habe mir gerade ausgemalt, wie ich dich dazu bringen könnte, sie anzuziehen, wenn wir nach Hause gehen.

Seven:

Das muss das erste Mal sein, dass ein Kerl will, dass ich Hosen ANziehe. Normalerweise ist das Ziel, sie mir auszuziehen.

Ich:

Soll das heißen, dass das infrage käme?

Seven tippt ein Lächeln als Kommentar, dann macht er das Handy wieder aus und steckt es ein.

Wieder bleibt mir der Mund offenstehen, und ich sende eine Reihe Nachrichten.

Ich:

Frechheit!

Erstmal: Wie konntest du nur?

Zweitens: Wieso bist du so fies?

Hast du mich etwa nicht lieb?

Beachte mich, verdammt!

Ich weiß, dass sein Handy vor sich hin tobt, aber er ignoriert es, und seine Miene lässt mich darüber nachdenken, ob das eine Aufforderung sein soll, ihn darauf anzusprechen.

Da kennt er Molly Gibson aber schlecht.

Mit empörtem Schnaufen wende ich mich an Darcy. »Hi,

Person, die ich vor heute Abend noch nie gesehen habe.«

»Habe ich das beim Essen irgendwie falsch verstanden? Das trifft doch auf einige von uns zu, oder?«

»Ja, sicher, aber von Elle, Émile und Christian hatte ich schon gehört. Das ließ sich nicht vermeiden, so verbandelt, wie die alle sind.«

»Das stimmt. Aber es ist doch auch ganz schön, oder?«

»Dazu habe ich noch keine abschließende Meinung.«

Darcy lacht leise. Er ist ein auf konventionelle Weise gutaussehender Mann mit freundlichen Augen, aber ich spüre keinen Funken überspringen. Kein merkliches Zusammenzucken, wie jedes Mal, wenn ich Seven anschaue.

»Ich habe genau einen engen Freund, und meine Familie ist …« Er seufzt. »Tja, meinem Vater geht es nicht gut. Also fühlt sich im Moment alles etwas entwurzelt an.«

»Wow, das glaube ich.« Sein schmerzlicher Ton weckt mein Mitgefühl. Wenn meinem Dad etwas passieren sollte … nein. Ich wäre nicht okay. Wir waren eine lange Zeit lang nur zu zweit, und es tut weh, sich ein Leben ohne ihn vorzustellen. »Das tut mir echt leid. Glaubst du, er wird wieder gesund?«

»Leider nicht. Aber ich habe die Hoffnung nicht aufgegeben.«

Ich reiche hinüber und lege die Hand auf seinen Arm, und er drückt meine Hand. »Bist du deswegen heute Abend mit uns ausgegangen?«

»Teils, ja. Außerdem waren Elles Worte glaube ich *du hast fünf Minuten, um dich anzuziehen, sonst zerre ich dich so mit, wie du bist –* und da ich im Pyjama war und wusste, dass sie das ernst meinte, war es einfacher, mitzuspielen.«

Ich schaue zu Elle hinüber, die das Alte-Damen-Kleid abgelegt und gegen einen hautengen Jumpsuit mit sehr tiefem Ausschnitt eingetauscht hat, in dem sie atemberaubend und beängstigend zugleich aussieht.

»Sie macht mir Angst«, gebe ich zu.

»Oh, mir auch. Ich habe schon früh erkannt, dass es einfacher ist, sich ihr nicht in den Weg zu stellen.«

Ich lache. »Was ist denn das Wildeste, was sie je–«

»Das sieht ja lustig aus hier«, sagt Seven, schiebt sich zwischen Darcy und mich und setzt sich hin. »Worüber reden wir gerade?«

Darcy schluckt hörbar, die Augen aufgerissen, und die Reaktion würde ich überall erkennen – er findet Seven attraktiv. Und plötzlich wiederholt sich die alte Geschichte. Ich kann schon vor meinem inneren Auge sehen, wie Darcy und Seven anfangen zu plaudern, sich näherkommen, vielleicht Pläne machen, sich nochmal zu treffen, wieder und wieder und wieder, bis *es* passiert.

Darcy bekommt Seven.

Und ich mal wieder niemanden.

Ich werde von nackter Panik erfasst, und ich schäme mich, es sagen zu müssen: Das kann ich nicht zulassen. Ich bin nicht stark genug, wieder mitzuerleben, wie mich ein Mann, jemand, der mich auch wirklich kennt, einfach wegwirft.

»Möchtest du mir zeigen, wo die Toiletten sind?«, frage ich Darcy in einem Atemzug. Vielleicht kann ich ihn unter vier Augen bitten, seinen sexy reichen Arsch bitte irgendwo anders als in diesen Club zu bewegen. Traurig? Bemitleidenswert? Ich? Schuldig!

»Oh, aber es ist gleich–« Darcy zeigt in die Richtung, in der die Toiletten sehr offensichtlich ausgeschildert sind. Da springt Seven auf.

»Mach ich, Kleiner.«

Tja, ich kann ja schlecht *ihn* bitten, nichts mit Darcy anzufangen. Aber immerhin habe ich es geschafft, die beiden zu trennen.

»Ich folge dir!«

Seven legt mir den Arm um die Schultern und schiebt mich in den kurzen Flur mit den Symbolen für Toiletten und Notausgang. Sobald wir eintreten, wird mir klar, dass ich jetzt tatsächlich auch auf die Toilette gehen sollte, dabei muss ich gar nicht.

»Darcy also«, sagt er.

»Macht einen netten Eindruck.«

»Ja, und reich.«

»Gut zu wissen.«

»Er ist ein Multimilliardär.« Seven verschränkt die Arme und lehnt sich an ein Waschbecken.

»Willst du mir jetzt etwa beim Pinkeln zuhören?«

»Er ist aber nicht alt.«

Ich starre Seven kurz an und frage mich, was hier eigentlich passiert. »Ich habe Augen im Kopf.«

»Er ist also nicht dein Typ.«

»Das hatten wir doch schon besprochen; ich weiß gar nicht, was mein Typ ist.«

»Tja, dann, nichts wie los, fang etwas mit dem superwohlhabenden Abercrombie-Model an. Ich habe gehört, dass sein Daddy bald sterben wird, du kannst dich also schon auf das ganze Geld freuen, das er noch erben wird.«

»Was hast du eigentlich für ein Problem, verdammt nochmal?«

Seven verzieht höhnisch das Gesicht. »Gar keins. Was hast du denn für ein Problem?«

»Ich musste aufs Klo.«

»Dann mach doch.« Sevens herausfordernder Ton legt nahe, dass ihm klar war, dass ich gar nicht muss. Aber ich werde den Teufel tun und das zugeben.

»Tja, vielleicht will ich jetzt nicht mehr.«

Er schnaubt. »Sicher. Denn eigentlich wolltest du ihn hierher zerren und Sex mit ihm haben. Offensichtlicher ging es wohl kaum noch.«

»Machst du Witze? Wenn überhaupt ist er eindeutig an dir interessiert.«

»Was?« Seven sieht aus, als hätte ich ihm eine geklebt.

»Ja, der Multimilliardär will deinen Schwanz. Gern geschehen.«

»Gut. Du könntest es besser treffen.«

»Besser als ein sexy, netter, reicher Typ?«

»Genau.«

»Alles klar … na dann hab noch viel Spaß.« Ich habe meine Stimme kaum noch unter Kontrolle.

Seven zuckt die Achseln. »Sollte ich.«

»Okay.«

»*Okay*.« Er wendet sich zum Gehen, und wieder werde ich von der irrationalen Panik von vorhin erfasst.

»Das *kannst* du nicht machen.«

Er bleibt auf halbem Weg stehen und schaut mich über die Schulter an. »Wie bitte?«

»Du kannst jetzt nichts mit ihm anfangen.«

„Warum nicht?«

»Weil …« *ich es nicht will und du mir gehörst* – das klingt nicht unbedingt nach der passenden Antwort. »… du es nicht darfst.« Ja, super. Viel besser.

»Ich darf nicht?«

»Du bist *mein* fester Schein-Freund.«

»Wir sind überhaupt keine Schein-irgendwas.«

»Aber wir waren auf Dates.«

»Wir gehen auf Dates. Sie sind aber nicht echt.«

»Tja, so lange wir zusammen ausgehen, will ich nicht, dass du mit jemand anderem Sex hast. Es ist nicht fair.«

»Fair? Du könntest mit jedem hier im Club etwas haben, den du wolltest.«

»Wir wissen beide, dass das nicht stimmt, daher das ganze Dating. Was bedeutet, dass du jetzt nicht da rausgehen kannst. Ich werde es nicht zulassen.«

Seven grinst und baut sich zu seiner vollen Größe von knapp über eins neunzig auf. Und er muss noch nicht mal etwas sagen, um sein Gegenargument auszusprechen. *Versuch doch, mich aufzuhalten, Kleiner.*

»Ich weiß, dass er dich will, und dass du eifersüchtig warst, weil ich mit ihm geredet habe, aber bitte, *bitte* mach es nicht. Ich bin der, den du beachten solltest, nicht er.« Ich will, dass der

Wortstrom aufhört, gleichzeitig muss ich das aber alles loswerden.

»Bitte sag, dass das ein Scherz sein soll.«

Ich grunze. »Ich verstehe schon. Das wäre eine der Sachen, die man bei einem Date oder zu seinem Freund nicht sagen sollte. Und ich komme gerade etwas verzweifelt und bedürftig rüber oder so, aber es ist mir verdammt nochmal egal. Manchmal sind auch *meine* Gefühle wichtig, und jetzt wäre ich wirklich, wirklich gekränkt, wenn du etwas mit ihm anfangen würdest.«

»Molly, nun komm schon! Du glaubst, ich bin eifersüchtig auf *dich*? Du denkst, ich würde mit *dir* tauschen wollen? Wach auf, du kleiner, bedürftiger Mann. Ich war eifersüchtig *wegen dir*. Ich war eifersüchtig, weil er mit *dir* geredet hat.«

»W-was?«

»Das hast du irgendwie nicht gecheckt?«

»Du musst glaube ich mal einen Gang runterschalten.«

»Wirklich? Ich war gerade nicht besonders schnell. Du hast mich völlig nerviger Weise für dich eingenommen, und wenn ich mir euch beide zusammen vorstelle, würde ich am liebsten den ganzen Laden hier zerlegen. Ich kann dir gerne versprechen, keinen Sex mit anderen Leuten zu haben, solange wir zusammen ausgehen, wenn du dafür das Gleiche versprichst.«

Ich strahle übers ganze Gesicht. »Ich … ich … wow. Ich habe Mühe, zu folgen.«

»Dann lass es mich ganz einfach ausdrücken.« Seven macht einen Schritt auf mich zu, drängt mich gegen das Waschbecken und nimmt mein Gesicht in beide Hände. Dann legt er seine Lippen an meinen Mund.

Sofort öffne ich meine Lippen für ihn und schmelze dahin, als seine Zunge meine berührt. All die rohe, leidenschaftliche Kraft, die er immer im Zaum hält, bricht sich in dem Kuss Bahn, und mein Kopf schwirrt, während kleine elektrische Schläge in meiner Brust losgehen.

Ich kralle mich in sein Hemd, den Kopf in den Nacken gelegt, und ich versuche, so viel wie irgend möglich in den Kuss zu legen. Ich will ihm zeigen, wie gut ich sein kann, wie *perfekt*. Und ich mag vielleicht von Erfahrungen in der Vergangenheit gezeichnet sein, aber Muster wiederholen sich nicht von ungefähr. Sobald ich mit jemandem schlafe, geht es bergab. Keine Anrufe mehr, kein zweites Date. Ich meine, soweit kommt es manchmal gar nicht erst.

All diese Gedanken und mehr drohen diesen überwältigenden Moment zu überschatten und mir Tränen in die Augen zu treiben. Ich schiebe sie beiseite und versuche, mich zu entspannen, den Augenblick zu genießen. Denn ich habe zwar noch nie einem Typ etwas vorgeheult, aber selbst mir ist klar, dass es nicht besonders einnehmend ist, sich in Tränen und Rotz aufzulösen.

Und ich glaube, ich war noch nie in meinem Leben so entschlossen, jemanden für mich zu gewinnen wie Seven.

Er küsst mich.

Mit voller Absicht.

Jetzt muss ich nur noch erreichen, dass er nie wieder damit aufhören will.

KAPITEL
SIEBZEHN

SEVEN

ICH SOLLTE WAHRSCHEINLICH AUFHÖREN.

Werde ich auch.

Jeden Moment …

Das Problem? Mit jeder Sekunde, die verstreicht, verspreche ich mir: nur noch eine, dann ist die aber vorbei und die nächste bricht an. Ich verspreche innerlich unendliche Sekunden und höre nicht auf, Molly zu küssen.

Ist es etwa meine Schuld, dass er sich so unglaublich anfühlt unter meinen Händen? Dass sein kleines Gesicht so perfekt in meinen Handflächen liegt, und seine kräftige Zunge wieder und wieder und wieder meine streift.

Mit einem kehligen Geräusch lasse ich seine Wangen los, umarme ihn und drücke seinen schlanken Körper an mich. Mollys Erektion drängt sich hart an meinen Oberschenkel, und das verwandelt mich in ein Raubtier.

Es ist das Letzte, was wir tun sollten. Ich wäre absolut dabei geblieben, die Hausregeln weiter hochzuhalten, auf die wir uns alle geeinigt hatten, bis Molly aufgetaucht ist, mit seinen großen

Augen und dem wilden Haarschopf. Er ist so eine verdammte Versuchung. Eine große Persönlichkeit im kleinen Paket. Komplett süß, aber wild entschlossen, seine Person zu finden.

Was ein weiterer Grund dafür ist, wieso wir das hier wirklich nicht tun sollten.

Ich löse mich schwer atmend von ihm. »Tut mir leid«, sage ich. Es ist ein purer Reflex, denn ehrlich gesagt stimmt es überhaupt nicht. Abgesehen davon, dass es mit seinen Gefühlen spielt.

»Muss es nicht.« Er tritt automatisch näher, als würde er magnetisch angezogen, und packt mich am Hemd. »Mir tut es nicht leid. Das wird es aber, wenn du aufhörst, mich zu küssen. Gerade habe ich das Gefühl, das ist einer der perfektesten Augenblicke meines Lebens.«

»In der schmierigen Herrentoilette in einem Nachtclub?«

»Ich habe schon an schlimmeren Orten Schwänze gelutscht.«

Mein Puls beschleunigt sich. »Du willst meinen Schwanz lutschen?«

Um Mollys angeschwollene Lippen zuckt es, und das neckische kleine Ding klimpert mich seinen Wimpern an. In so kurzer Zeit hat er schon heraus, wie er mich rumkriegen kann. »Ich werde auch schön bitte bitte sagen.«

»Wie denn?«

Er schmiegt sich enger an mich, die Arme zwischen uns gefangen, und stellt sich auf die Zehenspitzen. Seine Stimme ist süß wie Sirup, und mein Schwanz zuckt bei dem Klang. »Oh, bitte, Seven, hab Mitleid mit mir. Ich will artig sein für dich. Ich will dich lecken und lutschen, damit es sich so, so gut anfühlt, und dann mit dem Geschmack deiner Sahne belohnt werden.«

Ohhh nein.

Ich schwöre, mein Gehirn hat gerade einen Kurzschluss bekommen.

Es ist so gut wie unmöglich, nein zu sagen. »Es wäre nicht richtig. Ich würde – ich will nicht alles durcheinanderbringen. Ich will dir nicht weh tun.«

Jetzt lässt er die Unschuldsrolle wieder bleiben. »Ich bin kein Idiot. Du hast von Anfang an gesagt, dass eine Beziehung für dich nicht infrage kommt, und ich verstehe das auch. Andererseits bist du so verdammt sexy, dass es mir schwerfällt, mich in deiner Anwesenheit zu konzentrieren. Dieses eine Mal nur?« Seine Augen blitzen wieder schelmisch auf. »*Bitte.*«

»Du bist gefährlich.«

»Was, wenn ich gern gefährlich bin?«

»Dann bin ich verlampt nochmal gekniffen.«

Molly lacht, nimmt mich bei der Hand und zieht mich aus der Toilette, den Korridor entlang zu einer Tür, auf der »Notausgang« steht.

»Was, wenn es einen Alarm–«

Molly ignoriert mich, stößt die Tür mit der Schulter auf und zieht mich weiter. Wir befinden uns in einem kleinen, schwach beleuchteten Treppenhaus. Treppe und Wände sind schwarz gestrichen und Lichtstreifen verlaufen zu unseren Füßen und an der Decke. Molly grinst, der Schatten spielt auf seinen Zügen, und schiebt mich gegen die Wand.

»Hier draußen sind wir ganz unter uns.«

»Das sehe ich.«

»Und morgen können wir beide so tun als wären wir total betrunken gewesen und könnten uns an nichts erinnern.«

Ich spüre meine Nasenflügel zittern bei dem Vorschlag. Ihn zu haben, und das ganz ohne Verpflichtungen?

«Nur das eine Mal?«, frage ich.

Molly lächelt noch breiter, was mich mitten ins Herz trifft. »Ein einmaliges Angebot.«

»Tja, wenn das so ist …« Ich bücke mich, fasse ihn unter den Oberschenkeln, hebe ihn hoch und presse ihn mit dem Rücken an die Wand. Er ist ein Fliegengewicht, und es kostet mich kaum Kraft, ihn zu halten.

»Fuck, ist das geil.«

Ich lege seine Beine um meine Hüften, dann drücke ich mit

der Handfläche gegen seinen pochenden Schwanz. »Das hier erst recht.«

Molly summt. »Mach das nochmal.«

Ich tue es, und genieße, wie perfekt sein harter Schaft sich in meiner Hand anfühlt. Seine Atemzüge werden schwerer, sprechen etwas tief in meinem Inneren an und verstärken die Lust, die uns zueinander zieht.

Er hält mich mit Armen und Beinen umschlungen, und ich muss leise lachen. »Mein persönlicher Sevopus«, bemerke ich.

»Mach dein Hemd auf, lass mich sehen.«

Ich schiebe ihn so, dass ich ihn mit dem Knie halten kann, und knöpfe mit der freien Hand mein Hemd auf, während ich die andere Hand wandern lasse. Sobald das Tattoo zu sehen ist, vergräbt Molly stöhnend das Gesicht an meinem Hals.

»Ich kann immer noch nicht fassen, dass du das gemacht hast«, murmelt er.

»Ich mag gute Kunst.« Klar, als ob das der Grund wäre. Es hat Null damit zu tun, dass der blöde Oktopus mich jedes Mal an ihn erinnert, wenn ich einen Blick darauf erhasche. Nichts damit, dass ich immer darüber lächeln und seine Nähe suchen muss.

Die Sehnsucht nach ihm brodelt unter meiner Haut. Lässt mich leichtsinnig werden, als könnte ich alles tun, was ich will. Und wenn wir das jetzt machen, dann machen wir es. Ein einziges Mal, ohne Reue.

Ich verwickle ihn in einen hemmungslosen Kuss mit weit geöffneten Mündern. Unsere Zungen kämpfen um die Oberhand, meine Lippen sind hart und fordernd, und ich lebe all meine Lust und Sehnsucht in diesem gemeinsamen Augenblick aus.

Molly schließt die Arme fester um meinen Nacken, und sein Becken schiebt sich nach vorne, unwillkürlich Reibung suchend, die ich ihm allzu gerne geben will.

Es ist eine Herausforderung, seine Shorts mit einer Hand aufzubekommen, aber sobald ich den Reißverschluss offen habe, springt sein Penis mir entgegen. *Argh, er trägt gar keine Unterwäsche.*

Ich spüre die Hitze seines Schafts in meiner Handfläche, während ich ihn umfasse. Er ist schon feucht und extrem erregt, und ich spüre ein sexy kleines Erzittern seines Unterleibs, als ich ihn berühre.

»Seven …« keucht er. »Mach weiter. Fass mich an.«

Ich suche wieder seine Lippen, erkunde ihn mit der Zunge, während ich ihn wichse. Ich reibe seine Schwanzspitze mit dem Daumen, während ich streichele und zudrücke, von der Wurzel bis zur Eichel, zwischendurch immer wieder seine glatt rasierten Eier umfasse, und versuche, jeden Tropfen aus ihm herauszuholen.

Die atemlosen kleinen Geräusche, wie sein Becken sich in meine Hand drängt – ich fahre total darauf ab. Mein eigener Schwanz ist hart und bettelt um Erlösung, aber er darf erst mitspielen, wenn Molly befriedigt ist. Der hält sich mit einer Hand an meiner Schulter fest, die andere hat er um meinen Hinterkopf gelegt, und vertieft den Kuss, während er unter meinen Händen erschauert.

Plötzlich löst er sich aus dem Kuss, gibt ein kehliges Stöhnen von sich, sein Kopf sinkt nach hinten an die Wand, und er schaut nach unten, wo ich ihn mit der Hand umfasse.

»Ich … oh, fuck …« Damit kommt er in meiner Hand, sein Schwanz zuckt unter dem Druck seines Ergusses, und ich warte geduldig, bis ich auch den letzten Tropfen aus seinem Körper herausgeholt habe. Erst als er sich schließlich wieder weich gegen mich sinken lässt, lasse ich los, hebe die Hand an die Lippen und lecke jeden Tropfen seiner Entladung ab. Molly sieht mir wie gebannt zu, und er wehrt sich nicht, als ich meine Hand um seinen Hals lege. Ich schiebe den Daumen unter seinen Kiefer, biege seinen Kopf in den Nacken, im perfekten Winkel, um unsere Münder erneut aneinander zu legen.

Molly summt in den Kuss, während sein Samen von meiner

Zunge auf seine und wieder zurück läuft. Seinen Geschmack mit ihm zu teilen lässt mein Begehren aufflammen und nach Erlösung verlangen. Mit Molly zu knutschen ist mit nichts anderem zu vergleichen, denn bei jedem neuen Kuss will ich, dass er nie wieder endet.

Seine Beine entgleiten meinem Griff, er stellt sich auf die Füße und löst sich aus meiner Umarmung.

»Ich muss dich schmecken. Jetzt.«

Ich schaue zur Tür. Dass uns jemand ertappt, macht mir keine Sorgen, stattdessen will ich die Tür verriegeln, um sicherzustellen, dass uns niemand unterbrechen kann. Nie wieder.

»Auf die Knie«, krächze ich.

Aber Molly macht einen Schritt zur Seite, dreht uns um und schiebt mich mit dem Rücken an die Wand. Er fährt mit den Händen an meinen Armen herunter, dann geht er geschmeidig in die Knie, und als er mich durch seine Wimpern von unten anschaut, weiß ich, dass es um mich geschehen ist.

Mollys süßes Lächeln ist ein bisschen boshaft geworden, und er legt meine Hände hinter meinen Rücken und umfasst meine Handgelenke. Nie im Leben wäre er in der Lage, mich festzuhalten, aber die Illusion reicht aus. Meine Hüften bewegen sich nach vorn wie von selbst, eine Einladung zu mehr.

Er hält mit der einen Hand meine Handgelenke, mit der anderen öffnet er meinen Reißverschluss, dann zieht er meine Unterhose herunter und schiebt das Gummi unter meine Hoden. Sobald mein Schwanz befreit ist, beugt er sich vor, reibt das Gesicht daran und atmet tief ein.

»Du duftest unglaublich.«

»Toll. Super. Ich leide hier Qualen.«

Mollys leises Lachen bläst kühle Luft an meine erhitzte Haut. »Qualen? Aber warum nur?«

Ich schiebe ihm winselnd mein Becken entgegen, um ihn anzuspornen. Fast bin ich versucht, meine Hände aus seinem Griff zu lösen und ihn an den Haaren zu packen, aber Molly die Kontrolle zu überlassen besorgt es mir gerade total. »Hör auf, mich so hinzuhalten.«

»Aber wo bleibt denn da der Spaß?«

»Spaß? Es gibt ganz viel Spaß. Kommen macht zum Beispiel sehr viel Spaß, und ich würde gerne demnächst dazu übergehen.«

Er leckt meine Eichel, und ich gebe ein Zischen von mir. »Sag mir, dass es dir nicht gefällt.«

»Molly …«

»Sag es.«

»Ich hasse–«

Er hebt eine Augenbraue, und ich sinke an die Wand.

»–wie sehr es mir gefällt.«

»Schon besser.« Molly summt, während er mit der Zunge an meinen Piercings entlangfährt. »Die sind aus der Nähe noch sexyer.«

»Sexy genug um daran zu lutschen?«

»Tun sie nicht weh?«

»Nö. Außer du bist super grob damit, aber hauptsächlich–«

Ich breche ab, als Molly eine der Barbells zwischen die Zähne nimmt und sanft daran zieht. Da ich so hart wie Stahl bin, schickt mir das einen Schauer durch den Schwanz bis zu den Hoden. Ich stöhne und lasse den Kopf nach hinten an die Wand fallen.

»Grausam. So hübsch, und doch so grausam.«

Ich spüre wieder sein leises Lachen an meinem Schaft und schiebe erneut das Becken vor. Ich muss seinen Mund spüren, muss ihn aufgerissen um mich sehen, während der Blick aus diesen großen Augen mich bis auf die Knochen erzittern lässt.

»Komm schon«, jammere ich. »Sei nicht so gemein zu mir.«

Seine Zunge ist nass, als er die Unterseite meines Schwanzes langsam damit streichelt, wieder und wieder, und ich spüre geradezu schmerzhafte Lust. Ich bin jetzt so erregt, dass ich bereit wäre, zu betteln, aber dann nimmt er mich endlich richtig in den Mund.

Seine Lippen sind weich, sein Atem warm, sein Mund ist nass

und berauschend. Ich will sein Gesicht vögeln, bis er keine Luft mehr bekommt, aber ich gebe Molly Zeit, das Tempo zu bestimmen, mich tiefer und tiefer zu nehmen, bis meine Eichel seine Kehle berührt. Molly schluckt, und der Druck bringt mich fast zur Entladung, aber er zieht sich wieder zurück. Wieder und wieder lässt er den Kopf auf und ab wippen, leckt mich mit seiner geschickten Zunge, saugt mich so fest ein, dass es sich anfühlt, als wäre mein Schwanz von einem lustvollen Vakuum umgeben.

»So gut«, lobe ich ihn. »Nimm mich ganz tief.«

Das macht er dann auch.

Im Treppenaufgang hallt es wider, sein Schlürfen, sein schwerer Atem, und die Wände scheinen mein Stöhnen und kehliges Knurren zu reflektieren. Es könnte jederzeit jemand hereinkommen und uns auseinandertreiben. Wir könnten aus dem Club rausfliegen. Unsere Mitbewohner könnten alles mitbekommen. Aber es ist mir sowas von egal. Mollys Mund ruiniert mich gerade für alles andere, und ich würde eher sterben als damit aufzuhören, was wir gerade tun.

Mir ist nur zu klar, dass wir ein Risiko eingehen. Hier auf Privatsphäre zu zählen ist nicht schlau, vor allem jetzt, da ich dem Höhepunkt näher und näher komme. Ich muss kommen, den Druck in meinen Hoden erleichtern. Ich muss all dieses angestaute Verlangen in meinem Inneren loswerden. Ich fühle eine Gänsehaut und ein lustvolles Zittern in allen Gliedern.

»Ich will dich an den Haaren ziehen«, sage ich, und seine Augenlider flattern. »Halt fester. Lass es mich nicht machen.«

Er umfasst meine Handgelenke fester, und ich bewege mein Becken schneller. Mein Schwanz stößt immer wieder in diesen sexy Mund, Molly hat Tränen in den Augen, seine Lippen sind aufgeworfen, aber er hält meinen Schaft mit festem Griff und bearbeitet mich, als könnte er nicht genug bekommen.

Die Geräusche, die er von sich gibt, sind unglaublich. So sexy. Ich spüre sie wie ein Kribbeln an meinem Rückgrat entlang.

»Ja. Ja, ich bin … ich bin gleich …«

Pochend entlädt sich mein Schwanz, ein Orgasmus überschwemmt mich in Wellen, und ich spritze ihm in den Mund. Molly nimmt alles auf, schluckt wie ein Verdurstender, und ihn so zu sehen verlängert das lustvolle Erlebnis.

Er saugt an meiner Schwanzspitze, bis der Höhepunkt nachlässt und ich nichts mehr zu geben habe, dann lässt er mit einem ploppenden Geräusch von mir ab.

»Wow.«

Er hebt eine Schulter, das Selbstbewusstsein, das er eben noch gezeigt hat, verschwunden. »Ich kann das eben gut. Es ist der einzige Grund, warum ich ein zweites Mal angerufen werde.« Das leichte Lachen klingt gezwungen, und obwohl ich mich vor einer Sekunde noch großartig gefühlt habe, werde ich von Angst erfasst.

»Bitte sag mir, dass ich keinen Mist gebaut habe«, sage ich.

Er hebt den Blick und sieht mir in die Augen. »Hast du nicht. Versprochen.«

Und doch fühle ich mich nicht viel besser. Ich reiche Molly die Hand und ziehe ihn hoch.

»Uns ist beiden klar, dass das nur zum Spaß war, oder? Wir hatten besprochen, dass es nicht der Beginn einer Beziehung ist.«

»Ich weiß.«

»Und warum guckst du mich dann so an?«

Der weiche Blick aus seinen großen Augen macht mir Sorgen. »Kein bestimmter Grund.«

»Molly …«

»Ich habe einen Sperma-Schwips, okay? Reg dich ab.«

»Okay.« Ich mustere ihn und frage mich, ob ich nochmal nachfragen soll. »Immer noch alles okay für das nächste Date?«

Er verdreht die Augen und kneift mich in die Brustwarze. »Ja, klar. Je mehr Dates, desto eher kannst du mir alles beibringen, und desto eher lerne ich meinen zukünftigen Ehemann kennen, und du bist mich los.«

Und obwohl ich merke, dass er ehrlich ist, fühle ich mich nicht besser.

»Klingt gut.«

»Finde ich auch.« Er lehnt sich nach oben und drückt mir noch einen langsamen, weichen Kuss auf den Mund. »Mein Zukünftiger wird dir zu Dank verpflichtet sein.«

»Ja.« Ich mache mich los. »Das sollte er auch, verlampt nochmal.«

KAPITEL
ACHTZEHN

MOLLY

ES IST NICHTS. Keine Beziehung. Nur ein Freund, der einem Freund hilft. Ich schaue zu Seven hinüber, der meinem Blick standhaft ausweicht, während er die Speisekarte studiert. Er hat einen Laden ausgesucht, der absolut nicht das ist, was ich von ihm erwartet hätte, aber jetzt sind wir hier, und ich werde es genießen. Und versuchen, mich auch in einem Restaurant wie ein normaler Mensch zu verhalten.

»Hör auf damit«, brummt er, ohne aufzublicken.

»Womit denn?«

Er macht eine winkende Geste über den Tisch. »Na ... *das* da.«

Ich beiße mir auf die Lippe, um nicht zu lachen. »Ich sitze doch nur hier.«

»Und bist süß. Und guckst mich mit diesem süßen, blöden Gesicht an. Es wird nicht nochmal passieren.«

»Pft. Man könnte darauf kommen, dass du willst, dass es nochmal passiert, so oft wie du davon anfängst. Ich war gut, oder?«

Seven sieht sich hastig um. »Deine Stimme ist laut.«

»Du weichst der Frage aus.«

»Na logisch weiche ich der Frage aus. Wir sind in einem vollen Restaurant, geben mehr Geld für Essen aus als nötig, und …« er zieht an seinem Hemdkragen und fächelt sich Luft zu.

Zum ersten Mal bemerke ich den Schweiß auf seiner Stirn.

»Bist du nervös?«

»Ich mag solche Läden nicht.«

»Warum hast du ihn dann ausgesucht?«

Seven blickt endlich auf. »Hab ich nicht.«

»Aber ja.«

»*Du* hast ihn ausgesucht. Du warst dran.«

Ich schaue ihn mit offenem Mund an. Dann schnappe ich mir mein Handy und öffne die Nachrichten.

Seven:

Treffen bei Kygaros um sieben Uhr?

Ich halte die Nachricht hoch und er verzieht ganz süß das Gesicht.

»Das habe ich nicht geschickt.«

»Es kam von deinem Handy.«

Er grinst und nimmt seins zur Hand, dann zeigt er mir exakt die gleiche Nachricht auf seinem Display. Von mir.

»Was?«

»Ich glaube, man hat uns reingelegt.«

»Aber … *was*?«

Seven lacht leise, tief und warm. »Wenn ich raten sollte, würde ich sagen … Xander.«

»Xander? Aber wieso?«

»Er hält sich für Amor.«

»Aber wie hat er nur mein Handy in die Finger bekommen? Und deins? Und wozu das Ganze? Wir hatten doch sowieso noch ein Date geplant.«

»Wenn du das noch nicht rausbekommen haben solltest: Xander ist ein neugieriger kleiner Mistkäfer, der immer nur macht, was er will, wann er will, und nichts, was man zu ihm sagt, kann ihn davon abhalten.«

»Aber wovon denn abhalten?«

»Uns zu verkuppeln natürlich.«

Ich versuche, meine Gesichtszüge nicht entgleisen zu lassen. »Ich nehme an, du hast ihm nichts von letzter Woche erzählt.«

»Das braucht *niemand* zu wissen.«

»Sehe ich auch so.« Denn ich weiß, was letzte Woche passiert ist, und ich will nicht, dass jemand merkt, wie sehr ich seither für ihn schwärme. Jedenfalls nicht, bis es wieder passiert. Hoffentlich.

»Dieser kleine Kackhaufen …«, murmelt Seven.

Und ich würde zwar liebend gerne weiter hier rumsitzen und Date Night spielen, aber Seven wirkt etwa so unbehaglich in diesem Restaurant wie ich wäre, wenn ich … zusehen müsste, wie mein Dad und Will es miteinander treiben.

Eklig. Nee, danke.

Ich stehe auf und laufe um den Tisch herum, dann ziehe ich Seven hoch.

»Äh … was machst du da?«

»Wir werden jetzt ein bisschen Spaß haben.«

»Du machst mir Angst.«

»Mit diesem unschuldigen Gesicht?«, frage ich, während ich die Hände unters Kinn lege. Er atmet hörbar aus.

»Jetzt habe ich doppelt Angst.«

Ich winke der Bedienung und gebe meine Karte ab, um unsere Drinks zu bezahlen. Während wir auf seine Rückkehr warten, denke ich fieberhaft nach, aber sobald ich meine Kreditkarte wieder habe, eile ich nach draußen.

»Ich muss sagen: jetzt bist du wieder komisch«, ruft Seven mir nach, während er mir folgt.

»Ich habe nicht vor allen Gästen angeboten, dir auf der Toilette einen zu blasen – ich denke, das ist ein Fortschritt verglichen mit meinem letzten Date im Restaurant.«

Seven lacht und hebt die Hand. »Gib mir fünf für Verbesserung!«

Ich klatsche ihn ab, dann verschränke ich unsere Finger, während er die Hand sinken lässt. »Abklatschen ja, kleiner-Finger-Schwur nein?«

Seven fixiert unsere Hände. »Sowas in der Art.« Dann hält er unsere Hände hoch. »Was ist das denn?«

»Ich halte deine Hand.«

»Ja, das hatte ich gesehen. Aber ... wieso?«

»Weil ich will?«

Er schaut mich an, als würde ich in einer fremden Sprache sprechen. Dann atmet er hörbar aus, läuft den Weg entlang und zieht mich mit festem Griff hinter sich her. In meiner Brust explodieren kleine Feuerwerke. *Gewonnen!*

»Du bist so ein Miesepeter.«

»Und?«

»Ich mag es.«

»Ja, es macht so einen Spaß, dass mir als Kind meine Unschuld genommen wurde, sodass ich jetzt davon ausgehe, dass alles und jeder so verdreht ist wie ich.« Er spricht so trocken, dass nie im Leben jemand darauf kommen würde, dass er sich das einfach nur ausdenkt.

»Kann ... darf ich dich danach fragen?«

»Nee. Ist ein Stimmungskiller.«

»Ich kann das schon ab.«

Er richtet diesen lieben Blick auf mich und sieht mich einen Moment einfach an. »Ja, wahrscheinlich schon. Aber ich glaube nicht, dass ich es könnte. Zumindest nicht heute Abend.«

Das kann ich respektieren. Wenn er es aus Rücksicht auf meine Gefühle nicht sagen würde, würde ich hundertprozentig weiter nachfragen. Aber wenn es ihm zu viel wäre? Dann lasse ich es liebend gern gut sein.

»Was machen wir denn jetzt Lustiges?«, fragt er.

Ich setze ein boshaftes Grinsen auf. »Wir werden Xander ein bisschen ärgern.«

»Ja?«

Ich nicke. »Ihr beiden wisst alles voneinander, also gehe ich davon aus, dass ihm klar sein sollte, dass du solche Orte nicht magst.«

»Äh, ja …«

»Und er hat dich trotzdem hierher geschickt. Nicht cool.«

Seven schüttelt den Kopf. »Es ist echt okay. Wir hätten wahrscheinlich bleiben sollen, damit ich üben kann.«

»Nö. Du tust mir einen Gefallen, aber ich will nicht, dass du etwas machst, was dir unangenehm ist. Also werden wir Xander heimzahlen, dass er dich in diese Lage gebracht und mich sauer auf ihn gemacht hat.«

»Du bist sauer auf ihn?«

»Sehr.«

»Wir wissen doch noch nicht mal, ob er es war.«

Ich bleibe stehen und bremse Seven. »Kennst du sonst jemanden, der so hinterlistig ist, dass er sich unsere Handys schnappen, dem jeweils anderen solche Nachrichten schicken und dann die Sendebestätigung löschen würde?«

Seven wirft mir einen trockenen Blick zu. »Nee. Er war es auf jeden Fall.«

»Dann lass uns ihm zeigen, wie diese Einmischung hätte ausgehen können.«

»Unter einer Bedingung: Bleib nicht zu lange sauer auf ihn.« Sevens bittender Tonfall trifft mich unerwartet.

Seine Sorge lässt mich noch mehr dahinschmelzen. »Ich werde mich abregen, sobald wir mit ihm fertig sind. Vielleicht sogar schon vorher«, sage ich einlenkend. »Vielleicht bin ich auch gar nicht so sauer auf ihn, obwohl ich es wirklich, wirklich gern wäre, weil du das nicht verdient hattest.«

»Es ist ganz nett, wenn jemand sich mal für mich aufregt. Wirst du jetzt mein kleiner Kampfhund?«

»Wenn es nötig ist.«

»Das ist toll.« Dann lächelt er mich neckend an. »Als hätte ich einen eigenen Chihuahua an der Seite.«

Ich versuche davonzustapfen, aber er lässt mich nicht los. »Oh guck mal, und schon bin ich auf dich sauer.«

»Ohh. Habe ich etwa deine Gefühle verletzt?«

»Chihuahuas sind hässliche kleine Dämonen.«

»Zwei dieser drei Eigenschaften passen schon mal.«

»Klein und hässlich?« Ich lege die Hand aufs Herz, als wäre ich zutiefst gekränkt.

»Du weißt genau, welche beiden.« Er legt die Lippen an mein Ohr. »Was du mit deiner Zunge so alles kannst, ist absolut dämonisch.«

»Und damit bin ich wieder versöhnt.« Denn Seven darüber sprechen zu hören, was passiert ist feuert mich an wie nichts anderes.

Aber es frustriert mich auch, denn ich bin so verzweifelt scharf darauf, dass es wieder passiert.

Ich fahre uns zurück nach Hause und erläutere Seven meinen Plan für Xander.

»Bist du bereit, ihm weiszumachen, dass er uns auseinandergebracht hat?«, frage ich.

»Da ist sie wieder, deine dämonische Seite.«

»Du kannst auch nein sagen ...«

»Nee, ich bin viel zu neugierig darauf zu erleben, wie es ist, wenn ihm mal jemand die Meinung sagt wegen seiner Einmischungen. Ich bin weiß Gott nicht dazu in der Lage.«

»Ihr seid beide verkorkst, und das ist okay für mich. Und nur damit du es weißt: Das gilt auch für dich. Ich würde auch dir die Meinung sagen, wenn du ihn schlecht behandelst.«

»Daran habe ich keinen Zweifel.«

»Okay. Dann ... kneif mich mal oder so.«

»Wie bitte?« Seine Augenbrauen berühren fast seinen Haaransatz.

»Ich muss weinen.«

»Ich werde dich nicht kneifen.«

»Nur ein bisschen.«

»Auf keinen verlampten Fall.«

Ich puste empört. »Du großes Baby.« Ich kneife mich selbst. Es funktioniert nicht.

»Wenn du so viele Jahre Trauma hinter dir hättest, wäre das kein Problem.«

Ich schaue ihn trocken an. »Ach ja? Läufst du darum so oft weinend durch die Gegend?«

»Nee. Ich bewahre mein Trauma in einer verschlossenen Kiste unter dem Bett auf. So kann es mir nichts anhaben.«

»Außer in den Nächten, in denen es dich wachhält.«

»Da ist was dran. Vielleicht sollte ich die Kiste woanders hinstellen.«

Und jetzt weiß ich nicht genau, ob er das ernst meint oder nicht. Das herauszufinden verschiebe ich auf ein anderes Mal.

»Können wir uns jetzt wieder auf Xander konzentrieren?«

Er legt den Kopf schief. »Hatten wir das nicht?«

»Wie steht es mit deinen Schauspielkünsten?«

»Geht so.«

»Das ist ja nicht besonders ermutigend. Am besten, du machst ein böses Gesicht – ja, genau so – und überlässt mir den Rest.«

»Ich mache kein böses Gesicht.«

Ich tätschele seine Hand. »Süß, dass du das denkst.«

Aber Seven folgt mir, als ich aus dem Auto springe und den Weg und die Treppen zum Haus hochlaufe. Vor der Tür bleibe ich stehen, atme einmal *tiiiief* durch, dann flüstere ich: »Showtime.«

Ich reiße die Tür mit solcher Wucht auf, dass sie innen an die Wand prallt.

»Dass du mir das antun konntest! Unglaublich!«, schreie ich, während ich ins Haus stürme. »Du bist ein totales Arschloch, und ich hasse dich!«

»Was zum Teufel …«, murmelt er leise, und sein verwirrter

Ausdruck allein bringt mich schon fast zum Lachen. *Nicht hinsehen nicht hinsehen nicht hinsehen …*

»Dazu hast du also nichts zu sagen?«, frage ich zornig.

»Ich dachte, ich soll nur böse gucken?«

Meine Güte, das kann er wirklich nicht gut.

Ich höre Schritte den Flur entlang rennen, also werde ich noch lauter. »Natürlich fällt dir nichts dazu ein. Dir fällt nie etwas ein außer mich zu beleidigen!« Und … was jetzt? Zum Glück rettet Madden mich.

»Was zum Teufel ist denn hier los?«

»Alles okay bei euch?«, fragt Xander atemlos, während er die Treppe runtergeschossen kommt. Er hat es so eilig, dass ich Angst habe, er könnte nicht rechtzeitig abbremsen.

»Nein! Das war das allerschlimmste Date, auf dem ich *jemals* war.«

Seven mustert mich unbeweglich. »Ich habe langsam das gleiche Gefühl.«

»Was ist denn passiert?« Xander baut sich vor ihm auf. »Was hast du gemacht?«

Äh … hoppla? *Reiß dich zusammen, Gibson. Das sollte Xander ein schlechtes Gewissen machen, nicht Seven.*

»Er liebt mich nicht!«, kreische ich, dann schlage ich die Hände vors Gesicht und tue, als würde ich schluchzen.

Leider wird es jetzt ganz still um uns herum, was den Druck noch verstärkt, das glaubhaft zu machen.

Ich höre, wie Seven sich räuspert. »Ja. Ähm. Vielleicht … wenn es nicht …«

»Du bringst mich in ein wunderschönes Restaurant … hältst meine Hand … schaust mir in die Augen …«

Ich mache den Fehler, Seven anzusehen, der ganz kurz davor ist, die Augen zu verdrehen.

Oh nein …

»Warum hast du ausgerechnet …« *Nicht lachen nicht lachen nicht lachen.* »…so ein … ein«

Seven ist der erste, der herausplatzt, und zu sehen, wie er sich vor Lachen krümmt, lässt auch mich losprusten. Ach, verdammt und zugenäht.

»Wisst ihr was?«, sagt Madden. »Ich will's gar nicht wissen.«

Wir bleiben mit dem völlig verdutzten Xander zurück, und seine Verwirrung lässt mich schließlich wieder ernst werden.

»Habt ihr euch nun gestritten oder nicht?«

Ich seufze. »Nicht.«

»Dann …«

»Ich wollte, dass du es denkst.«

Sein Blick wandert zwischen uns hin und her, und er schiebt eine blaue Haarsträhne hinters Ohr. »Ähm … warum denn?«

»Weil du dich eingemischt hast. Aber nicht nur das – ich musste da sitzen und zusehen, wie Seven sich quält, weil er an einem Ort sein musste, an dem er sich nicht wohlfühlt. Nicht in Ordnung.«

Xander senkt den Kopf. »Sorry, Seven.«

»Ich weiß, dass du es nicht böse gemeint hast.«

Ich werfe Seven einen Seitenblick zu.

»Aber, äh … ja. Es war nicht in Ordnung.«

Xander schaut zu ihm hoch, dann wieder zu mir. »Bist du sauer auf mich?«

Ich verschränke die Arme. »Jetzt weiß ich, warum Seven es hasst, wenn ich so süß tue.«

»Du tust so?«, fragt er.

Ich winke ab, denn es geht hier immer noch um Xander. »Angeblich liebst du Seven. Tu ihm das nicht nochmal an.«

»Versprochen.«

»Danke.«

Xander dreht sich um und ist schon halb die Treppe nach oben gegangen, als er innehält. »Aber ich muss sagen … es war echt lieb von dir, dich so für ihn einzusetzen. Ich hoffe, dass ich eines Tages auch einen festen Freund habe, der das für mich macht.«

»Er ist nicht mein–« Aber Xander ist verschwunden, bevor Seven den Satz zu Ende bringen kann.

Wahrscheinlich besser so. Xander hat mir alles vor Augen gerufen, wonach ich eigentlich streben sollte. Der einzige Grund für das blöde Date war, dass ich meinen Für-immer-Mann finden will. Die Person, die an meiner Seite bleiben wird. Und trotzdem versuche ich schon wieder, es zu erzwingen.

»Er hat nicht ganz unrecht«, gebe ich zu.

»Wir sind nicht zusammen.«

Ich schüttele den Kopf. »Nicht damit. Nur, dass es schön wäre. Eines Tages einen festen Freund zu haben, der sich für mich stark macht.« Ich schenke Seven ein sanftes Lächeln. »Bis morgen.«

Ich lasse ihn in der Diele zurück. Wie es wohl wäre, wenn Seven dieser Freund wäre?

Ich weiß schon: Ich mache schon wieder alles falsch.

NEUNZEHN

SEVEN

DIE BERTHA BOYS unternehmen so einiges zusammen, was mir viel bedeutet. Unsere Monopoly-Montage. Die monatliche Taco-Jagd. Und im Sommer fahren wir immer alle nach Ocean Shores, um in der Sonne zu braten und uns im Meer abzukühlen. In diesem Jahr hat Elle sich selbst eingeladen, mitzukommen, und ein Strandhaus fürs ganze Wochenende für alle gemietet.

Diesen Luxus lasse ich mir gerne gefallen.

Ich strecke mich auf einer der Sonnenliegen auf der Veranda aus und genieße den Blick aufs weite blaue Meer. Rush ist im Haus am Telefon, und Xander, Madden, Gabe und Elle sind vor einer Stunde schwimmen gegangen. Alleine hier zu sitzen und einen Fruchtcocktail zu schlürfen, den Molly mir gebracht hat, hat mir die Entscheidung leicht gemacht, ihnen nicht zu folgen.

Leider ist er danach sofort wieder verschwunden, und ich habe ihn seither nicht mehr gesehen.

Da ich vorhatte, mich auszuruhen, sollte ich eigentlich keinen zweiten Gedanken daran verschwenden, und doch stört es mich irgendwie, nicht zu wissen, wo er ist. Ich baue normalerweise nicht besonders schnell Beziehungen zu anderen auf, aber Molly und ich haben dieses gewisse Etwas, das die Gespräche einfach fließen lässt und mir erlaubt, mich in seiner Gegenwart wohl zu fühlen. Ich vermisse Gabe, seit er ausgezogen ist, und Christian, der jetzt den Großteil des Jahres unterwegs ist, und betrachte die beiden nach wie vor als Brüder, genau wie Rush und Madden. Aber mein Verhältnis zu ihnen ist überhaupt nicht mit der schnellen Vertrautheit zu vergleichen, die zwischen Molly und mir entstanden ist.

Ich drehe mich im Liegestuhl um und versuche, ins Haus zu spähen, kann aber nur Rushs Hinterkopf ausmachen, der auf der Couch sitzt. Molly ist nicht da. Und ich bin ziemlich sicher, dass er nicht mit den anderen an den Strand gegangen ist. Plötzlich habe ich das dumpfe Gefühl, dass er alleine in seinem Zimmer sitzen könnte. Das geht ja gar nicht.

Ich springe auf und laufe ins Haus, dann den langen Flur entlang. Das Haus ist riesig, aber Mollys Zimmer liegt neben meinem, und als ich anklopfe, ruft er sofort, dass ich reinkommen kann.

Ich stoße die Tür auf. Er sitzt mit angezogenen Beinen auf seinem Bett. Ich starre ihn an.

»Was machst du denn da?«

»Sitzen.«

»Das sehe ich. Warum sitzt du alleine hier drin?«

Er zögert eine Sekunde, dann antwortet er achselzuckend: »Ich wollte nicht an den Strand.«

»Und du bist zu cool, um mit mir abzuhängen?«

Er lacht. »Ich wollte nur nicht, dass du dich bedrängt fühlst.«

Und obwohl er es leichthin gesagt hat, schnürt es mir das Herz zusammen. »Du glaubst, ich würde dir nicht sagen, wenn das der Fall wäre?« Ich wollte eigentlich ermutigend klingen, aber es fühlt sich so an, als hätte ich mein Ziel verfehlt. Trotzdem weiß ich nicht genau, was ich sonst sagen soll. Leute trösten ist nicht meine

Stärke, und obwohl er sich sichtlich entspannt, will ich mit meinen Worten mehr erreichen.

»Stimmt. Auf deine Ehrlichkeit ist immer Verlass.«

Ich runzele die Stirn, dann hebe ich seine Badehose vom Boden auf und werfe sie ihm zu. »Zieh dich um und setz dich raus zu mir.«

»Okay. Aber soll ich mich zu dir setzen, weil du mich vermisst, oder weil ich dir leidtue?«

»Wie jetzt, vermissen? Wir haben uns erst vor einer Stunde gesehen.« Sein ernüchterter Gesichtsausdruck lässt mich zusammenzucken, also versuche ich hastig, das wieder gerade zu rücken. »Ich brauche dich nicht zu vermissen, um Zeit mit dir verbringen zu wollen.«

Und anscheinend habe ich damit ins Schwarze getroffen, den Molly fängt verlampt nochmal an zu leuchten. Sein Lächeln ist so strahlend, dass ich mich davon innerlich ganz hell fühle.

»Schon gut«, sage ich abwehrend. »Zieh dich einfach um und komm nach draußen.«

Noch bevor ich mich zum Gehen wenden kann, zieht er sein T-Shirt aus, springt vom Bett auf, dreht sich um und lässt die Shorts fallen.

Ich spüre, wie mein Magen sich zusammenkrampft bei dem Anblick. So viel Haut. Ich vergesse ganz, dass ich vermutlich wegschauen sollte. Ich vergesse, dass ich mir vorgenommen hatte, es bei dem einen Mal zu belassen. Ich vergesse, dass ich keine solchen Gedanken haben sollte, wie sie mir gerade durch den Kopf gehen.

Molly schaut über die Schulter, während er sich bückt, um seine Badehose anzuziehen. »Ich wusste genau, dass du gucken würdest.«

Ich wende schnell den Blick ab. »Sorry.«

»Ich hätte mich nicht vor deinen Augen umgezogen, wenn ich nicht wollen würde, dass du die schöne Aussicht genießt.«

»Du wirst mich noch in Schwierigkeiten bringen.«

Molly seufzt lang und wehmütig. »Schön wär's.«

Ich führe ihn zurück an die Öffentlichkeit, weil es sicherer so ist, denn ich weiß, dass ich dort meine Finger bei mir behalten werde. Er nimmt unterwegs noch zwei Cocktails aus der Küche mit und reicht mir einen, dann setzt er sich zu mir auf den Liegestuhl.

»Hast du's auch bequem, ja?«, frage ich trocken.

»Sehr.« Er rutscht ein bisschen hin und her, und ich spüre, wie gut seine warme Haut sich an meiner anfühlt. »Du solltest nur nicht genauer hinsehen.«

Also schaue ich natürlich runter und werde mit dem unglaublichen Anblick seines harten Schafts unter dem enganliegenden Stoff belohnt.

Ich atme tief durch, aber das verhindert nicht, dass ich das gleiche Problem bekomme. »Ich kann dich nicht ausstehen.«

»Ich weiß.« Er setzt die Sonnenbrille auf und schaut aufs Wasser. »Aber ich weiß auch, dass das glatt gelogen ist.«

»Geh sterben«, murre ich.

Das findet er anscheinend zum Totlachen. »Ist das Sevenisch für ›Fick dich‹?«

»Du hast's erfasst.«

»Warum sagst du es dann nicht einfach?«

Ich öffne den Mund, um zu antworten, aber dabei fällt mir auf, dass mich noch nie jemand gefragt hat, warum ich eigentlich keine Kraftausdrücke benutze, obwohl alle wissen, dass ich es nicht mache. Xander kennt es nicht anders, und selbst als ich meine Freunde kennengelernt habe, haben sie es einfach hingenommen und sich daran gewöhnt. Molly fragt aber nicht aus Neugier, sondern weil er mich besser kennenlernen will – was auf einer ganz anderen Ebene ungewohnt ist.

»Es … ist mir unangenehm.«

»Ehrlich?« Er dreht sich offensichtlich geschockt zu mir. »Wäre es dir lieber, wenn ich auch nicht fluchen würde?«

»Nein, überhaupt nicht. Es ist …« Wie erkläre ich das am

besten? »Ich bin groß. Meine Tattoos und Piercings fühlen sich gut an, aber mir ist klar, dass man den Eindruck bekommen könnte, ich wäre eine ganz bestimmte Art Mensch. Die Gesellschaft ist so ziemlich das Letzte, was solche Klischees angeht. Aber ich weiß auch genau, wie es ist, eingeschüchtert zu werden. Ich weiß, wie es ist, Angst zu haben. Und Fluchen mag zwar heutzutage gang und gäbe sein, aber eine F-Bombe kann sich sehr schnell aggressiv anhören. Wenn jemand wie ich so etwas sagt, geht es sogar noch schneller. Also denke ich mir Worte aus und benutze lustige Phrasen. Selbst wenn ich wütend bin, macht das normalerweise niemandem etwas aus. Wenn mich jemand beim Autofahren schneiden würde und ich alle Ausdrücke loslassen würde, die ich kenne, würde das doch einen völlig anderen Eindruck machen als wenn ich sie als froschmäulige Pogesichter bezeichne, oder?«

Ich spüre, wie er seine vom Getränk kühlen Finger zwischen meine schiebt. »Erzähl mir mehr von dir.«

»Was denn zum Beispiel?«

»Zum Beispiel … Seven ist dein richtiger Name, oder? Hat er einen bestimmten Hintergrund, oder mochten deine Eltern den Namen einfach?«

»Erstens sind das nicht meine Eltern. Nur zwei Menschen, die ich am liebsten für immer aus meinem Gedächtnis löschen würde.« Ich lache bitter auf. »Ich heiße Seven, weil es die mächtigste Zahl ist und meine blöde Hexe von einer Erzeugerin wollte, dass ich mich immer mächtig fühlen sollte … was absurd ist, wenn man bedenkt, wie ohnmächtig ich mich so oft in meinem Leben schon gefühlt habe. Manchmal auch in ihrer Anwesenheit.«

»Tut mir leid«, flüstert er.

»Ach, egal. Aber ja, Seven ist mein richtiger Name. Der Einzige von uns, der bei seinem Spitznamen gerufen wird, ist Rush.«

»Passt zu ihm.«

»Allerdings, Kleiner.«

Molly verdreht die Augen. »Vorsicht, sonst verpasse ich dir noch einen.«

»Ach ja? Was denn zum Beispiel?«

»Sowas wie … Sankt. Oder Engel. Oder Rotschopf.«

»Das sind alles sehr bescheidene Optionen.«

»Stimmt. Außerdem passt Seven zu dir. Weißt du, warum?«

»Weil es so wenig zutrifft wie Rushs Name?«

Molly schüttelt den Kopf. »Ich habe nachgelesen, was der Name Seven bedeutet. Es bedeutet liebevoll. Gesegnete Perfektion. Du siehst es vielleicht nicht, aber das bist du alles, und noch mehr.«

Diese drei Dinge sind so weit davon entfernt, wie ich mich selbst sehe, dass sie in meinen Augen kaum Sinn ergeben. »Und Molly bedeutet plemplem«, sage ich ohne viel Überzeugung dahinter. Aber – wer hätte das gedacht? Ich habe wohl Schwierigkeiten damit, Komplimente anzunehmen.

KAPITEL
ZWANZIG

MOLLY

ICH LIEBE ES, wenn Seven so rot wird. Unter all den Tätowierungen ist seine Haut sehr hell und verrät all seine Geheimnisse. Ich kuschele mich an ihn und genieße, wie sein Atem kurz stockt und die Beule in seiner Badehose größer wird.

Er will vielleicht nicht mehr von mir, aber dass die Anziehung da ist, kann er nicht leugnen. Und wie sie da ist. Ich nippe an meinem Getränk, schmiege mich an seinen großen Körper, werfe ab und zu einen Blick auf seine Tattoos, seinen gepiercten Penis und die kräftigen Schenkel, bei deren Anblick mir das Wasser im Mund zusammenläuft … wer Bademode erfunden hat, war ein verdammtes Genie. Ich könnte Elle küssen, weil sie dieses Haus übers Wochenende gemietet hat.

Grinsend halte ich meinen Arm ausgestreckt vor seinen Körper. »Guck mal, wie kahl ich bin im Vergleich zu dir.«

Seven nimmt mein Handgelenk und streicht mit den Fingern innen an meinem Arm entlang, was einen Streifen Gänsehaut hinterlässt. »Du machst dir keine Vorstellung, wie gerne ich diese Haut unter meine Nadel kriegen würde.«

»Aussagen von gruseligen Stalkern für Fünfhundert!«

Er lacht leise, und ich genieße es, ihm dieses seltene Geräusch zu entlocken. »Jetzt mal im Ernst. Würdest du dich von mir tätowieren lassen?«

Der Gedanke ist alles andere als verlockend, auch wenn die Frage von Seven kommt. »Es sieht so schmerzhaft aus.«

»Ist es auch.« Er lässt mein Handgelenk los, aber bevor ich ihm den Arm entziehen kann, nimmt er meine Hand wieder.

Ich schmelze verdammt nochmal dahin.

»Ich kann nicht gut mit Schmerzen umgehen«, sage ich mit stockendem Atem.

»Ich wäre auch ganz vorsichtig.«

»Wie kommt es nur, dass ich mir etwas völlig anderes vorstelle, wenn du das sagst?«

»Weil du eine schmutzige Fantasie hast.«

Ich schnippe mit den Fingern der freien Hand. »Das muss es sein.«

»Aber mal im Ernst. Wenn es nicht weh tun würde, würdest du dir eins machen lassen?«

»Vielleicht. Ich glaube, es ist eine Sache, bei der ich auch nervös wäre wegen der Endgültigkeit. Es ist für immer. Was sollte ich für ein Motiv nehmen? Was, wenn es mir in zehn Jahren nicht mehr gefällt?«

»Entfernen lassen? Drüber tätowieren?«

»Das wirst du also mit dem Sevopus machen, wenn du mich satt hast?«

Er drückt meine Hand so fest, dass es fast schmerzhaft ist. »Red' nicht so eine gequirlte Schlacke.«

»Die Chance ist eher größer als kleiner.«

Seven kaut an seinem Daumennagel herum, der schon ziemlich weit abgekaut ist. Seine Fingernägel sehen alle so aus, zerbissen und ungepflegt, und ich kann mir die Ängste in seinem Inneren kaum ausmalen, die ihn dazu gebracht haben. »Du bist wirklich hart zu dir, weißt du das?«

»Vielleicht bin ich einfach ehrlich.«

»Nee. Ich bin ehrlich. Du bist … so … ach, egal.«

»Egal? Das glaube ich ja wohl nicht. Wie soll ich den Tag überstehen, wenn ich die ganze Zeit darüber grübeln muss, was du sagen wolltest?«

»So wichtig ist meine Meinung nun wirklich nicht.«

»Im Gegenteil. Ich finde sie sogar sehr wichtig. Unsere Abmachung ist doch, dass du mir deine Meinung zu meinen Fehlern bei Dates sagen sollst.«

»Stimmt.«

»Was sollte das also mit dem egal?«

»Ich weiß auch nicht …« Er nimmt einen großen Schluck von seinem Drink. »Ich schätze, es scheint so, als würdest du dir schon im Vorhinein das Schlimmste vorstellen, damit du darauf vorbereitet bist, wenn es dann passiert.«

»Du glaubst, ich bin Zweckpessimist?«

»Na ja. Habe ich je den Eindruck gemacht, als würde ich mal genug haben von unserer Freundschaft?«

»Ich habe eben so meine Erfahrungen.«

»Aber wieso lässt du mich nicht für mich selbst sprechen, hm? Statt mich mit anderen zu vergleichen, lass mich doch ich selbst sein, und lass mich dir versichern: Wenn ich sage, dass ich es mag, wenn du ein bisschen anhänglich und übereifrig bist, dann meine ich das auch so.«

Ich bin sicher, dass ich ihn gerade mit Hundeblick anschaue, und bekomme gleich darauf die Bestätigung durch seine ungläubige Reaktion.

»Nee-nee. Hör auf, mich so anzusehen. Ich habe doch nichts Besonderes gesagt.«

»Du hast einen ganzen Haufen besonderer Sachen gesagt, eine nach der anderen.«

»Auch davon werde ich nie genug davon bekommen. Immer denkst du, ich bin so viel besser als ich tatsächlich bin«, sagt er mit so leisem Lachen, das ich es fast überhöre. »Eine schöne Abwechslung.«

»Xander findet auch, dass du toll bist.«

»Xander ist nicht die verlässlichste Quelle, was gesunde Beziehungen betrifft.«

»Und ich soll das sein?«

»Aus meiner Sicht schlägst du dich tausend Prozent besser als wir beide.«

»Das Kompliment nehme ich. Auch wenn der Standard wirklich, wirklich nicht hoch ist.«

»Ich weiß nicht, wie man ihn höher setzen sollte, ehrlich gesagt.« Er dreht sich abrupt um und sieht mir in die Augen. »Aber durch dich lerne ich, dass ich es versuchen sollte.«

Es kostet mich meine ganze Kraft, mich nicht auf ihn zu stürzen. Der Drang, ihn zu umarmen, zu küssen, mich an seinem ganzen Körper zu reiben ist so überwältigend, dass ich fast in Tränen ausbreche. Jeden Tag sterbe ich bei dem Gedanken, dass dieser mutige, starke, unglaubliche Mann nicht weiß, dass er verdient hätte, dass ihm die ganze Welt zu Füßen liegt. Wenn er mir nur erlauben würde, es ihm zu zeigen. Wenn ich ihn mit all den guten Gefühlen, die ich zusammenkratzen kann, überhäufen dürfte.

Um seine Mundwinkel zuckt es und er wendet den Blick ab. »Ich muss unbedingt aufhören, nette Dinge zu dir zu sagen.«

Aber schon als er es ausgesprochen hat, weiß ich: Das wird er nicht. Ich nehme meinen Drink in die Hand und kuschele mich an ihn, den Kopf an seiner Schulter. Er sagt nichts dazu, genau wie vermutet. Ich weiß schon, dass ich mir gerade selber wehtue wie noch nie zuvor, aber Seven nahe zu sein, körperlich und emotional, wird langsam zur Sucht. Ich will gar nicht erst versuchen, Distanz zu wahren.

Rush kommt zu uns nach draußen und lässt sich auf die Liege neben uns fallen. Hastig versuche ich, von Seven abzurücken, aber der tolle Mann lässt meine Hand nicht los.

»Alles in Ordnung?«, frage ich Rush.

»Ja, ja, alles bestens.« Er reibt sich das unrasierte Kinn. »Ich wollte meinen Freund überreden, auch hier raus zu kommen, aber er muss wohl bei der Arbeit sein. Er arbeitet viel. Dafür kann er natürlich nichts, aber ich würde ihn euch doch irgendwann gerne vorstellen.«

»An einem Montag vielleicht?«, schlägt Seven vor.

»Wieso Montag?«

Rush klingt so verwirrt, dass es schwer ist, nicht zu lachen. »Familien-Monopoly«, erinnere ich ihn.

»Oh. Das. Ja, vielleicht.«

»Ich wusste gar nicht, dass du einen Freund hast«, sagt Seven. »Wie lange seid ihr schon zusammen?«

»Ehrlich?« Rush blinzelt uns an. »Aber ich erzähle doch dauernd von ihm.«

»Ich habe von ihm gehört«, sage ich, bevor Seven widersprechen kann. Es war vielleicht erst einmal, aber es zählt.

Rush nickt und schweigt.

»Also …«, ermutigt ihn Seven.

»Also was?«

Ich beiße mir auf die Wange. »Wie lange seid ihr schon zusammen?«

»Oh! Sechs Monate. Oder … fast sechs Monate? Wir haben uns zu Weihnachten kennengelernt. Bei einer großen Party.«

»Wie ist er denn so?«

»Beschäftigt. Sexy. Super in der Kiste. Schickt mir manchmal Gedichte.«

»Gedichte?«, fragt Seven.

Ich gebe ihm einen Klaps, bevor er etwas Negatives sagen kann. »Das klingt so romantisch.«

Rushs Miene wird ganz verträumt. »Ja, das ist es wohl. Ich sollte ihn mal anrufen.«

»Hast du nicht gerade erst mit ihm gesprochen?«, fragt Seven.

»Wann?«

»Vorhin, als du drinnen telefoniert hast?«

»Nein, das war Mom. Ian hat nicht abgenommen. Das ist auch klar. Er stellt das Handy aus, wenn er in Meetings ist, und an manchen Abenden vergisst er, es wieder anzumachen.« Rush lacht. »Er ist genauso vergesslich wie ich.«

Dann steht er auf und geht wieder rein.

Ich überlege noch, ob ich etwas sagen soll, als Seven mir zuvorkommt.

»Das gefällt mir nicht.«

»Rushs Freund?«

»Japp.«

Mit einem Seufzer antworte ich: »Ich hatte gehofft, dass es nur meine generelle Skepsis ist, aber … es ist Wochenende. Wer hat denn samstags Meetings und muss das Handy ausstellen?«

»Genau.«

»Aber Rush hat recht. Er selbst würde es tatsächlich genauso machen.«

»Das schon, aber …«

»Ja.« Ich schiebe es innerlich beiseite. »Wir müssen einfach das Beste hoffen. Bestimmt ist alles in Ordnung. Ehrlich gesagt könnte ich mir gut vorstellen, dass Rush mit jemandem zusammen ist, der genau so chaotisch ist wie er.«

»Ich hoffe es.«

»Außerdem«, füge ich hinzu, während ich mich wieder ankuschele, »habe ich wirklich das Recht, mir über Rushs Liebesleben den Kopf zu zerbrechen, wenn meines schon so vermurkst ist? Ich wünsche mir jemanden, mit dem ich das hier immer machen kann.«

»Mit *das hier* meinst du vermutlich, jemanden als menschliches Kopfkissen zu missbrauchen?«

»Na ja. Was denn sonst?«

Er sagt eine Weile nichts. »Du findest bestimmt deinen Kerl, Kleiner.«

»Woher willst du das wissen?«

»Weil jeder Typ, der nicht mit dir zusammen sein will, ein froschmäuliges Pogesicht ist.«

Ich schnaube an seiner Schulter. »Bezieht sich das auch auf dich? Denn soviel ich informiert bin, willst du auch nicht mit mir zusammen sein.«

»Ja, aber wie wir heute bereits festgestellt haben, eigne ich mich generell nicht als Vergleichsbasis.«

»Wie du meinst, *Seven*.«

»Sag das nicht so.«

»Wie denn?«

»Als … als würde es etwas bedeuten.«

»Vielleicht glaubst du mir irgendwann, wenn ich es lange genug so sage.«

»Ich kann dir versprechen: Dazu wird es nie im Leben kommen. Aber danke, dass du es versuchst.«

Was er noch nicht weiß? Ich werde ihn niemals aufgeben.

Kurze Zeit später kommen die anderen wieder. Den restlichen Abend verbringen wir mit Trinkspielen, darum sind wir am nächsten Morgen auch fast zu schlapp und verkatert, um mit Elle schwimmen zu gehen. Erst als wir am nächsten Nachmittag auf der Rückfahrt sind und mein Kopf vor Dehydrierung ganz schwer ist, fällt mir etwas auf: Zum ersten Mal seit meinem Einzug habe ich nicht das Gefühl, außen vor zu sein. Ich bin nicht sicher, ob das Gefühl Bestand haben wird, aber ich werde daran festhalten, so lange ich kann.

KAPITEL
EINUNDZWANZIG

SEVEN

DIE NACHT MAG ich am wenigsten. Wenn es dunkel und das Haus ganz still ist. Dann werden meine Gedanken zu laut. Manche Menschen behaupten, sie könnten sich an ihre Kindheit gar nicht oder nur bruchstückhaft erinnern. Ich wollte, ich hätte so ein Glück.

Für mich sind diese Erinnerungen ständig da. Die drohenden Gesichter, die brutalen Hände. Der Knoten in meinem Magen zieht sich zusammen, verschlingt sich fester, und es fühlt sich an, als würde ich die Kontrolle über meinen Körper verlieren. Ich rolle mich auf den Bauch, vergrabe das Gesicht in dem Kissen, das ich umklammert halte, aber das hilft mir nicht. Ein Monster unter dem Bett? Würde ich jederzeit denen in meinem Kopf vorziehen.

In solchen Momenten wünschte ich, ich könnte mich an Xander wenden. Ihm eine Nachricht schreiben, dass er kommen und mich in die Arme nehmen soll wie früher, als wir noch jünger waren. Aber ich will ihn damit nicht belasten, denn dann werden ihn die Erinnerungen ebenfalls drankriegen. Xander hat viel zu viel eigenen Kram im Kopf, um auch noch meinen dazu zu packen.

Xanders Probleme gehen auf Vernachlässigung zurück.

Ich dagegen habe viel zu viel Aufmerksamkeit bekommen.

Ich ziehe die Knie an die Brust und taste nach dem Medusa-Tattoo an meinem Fuß. Mir vor Augen zu führen, dass ich jetzt in Sicherheit bin, ist einfach genug. Ich bin größer, stärker, der Beschützer. Aber das verdammte Kind in mir will einfach nicht aufhören, mir seine Gefühle aufzudrängen, will nicht aufhören, mich mit in den Abgrund zu ziehen.

Alles fühlt sich so … hoffnungslos an. Dunkel. Wozu kämpfen? Meine Situation ist nicht ungewöhnlich. Ich bin einfach eine dahergelaufene Statistik.

Es ist so schwer, mich gegen die Isolation, die Einsamkeit, die unkontrollierten Gedanken, die mich fertigmachen, zu wehren. Xander hilft mir dabei, das tut er immer, aber ich werde nie im Leben darum bitten, und wenn er nicht von alleine zu mir kommt, wenn ich schon in diesem Zustand bin, kann ich es gut verbergen.

Ich kämpfe gegen den Druck auf meiner Brust, dann werfe ich die Decke ab, zwinge mich aufzustehen, schlüpfe in kurze Schlafanzughosen und mache mich auf den Weg ins Büro.

Ich habe das Gefühl, von der Ruhe im Haus erdrückt zu werden, aber als ich mich auf meinen Schreibtischstuhl fallenlasse und das vertraute Summen des hochfahrenden Computers höre, lässt das panische Gefühl etwas nach. Ich fühle mich immer noch wie ausgekotzt, und habe den Wunsch, mich zusammenzukauern und loszuheulen, aber ich kämpfe dagegen an.

Das Klicken der Tastatur ist laut, als ich mich auf der Fan-Site einlogge.

Kill Diver ist ein Retro-Computerspiel, aus dem ein erfolgreicher Kinofilm und dann ein ganzes Universum entstanden ist. Es gibt Bücher, eine TV-Serie, Spin Offs, außerdem Verschwörungstheorien, und ich bin in all das involviert. Bei einem der kürzeren Aufenthalte bei einer Pflegefamilie, bei der ich so schlimm verprügelt wurde, dass das Sozialamt einschreiten musste, gab es das Computerspiel, und seit damals bin ich fasziniert. Meine Fan-Website habe ich am Computer in einer öffentlichen Bibliothek gestartet, als Kill Diver noch nicht besonders bekannt war. Ich konnte darin eintauchen, eine Obsession einer geliebten Welt aufbauen und mich für Stunden darin verlieren.

Nie hätte ich damit gerechnet, dass daraus eine ganze Community entstehen würde. Ich hätte nicht erwartet, dass Fanfiction und die Fan-Art explodieren würden und dass die Fans einen ständigen Austausch pflegen würden. Wir haben dort Chat-Threads über jeden einzelnen Aspekt dieses Universums, und die Plattform wird stetig populärer und aktiver.

Ich weiß gar nicht, was ich ohne diese Community anfangen würde. Ich fühle mich dafür verantwortlich. Noch nicht mal Xander weiß, wie tief ich drinstecke.

Ist Omron in Wirklichkeit Diver?

Bei dieser Theorie muss ich immer lächeln, denn sie kommt nicht selten zur Sprache, und doch glaubt jeder, der sie formuliert, der erste zu sein, der darauf gekommen ist. Es wäre wirklich der Hammer, wenn es stimmen würde – bei dem ganzen Spiel geht es darum, dass Omron versucht, den Charakter namens Diver aufzuspüren und zu töten. Das Problem ist, dass niemand weiß, ob es Diver wirklich gibt.

Das ganze Franchise ist darauf aufgebaut, das Publikum im Ungewissen zu lassen, und inzwischen wäre ich glaube ich sogar enttäuscht, wenn Diver jemals wirklich in Erscheinung treten würde. Denn das würde bedeuten, dass alles vorbei ist.

Ich beantworte den Kommentar, dann noch ein paar weitere. Im Unterschied zu meiner gnadenlosen Offenheit im wirklichen Leben drücke ich mich rücksichtsvoll aus, weil ich sichergehen will, dass die Foren ein sicherer Ort für Leute wie mich sind. Leute, die Ärger machen, fliegen zwar schnell raus, aber das macht mir keinen Spaß.

Langsam lassen die Panik und das Lauffeuer in meinem

Inneren nach, und ich bin von der fiktionalen Welt umgeben, so weit, dass die Realität verblasst und die Welt von Kill Diver die einzige ist, die noch existiert.

»Seven?«

Ich zucke so heftig zusammen, dass mein Stuhl mit mir in die Höhe hüpft, und wirbele herum. Da steht Molly, in winzigen Pyjama-Shorts und Tank-Top, die Hände um einen dampfenden Becher gelegt, in den großen Augen die Reflektion meiner Bildschirme.

»Fast hätte ich einen Herzinfarkt bekommen.«

Er grinst. »Du hörst dich an wie Xander. Ich hatte angeklopft.«

»Hab' dich nicht gehört.«

»Das merke ich. Hier, für dich« Molly stellt den Becher auf meinen Schreibtisch, dann rollt er seinen eigenen Schreibtischstuhl herüber und schiebt ihn neben meinen.

»Was ist das?«

»Tee. Um dir beim Einschlafen zu helfen.«

»Ich werde heute nicht schlafen.«

Und obwohl ich hoffe, dass er aufstehen und wieder gehen wird, bin ich total erleichtert, als er sich mit angezogenen Beinen auf dem Stuhl neben mir niederlässt. »Willst du darüber reden?«

Automatisch ziehe ich den Fuß mit der Medusa unter den anderen. »Nein. Also im wahren Sinn des Wortes: Nie.«

»Ich rede auch mit dir, oder?«

»Und das ist deine Entscheidung.«

»Und nicht zu reden ist deine.« Molly stützt das Kinn in die Hände. »Das ist ungesund.«

»Als ob du da so viel Ahnung hättest. Du hast selbst so viele Männer-Probleme, obwohl du die ganze Zeit davon redest. Es scheint also nicht wirklich zu helfen.«

»Ich möchte dir mitteilen, dass ich sehr optimistisch in die Zukunft blicke. Das kannst du von dir garantiert nicht sagen.«

»Ich blicke sehr wohl optimistisch in die Zukunft.«

»Ehrlich?«, fragt er skeptisch.

»Japp. Denn es bringt mich weiter weg von der Vergangenheit.«

»Ich bin ja kein Psychologe, aber das klingt nicht nach einer gesunden Perspektive.«

»Dann weißt du nicht, wovon du redest.« Vorsichtig trinke ich einen Schluck aus dem Becher. Normalerweise trinke ich nicht oft Tee, und der hier duftet süßer als *alles*, was ich sonst trinke, aber er schmeckt eigentlich gar nicht so schlecht. »Danke.«

»Sehr gerne.«

»Wieso wusstest du denn, dass ich hier bin?«

»Peilsender.« Mollys Miene ist so ernst, und er ist generell so anhänglich, dass ich nicht ganz sicher bin, ob er Witze macht.

Ich hebe eine Augenbraue, und er lässt sich nach vorne sacken.

»Ich dachte, ich hätte dich hier reinkommen hören. Als ich den Kopf reingesteckt habe, warst du schon tief versunken. Also hab ich dir einen Tee gemacht.«

»Fürsorglich.«

»Ich bin fürsorglich.« Er beugt sich vor, bis seine Ellbogen auf der Armstütze meines Arbeitsstuhls liegen. »Und sehr *großzügig*.«

»Das solltest du unbedingt bei deinem nächsten richtigen Date erwähnen. Kommt sicher gut an«, sage ich, um ihn abzuwimmeln.

»Ich hatte dir doch gesagt: Kein Sex beim ersten Date.«

Und ich kann nicht widerstehen. Ich muss ihn ein bisschen aufziehen. »Genau genommen waren wir beide erst auf einem Date, bevor wir zur Sache kamen.«

»Ja, aber das war kein echtes Date, also zählt es nicht. Außerdem habe ich schon Pläne für das zweite, du kannst also schon mal anfangen, über das dritte nachzudenken. Ich will es durchziehen und so viel wie möglich dabei lernen; ich muss lustvernebelt gewesen sein, als ich zugestimmt habe, keinen Sex mit anderen zu haben, während du mich trainierst.« Molly legt den Kopf an meine Schulter. »Ich werde sowas von notgeil sein am Ende.«

Ich beiße die Zähne zusammen, wenn ich es mir vorstelle: sein erstes richtiges Date, Molly so aufgeladen von all der Enthaltsamkeit, dass er sofort mit dem Kerl ins Bett springt. Aber das ist seine Entscheidung. Daran kann ich nichts ändern. Es war idiotisch, überhaupt mit Molly zu schlafen, und es wird nicht nochmal passieren.

»Und deine Bedürfnisse sind natürlich meine oberste Priorität«, sage ich schnippischer als ich eigentlich will.

»Gut so. Bist du wirklich sicher, dass du nicht reden willst?«

»Ganz sicher.« Bevor er hier reinkam, hatte ich mich erfolgreich abgelenkt. Molly hat den ganzen Fortschritt, den ich gemacht hatte, eher wieder zerstört. Aber es geht mir auch nicht schlechter als davor. Abgesehen von der Vorstellung, er könnte rumhuren, aber das steht auf einem anderen Papier.

»Woran arbeitest du denn?«, fragt er.

»Ich arbeite nicht.«

»Argh. Du bist sowas von langweilig. Ich stehe mitten in der Nacht auf wegen dir, und du hast nichts weiter zu sagen als *nichts, nein, lass mich in Ruhe.*« Er nimmt einen Schluck Tee, dann stellt er den Becher wieder vor mir ab. »Also gut. Wenn du mich nicht reden lässt, und mir nicht deine dunkelsten Geheimnisse verrätst, mir noch nicht mal erlaubst, dir einen zu blasen–«

Wie war das nochmal?

Er steht auf und legt mir die Hände auf die Schultern. »Du hast es so gewollt.«

»Was denn?«

Aber Molly setzt sich rittlings auf meinen Schoß, die schmalen Oberschenkel rechts und links von meinen Hüften, und dann ... schlingt er die Arme um mich.

»Was zum Teufel machst du da?«

»Ich umarme dich. Du brauchst dich gar nicht zu sträuben – du brauchst das jetzt. Ich werde nicht zögern, zu beißen.«

Fast hätte ich gelacht, aber ich verkneife es mir. »Und wenn ich Umarmungen nicht mag?«

»Und ob du das tust.«

»Woher willst du das wissen?«

»Ich weiß zwar vielleicht nicht allzu viel von dir, aber ich bin aufmerksam. Erzähle mir nicht deine Geheimnisse – ist schon gut. Aber ich werde dir helfen bei dem, was dich nachts wachgehalten hat. Ich bin nämlich sehr eigensinnig.«

Ich seufze, während Molly den Kopf an meine Schulter bettet und es sich bequem macht. Er hat aber recht. Ich mag Umarmungen. Dank Xander.

Er war der Einzige, von dem ich mich anfassen ließ, als ich alt und groß genug war, darüber zu bestimmen. Als wir dann hier einzogen, wurden auch die Jungs hier zu meinen Brüdern. Madden hat absolut kein Gefühl für persönlichem Abstand; wenn Christian Panik-Attacken hatte, mussten wir uns alle übereinander auf ihn legten; Gabe legt einem immer freundlich die Hand auf die Schulter oder den Kopf; Rush packt einen manchmal unvermittelt, während er versucht, seine Gedanken in verständliche Worte zu fassen. Den Unterschied zwischen guten und schlechten Berührungen kennenzulernen war eine Lektion. Aber an Mollys Berührung ist einfach alles gut.

So gut.

Und überraschenderweise absolut platonisch.

Ich fühle mich weder ausgenutzt noch unter Druck gesetzt, sondern … sicher. Beschützt.

Wo das doch sonst immer meine Rolle ist.

»Du kannst weiterarbeiten«, höre ich ihn gedämpft sagen. »Ich gucke in die andere Richtung. Versprochen.«

Ich glaube ihm. Aber ich brauche jetzt gar nichts zu tun. Molly gibt mir gerade alles, was ich von Xander gebraucht hätte. Nur habe ich, statt dem ohnehin überforderten Xander noch mehr Mist aufzuhalsen, das Gefühl, als würde Molly mir eine Last von den Schultern nehmen, und die Dunkelheit mit seinem Sonnenschein verbrennen.

Ohne nachzudenken, nehme ich ihn in die Arme. Drücke ihn an meine Brust. Vergrabe das Gesicht an seinem Hals und kneife die Augen gegen die Tränen zusammen. Ich weigere mich, sie zu vergießen, aber es ist ein Kampf. Noch schwerer fällt es mir, als Molly die Finger in meine Haare schiebt und anfängt, meine Kopfhaut zu massieren.

»Ist schon okay«, sagt er tröstend. »Du kümmerst dich sonst immer um mich. Jetzt bin ich mal an der Reihe.«

Ich erwidere nichts und halte ihn nur in den Armen. Ich schwimme in Erleichterung, und erlaube mir, schwach zu sein und ihn zu brauchen. Denn ich brauche das hier wirklich sehr.

Molly schläft irgendwann ein. Ich höre tiefe, gleichmäßige Atemzüge an meinem Ohr. Mit dem Hebel an der Seite kippe ich die Lehne nach hinten, die unter unserem gemeinsamen Gewicht sofort nachgibt.

Dann bohre ich die Nase in seine Haare, halte mit einer Hand seinen Rücken fest und kehre zu meinem Forum zurück. Ich tippe mit einer Hand und fühle mich sicher, warm und gewollt. Umgeben von meiner Obsession und mit Molly an mich gedrückt gibt es mir fast die Illusion, unbesiegbar zu sein.

So kann mir nichts Böses auf der Welt etwas anhaben.

KAPITEL
ZWEIUNDZWANZIG

MOLLY

»WEISS XANDER, dass wir hier drin sind?«, fragt Seven mit suchendem Blick durch Xanders Studio. Es ist einer der dunkelsten Räume im ganzen Haus und sieht aus wie ein Verließ, in dem absolutes Chaos herrscht. An fast allen Wänden stapeln sich Leinwände, einige stehen auf Staffeleien, andere sind in Plastik eingeschlagen. Vergessene Fresken und Skulpturen, die im Entstehungsprozess vernachlässigt wurden. Boden und Wände sind mit Farbe bedeckt, ein Design mit dem Muster halb vollendeter Gedanken. Keine Ahnung, wie Xander in dieser Unordnung arbeiten kann. Sich hier aufzuhalten ist aber nicht unangenehm.

»Na klar.« Er war derjenige, der mir mit der Idee für dieses Date geholfen hat.

»Mein Date hat zwar genau genommen auch zu Hause stattgefunden, aber immerhin haben wir dafür das Haus verlassen.«

Ich ziehe ihn lachend weiter in den Raum und schließe die Tür hinter uns. »Du hast ein verdammtes Puzzle mitgebracht, Mann.

Darauf habe ich mich auch eingelassen, also könntest du mir zumindest ein *bisschen* Vertrauen entgegenbringen.«

Seven schnauft und verschränkt die tätowierten Arme. »Aber dir hat's doch gefallen?«

»Davon rede ich ja. Jetzt sei still und tu so, als würdest du dich amüsieren.«

Seven zwingt sich ein Lächeln ab, das all seine Zähne zur Schau stellt.«

Immerhin!

Ich schalte das kitschige Disco-Licht ein, das ich online bestellt hatte, und beobachte den Abscheu auf Sevens Miene, als es erst rot, dann grün und schließlich lila aufleuchtet.

»Bitte sag, dass wir nicht tanzen.«

»Das sollte *Stimmung* machen!«

»Pott sei Dank.«

»Ich kenne dich gut genug, um zu wissen, dass du nicht tanzt. Obwohl es unglaublich romantisch wäre.«

»Damit will ich nichts zu tun haben, Kleiner.«

»Ist schon gut.« Ich lächle Seven so unschuldig wie möglich an. »Mir fallen auch andere Sachen ein, die wir zusammen machen können.«

Ich trete näher und verflechte unsere Finger, dann führe ich ihn zu einem großen Stück Leinwand, das auf dem Boden ausgebreitet ist.

»Ich habe gerade beschlossen, dass das jetzt viel zu viele Fragen aufwirft«, sagt Seven trocken. »Also werde ich einfach mitmachen und hoffen, dass ich am Ende lebend rauskomme.«

»Die perfekte Einstellung!« Ich setze mich und klopfe auf den Platz an meiner Seite, belustigt von seinem Zögern.

»Es riecht nach Pot Pie«, sagt er, die kräftigen, tätowierten Beine nach vorne ausgestreckt.

»Gute Nase.« Ich decke das Essen auf, das ich heute mit Tante Agatha vorbereitet habe. Ich hatte das Glück, dass sie nur zu gerne bereit war, zu helfen, als ich heute mit den Zutaten bei ihr vor der Tür stand. Es gibt wieder vegetarische Pot-Pie mit Sahnesauce, Sauerteig-Knoblauch-Brot und Rocky Road.

Geistesabwesend reibt Seven sich stöhnend den Bauch. »Das sieht gut aus.«

»All deine Leibspeisen.«

»Das stimmt.« Mit einem Seitenblick bemerkt er: »Du hast Verstärkung herangezogen.«

»Ein bisschen Recherche im Voraus hat noch nie geschadet.«

Und genau wie bei den anderthalb Dates davor ist es wieder ganz locker. Seven ist so schonungslos offen wie gewöhnlich, ganz ohne Kraftausdrücke, ich ein kompletter Quatschkopf, und irgendwie passt es. Es fühlt sich richtig an. Ich versuche, dem Gefühl zu misstrauen. Jedes Mal, wenn etwas in mir ruft, dass ich den Richtigen gefunden habe, stellt es sich als Reinfall heraus; am Ende bin ich wieder abserviert worden und sitze alleine da. Manchmal habe ich das Gefühl, es soll einfach nicht sein, dass ich meine Person finde, und dann wieder ... ich blicke auf und sehe Seven in die Augen, der leise lacht.

»Wieso bist du eigentlich so vollgekleckert?« Seine große Hand kommt näher und er wischt mir mit dem Daumen übers Kinn. Ich schmelze dahin bei der Berührung, aber dann steckt er den Daumen in den Mund. Lippen an seiner Haut, eingezogene Wangen ...

Verflucht. Noch. Mal.

Unwillkürlich entringt sich mir ein leises Wimmern.

»Molly ...«, stöhnt Seven. »Hör auf damit.«

»Bin ich schon wieder süß?«, frage ich, und meine blöde Stimme klingt ziemlich atemlos.

»Du kannst es nicht abstellen, stimmt's?«

Sein wohlwollender Tonfall bestätigt ein weiteres Mal das Gefühl der Richtigkeit. Ich schüttele den Kopf, denn mein Herz fühlt sich fast schon zu groß an, um zu antworten. Seven ist ein schöner Mann, aber das ist nicht der Grund, warum ich Sternchen in den Augen habe, wenn ich ihn ansehe. Alles an ihm ist *gut*.

Und die Erinnerung daran, als er mich neulich nachts in den Armen gehalten hat, als der Blick in seinen sonst so freundlichen Augen so düster wurde und seine Miene sich unwillkürlich verfinsterte, verstärkt das Flattern in meiner Brust nur noch.

Ich würde mein gesamtes Erspartes darauf verwetten, dass Seven sich nicht jedem so gezeigt hätte. Aber er hat sich dafür entschieden, sich mir gegenüber zu öffnen.

Na gut, er hat sich dafür entschieden, nachdem ich mich zielstrebig und hinterlistig in sein Leben geschlichen habe – aber es zählt trotzdem.

»Zeit fürs Dessert!«, sage ich, während ich mich fast schon auf das Rocky Road stürze. Als er nach einem Stück greift, gebe ich ihm einen Klaps auf die Finger. »Ich will dich füttern.«

»Was?«

»Und du kannst mich füttern. Da ich so ungeschickt bin, dass ich immer kleckere, ist es die perfekte Lösung. Ganz logisch.« Ich starre definitiv nicht seine Lippen an.

Die sich zu diesem verdammten sexy schiefen Lächeln verziehen. »Einverstanden.«

Ich breche ein Stück mit Marshmallows durchsetzter Schokolade ab und halte sie ihm an die Lippen. Mein Magen zieht sich zusammen, als er den Mund öffnet und ich die Süßigkeit reinschiebe. Seven schließt die Lippen darum, und streift meinen Finger mit der Zunge, bevor ich ihn wieder herausziehe.

»J ... jetzt bin ich dran.«

Er hebt die Schokolade hoch, und ich sperre sofort den Mund auf, was Seven zum Lachen bringt. »Und schon wieder bist du übereifrig.«

»Na sicher bin ich übereifrig. Es ist – Schokolade. Ich mag Schokolade sehr sehr gern.«

Er rückt näher, bis wir so dicht nebeneinandersitzen, dass unsere Hüften sich berühren und sein Oberkörper sich fast schon um meinen legt.

»Bei einem Date musst du den anderen etwas dafür tun

lassen«, sagt er mir ins Ohr. Er streicht mit der Schokolade meine Unterlippe entlang. »Damit ihm klar ist, dass du es wert bist. Damit er ganz scharf auf dich wird. Damit er auch ganz sicher weiß, was für ein pottverdammtes Geschenk du bist.«

Ich antworte nichts, weil ich den Moment nicht zerstören will.

Er beugt sich vor, um zu beobachten, wie er die Schokolade an meiner Oberlippe entlangführt. »Deine Lippen werden noch mein Tod sein«, presst er dann hervor. »Sie haben so perfekt um meinen Schwanz gepasst. Du warst richtig scharf darauf, oder?«

»So scharf.«

Er grinst. »Aufmachen.«

Ich öffne den Mund. Seven schiebt mir das Stück hinein und den Zeigefinger hinterher. Damit streichelt er meine Zunge, und ich bin schon so erregt, dass ich instinktiv meine Lippen um den Finger schließe und lutsche.

Seine Pupillen werden groß, und er zieht den Finger langsam heraus und schiebt ihn wieder rein, immer wieder, bis ihm bewusstwird, was er da macht und er ihn ganz herausnimmt.

»Hey«, sagt er dann rau. »Du hast mich nicht nur zum Essen hier reingebracht, oder?«

»Nö.« Aber da meine Erektion schon so steinhart ist, habe ich meine Zweifel, ob der Rest unseres Dates so laufen wird wie geplant. Ich schaue zu dem Korb hinüber, den Xander für uns vorbereitet hat, dann wieder zurück zu Seven. Soll ich einfach aufgeben?

Aber er fängt meinen Blick auf und greift vor mir nach dem Korb. »Körperfarbe?«

»Ja, witzige Geschichte ...«

»Ich höre.«

»Du weißt ja noch, als du mich gefragt hast, ob du mich tätowieren dürftest? Und dass ich Angst davor habe?«

»Ja.«

»Ich habe nach Ideen für Dates gesucht, und da bin ich auf Paar-Bodypainting gekommen, und dachte–«

»Hattest du nach Dates oder nach Sex gesucht?«, fragt er. »Denn seinen Partner zu bemalen ist normalerweise nichts für das zweite Date. Nur damit du das weißt.«

»Äh, ja. Vielleicht vergessen wir das Ganze am besten–«

»Nö.« Seven rutscht wieder näher, dann hebt er mein Kinn an, bis ich ihm in die Augen sehe. »Was hattest du vor, Molly?«

Ich schlucke. »Ich dachte, du könntest mich bemalen. Stattdessen.«

»Wie denn. Dein Gesicht? Die Arme?«

»Ganzkörper.«

Ich rechne damit, dass er schockiert sein wird, oder nein sagen wird. Mich daran erinnern, dass wir uns geeinigt hatten, keinen Sex mehr zu haben; bei der Spannung, die hier in der Luft liegt, werde ich sowas von hart sein, wenn ich mich ausziehe. Er wird haargenau wissen, was ich denke. Wird er darauf reagieren?

Seven kann man nichts vormachen – vielleicht denkt er auch, dass nackte Körperbemalung etwas Unschuldiges ist, das zwischen Freunden jederzeit passieren kann.

»Ganzkörper könnte ein bisschen dauern«, sagt er.

»Mir egal.«

Sein Griff um mein Kinn wird fester. »Dann solltest du es dir mal gemütlich machen.«

Ich spüre die Aufregung im ganzen Körper und beeile mich, mein T-Shirt auszuziehen. Seven sieht sich die Farben näher an, und ich bin ganz erleichtert, dass er nicht widerspricht oder Zweifel äußert. Wenn er nein gesagt hätte oder auch nur ansatzweise unsicher wäre, würde es nicht passieren. Ich will ihn in jeder erdenklichen Hinsicht, aber aufdrängen werde ich mich nicht. Wenn es ihn vergraulen würde, wäre das kein gutes Vorzeichen für den Anfang einer Beziehung.

Für die Erkenntnis habe ich ganz schön lange gebraucht.

Ich strampele die Hose von den Beinen und lege mich bäuchlings auf die auf dem Boden ausgebreitete Leinwand. Scheinbar darf Xander hier kleckern, soviel er will, aber andere Leute nicht.

Wenn man bedenkt, was ich heute Abend vorhabe, ist das wahrscheinlich berechtigt.

»Was machst du da?«

Ich erstarre. Seven klingt verwirrt.

Oh Shit, hatten wir uns nicht gerade darauf geeinigt?

»Ähm ... es mir bequem machen?«

Sein leises Lachen ist dunkel, und als ich seine Finger spüre, die an meinen Seiten heruntergleiten und unter das Gummi meiner Unterhose fahren, zucke ich zusammen. »Du hast immer noch die hier an.«

»Ah, richtig. Willst du ... soll ich sie ausziehen?«

»Du hattest Ganzkörper gesagt.« Er beugt sich vor, sein Gesicht berührt meines, als er den Stoff runterschiebt. »Hast du gelogen?«

»Nee-nee. Nein. Nö. Nicht gelogen.«

»Gut. Dann halte still und lass mich dich vorbereiten.«

Stillhalten? Das ist wirklich viel verlangt, Seven. Weiß der Kerl eigentlich, was er mir da antut? Ich explodiere fast, wenn er mich anfasst, und als er meine Unterhose runterschiebt und mein steifer Schwanz unter mir gefangen ist, spüre ich eine Gänsehaut am ganzen Körper, weil ich nackt und ausgeliefert bin.

»Bist du bereit?«

»Sowas von bereit.« Ich würde betteln, wenn er es von mir verlangen würde. Ich würde alles tun. Ich wäre ehrlich gesagt auch absolut nicht böse, das Malen einfach auszulassen und Sevens Hände an mir zu spüren. Aber er hat da anderes im Sinn.

Ich wende den Kopf leicht, sodass ich sehen kann, wie er einen Pinsel zur Hand nimmt und ihn in Farbe taucht. Es ist ein kleiner Pinsel, was ein sehr klares Anzeichen ist: Seven ist absolut nicht in Eile.

Dann beginnt er, und ich bin es auch nicht mehr. Also mehr oder weniger. Die Pinselstriche gleiten über meine empfindliche Haut und machen das Gefühl intensiver. Es kitzelt in meinem Nacken und über meiner Schulter, dann streicht er an der Krümmung meiner Wirbelsäule entlang. Wahrscheinlich wäre es entspannend, wenn ich nicht so erregt wäre, aber die Lust, die mein Blut zum Kochen bringt, lässt mich brennen, ein kompletter Kontrast zu der kühlen Farbe, mit der er meine Haut bedeckt.

Seven lässt sich Zeit. Er bemalt meinen Rücken, meine Arme, meine Beine. Es kitzelt und fühlt sich ein bisschen komisch an, als die Farbe trocknet, aber jedes Mal, wenn ich meine Augen öffne und Sevens Konzentration sehe, gemischt mit dem gleichen intensiven Begehren, das auch mich erfüllt, wird meine Lust angestachelt.

Ich bin so gut wie sicher, dass er meinen Po auslassen wird. Doch dann streicht er mit den Fingerknöcheln innen an meinen Oberschenkeln entlang. Sanft schiebt er sie auseinander, und ich öffne sie bereitwillig, mit pochendem Herzen, als er mit einem größeren Pinsel meinen Damm bemalt. Die Borsten sind weich, die Farbe glatt, aber ich atme schwerer und spanne mich an, weil es sich so gut anfühlt.

Seven lacht leise. »Das magst du.«

»Ganz ehrlich? Ich habe Mühe, nicht zu kommen.«

Er gibt mir einen Klaps auf den Hintern, und ich zucke zusammen, als meine Erektion die raue Leinwand streift.

»*Aua.*«

»Nicht kommen. Ich muss ja noch die Vorderseite bemalen.«

»Du bist so gemein.«

»Du wolltest das hier machen.«

»Ich habe mich umentschieden. Tätowiere mich lieber. Alles, was du willst, aber lass mich kommen.«

»Nö. Aber wenn du wirklich ganz brav bist, besorge ich es dir vielleicht, wenn wir fertig sind.«

Ach du Scheiße, ja. Ja, ja, ja, bitte.

Ich kann nur zum Himmel beten, dass er wirklich Wort halten wird, denn ich würde zwar am liebsten sagen, scheiß drauf und mir einen runterholen, aber gleichzeitig will ich auch, dass es nie,

nie aufhört. Die beiden widerstreitenden Gefühle sind so stark und überwältigend, dass sie mich ganz verrückt machen.

Seven, das sadistische Miststück, lässt sich noch länger Zeit beim Bemalen meines Hinterns. Immer, wenn ich es am wenigsten erwarte, streicht er mit dem Pinsel meinen Damm entlang. Mein ganzer Körper ist wie unter Strom, geeicht auf all seine Bewegungen, voller Verlangen nach seiner nächsten Berührung. Seiner Haut. Seinem Mund.

»Ich will verlampt sein. Du siehst unglaublich aus«, sagt er schließlich.

Das Kompliment zittert durch mich hindurch. »Ich will es sehen.«

»Erst wenn ich fertig bin. Dreh dich um.«

»Wird die Farbe nicht schmieren?«

»Ich habe nur eine dünne Schicht aufgetragen, also ist das Meiste schon trocken.«

Und wenn ich mir vorhin ausgeliefert vorkam, ist das nichts gegen das Gefühl jetzt. Ich rolle mich auf den Rücken, mein Schwanz liegt steif an meinem Unterbauch und hinterlässt eine Pfütze aus Liebestropfen auf meiner Haut. Er streift mich mit einem Blick, und ich schwöre, ich bin so überempfindlich, dass ich das Gefühl habe, auch das spüren zu können.

Der Pinsel kitzelt an meinen Schlüsselbeinen, taucht in meinen Bauchnabel, streift meine Nippel, bis sie hart und fest sind. Er bemalt meinen Oberkörper. Meine Arme, Beine, zum Glück schneller auf dieser Seite, und als ich einen Blick auf seine Sweat-Pants riskiere, sehe ich, dass er ebenso erregt ist wie ich. Sein großer Schwanz in der Unterhose gefangen, ein dunkler Fleck aus Liebestropfen auf dem Stoff, und die verlockenden Erhebungen seiner Piercings.

Ich bin so abgelenkt von seinem Schwanz-Abdruck, dass ich nach Luft schnappe und mich in die Leinwand kralle, als ich den Pinsel an meinen Hoden spüre.

»Oh mein Gott, verdammt.«

Er tut es wieder. Und wieder. Der Pinsel, der meinen Sack umkreist, sanft über die Haut streicht. Ich könnte heulen, so gut fühlt es sich an, so überempfindlich bin ich, aber dann legt Seven den Pinsel weg.

»Was machst du?«, keuche ich.

»Meine Arbeit bewundern.«

Und in diesem Moment, unter seinem steten Blick aus den dunklen Augen, der mich wirklich sieht, weiß ich es. Ich will, dass Seven mich für immer so ansieht. Ich strecke die Hand nach seinem Handy aus und schiebe es ihm rüber.

»Mach ein Foto.«

»Was?«

»Tu es.« Er soll wissen, wie ernst es mir ist. »Dann kann ich es auch sehen.«

»Ich lösche es gleich wieder, versprochen.«

»Nein.« Ich lege meine Hand auf seine. »Ich möchte, dass du es behältst.«

»Nacktfotos von dir?«

»Vielleicht bin ich ein Idiot, und vielleicht wird es mich irgendwann einholen, aber ich vertraue dir.«

»Als du mir geholfen hast. Auf meinem Bett …«

»Das war ganz anders. Du wolltest das nicht. Ich mache das aus freien Stücken.«

Seven beugt sich vor, sein muskelbepackter Körper schwebt über mir, und streift mit den Lippen sanft meinen Mund. »Ich werde dein Vertrauen mit meinem Leben verteidigen.«

Mit sanftem Griff bewegt er mich in Position, und fotografiert eine Serie von Ganzkörperfotos, dann ein paar Nahaufnahmen. Ich drehe mich um, wenn er es verlangt, lege den Kopf auf den gekreuzten Armen ab, und lasse ihn meine Beine so spreizen, wie er es will.

Aber ich bin nervös. Fast habe ich Angst davor, etwas so

Intimes zu sehen, aber ich habe es auch so gemeint, als ich von freien Stücken sprach. Es gibt niemanden auf der Welt, dem ich mehr vertrauen würde, solche Fotos sicher zu verwahren.

SEVEN

VOR ERREGUNG KANN ich mich kaum auf den Anblick vor meinen Augen konzentrieren. Molly ist … der Inbegriff der Versuchung. Sein langgliedriger, schlanker Körper. Dieser knackige Po, bei dem mir das Wasser im Mund zusammenläuft. Seine glatten Waden und die leicht definierten Oberschenkel. Ich will mit den Händen jeden Quadratzentimeter streicheln, aber ich will auch nicht das Gemalte ruinieren. Das werde ich aber. Es ist unvermeidlich, und meine Bewunderung reicht nicht, um mich von den Dingen abzuhalten, die ich wirklich tun will.

»Fertig?«, fragt er. Er klingt ganz benommen. Wie er gar nicht versucht, sein Begehren für mich zu verstecken, ist einerseits super sexy, andererseits auch beunruhigend. Uns ist beiden klar, dass wir nur Spaß haben, und dass er bei mir sicher ist. Ich würde ihn niemals ausnutzen, aber es gibt Typen, die es sehr wohl tun würden. Mir wird langsam klar, dass Molly niemals sein Interesse verheimlichen würde. Für den Typ, an dem ihm etwas liegt, würde er alles tun, und das bringt mich fast so weit, mir zu wünschen, das wäre ich. Fast.

So sehr ich auch Gefühle für ihn entwickle – ich würde nie jemand so Tollen in eine Beziehung mit jemand so Kaputtem wie mir verwickeln. Wenn die Leute sagen, dass ich mich Xander gegenüber als Beschützer fühle, dann ist das gar nichts im Vergleich dazu, wie ich mit jemandem wie Molly wäre. Jemand so Süßem, Sauberem, Unschuldigem. Ich würde ihn ersticken.

Und trotzdem mache ich der Sache kein Ende, wie ich es eigentlich sollte.

»Willst du sehen?«

»Klar, ich sterbe vor Neugier.«

Ich scrolle zurück zu den Aufnahmen von seiner Vorderseite und starre auf seinen langen, roten Penis. Es ist der einzige Körperteil, den ich nicht bemalt habe, denn ich habe Pläne für das Ding. Ich setze mich hin und reiche das Handy hinüber.

»Wow«, murmelt er, während er einzelne Körperteile vergrößert. »Du bist wirklich gut. Also, *wirklich*. Vielleicht solltest du auch ein paar Stücke verkaufen, wie Xander.«

»Nee, nee. Farben sind nicht mein Ding.«

»Da wäre ich nicht darauf gekommen« Er unterbricht und schaut mich über die Schulter an. »Du hast meinen Schwanz nicht bemalt.«

Grinsend beuge ich mich vor. »Die Farben sind vielleicht nicht giftig, Kleiner. Aber gut schmecken tun sie auch nicht.«

»S-schmecken …«

Ich packe ihn an den Hüften und drehe ihn um, dann ziehe ich mein T-Shirt über den Kopf.

Molly wunderschöne Lippen öffnen sich, und ich sehe ihm in die Augen, dann beuge ich mich vor und nehme seine Schwanzspitze in den Mund.

»Oh fuck, das passiert wirklich«, brabbelt er. »Dein Mund an meinem Schwanz. Mein Schwanz in deinem Mund. Shit. Fuck. Heilige Mutter aller Sex Toys …«

Ich lasse von ihm ab und lache leise. »Klingt fast so, als sollte ich lieber aufhören.«

»Ich bringe dich *um*.«

Er ist so bezaubernd, wenn er so erregt und wütend ist.

»Weißt du, was ich wirklich machen will?«, frage ich, während ich seinen Schlitz lecke.

Sein Schwanz zuckt, und er knurrt: »Was denn?«

»Scroll mal zum letzten Foto.«

Molly nimmt hastig mein Handy und tut wie geheißen. Auf seine beiden großartigen Pobacken habe ich meine Handabdrücke gemalt, und kurz bevor ich das Foto geschossen hatte, hatte ich meine Sweatpants runtergezogen und meinen Schwanz ins Bild gehalten. Die Spitze schwebt genau über seinem Arsch.

»Das Foto will ich haben«, presst er hervor.

Ich lache, dann lecke ich ihn erneut. »Aber gerne.«

»Und ja. Sex. Das will ich. Jetzt sofort.«

»Hast du ein Kondom?«

»Da sind fünf Stück oder so im Korb. Und Gleitgel.«

War ja klar. »Du bist der ewige Optimist, stimmt's?«

Er nickt, aber als ich nach den Utensilien suche, umfasst er meine Hand. »Ich weiß, ich habe diese Sachen mitgebracht und das Ganze geplant, aber ich will nicht, dass du dich je unter Druck gesetzt fühlst, okay? Ich fühle mich so unglaublich zu dir hingezogen, und meine Antwort wird immer ja sein, wenn sich die Chance ergibt, aber wenn deine ein Nein ist, werde ich das respektieren.«

Molly weiß gar nicht, wie sehr mich seine Worte ins Herz treffen. »Danke.«

»Wirst du nein sagen?«

Als ob das überhaupt möglich wäre. »Ich glaube, mein Schwanz würde mich umbringen.«

Er lächelt spitzbübisch, dann spreizt er die Beine. »Gut. Dann mach zu, ich will dich endlich in mir drin haben.«

Seine Begeisterung törnt mich noch mehr an. Wie er so ungeniert sagt, was er will. Und wie ich jedes verdammte Mal schwach werde. Mein Schwanz schmerzt vor Begehren nach ihm, und jede

Sekunde, in der ich ihn nicht berühre, lässt mich weiter den Verstand verlieren.

Ich finde Kondome und Gleitgel in der Seitentasche des Korbes und lege sie auf den Boden. Eine Stimme in meinem Inneren sagt, dass dies das Letzte ist, was ich tun sollte, aber ich kann mir nicht helfen, wenn Molly sich so anbietet wie jetzt. Wenn ich ein besserer Mensch wäre, hätte ich ihm mehr zu bieten als einen die Sinne vernebelnden Orgasmus, aber das bin ich nicht, also bleibt uns nur das Eine.

»Das dauert viel zu lange«, krächzt er, und als ich aufblicke, ist jede Spur von Belustigung verschwunden. Seine Augen scheinen Feuer zu sprühen. »Nach diesem ewigen Edging komme ich wahrscheinlich, kaum dass du in mir drin bist.«

Ich muss trotzdem leise dunkel auflachen, dann schiebe ich Sweatpants und Unterhose runter, reiße ein Kondompäckchen auf und rolle es vorsichtig an meinem Schaft herunter. »Was war das wohl … eine Stunde vielleicht?«

Molly schüttelt den Kopf. »Die ganze Woche schon. Ich war so scharf darauf, es nochmal zu machen.«

Verdammt. Das zu hören ist einerseits toll, andererseits gar nicht gut. Um ihm nicht antworten zu müssen, beuge ich mich vor und küsse ihn, aber das erweist sich sofort als Fehler. Irgendwie war mir entfallen, wie süchtig mich seine Küsse machen, und Sekunde um Sekunde verschwindet die Entschlossenheit aufzuhören in der Versenkung, genau wie bei letzten Mal. Ich kann mich noch nicht mal lange genug losreißen, um nach dem Gleitgel zu suchen, und taste blind danach, bis ich die kleine Flasche in der Hand halte.

Molly klammert sich an mich und küsst mit der gleichen Intensität zurück. Es fühlt sich gut an, so sehr begehrt zu werden. Zu wissen, dass es nicht nur um Sex und schnellstmögliche Erleichterung geht. Wir sind Freunde, und es braut sich etwas Gefährliches zwischen uns zusammen, das ich entschlossen ignoriere, während ich den Moment genieße.

Ich gebe meinem Impuls nach und lege mich mit dem ganzen Gewicht auf Molly. Sofort legt er die Beine um meine Taille und umschlingt mich mit allen Gliedern, genau wie beim letzten Mal, und ich gebe ihm, was er will; ich reibe unsere Schwänze aneinander, während ich die Kappe des Gleitgels aufschnappen lasse.

Ich stoße langsamer und sanfter zu als normalerweise; so dringend ich auch in ihm drin sein möchte – ich will nicht riskieren, dass das Kondom reißt und ich ein anderes überziehen muss, wenn ich längst in ihm drin sein könnte.

Molly streicht über meine Schultern, meine Arme, meinen Rücken, und seine Berührung entzündet Teile von mir, die ich längst für tot gehalten hatte. Ich küsse ihn heftiger, halte mit einer Hand seinen Hinterkopf, während es mir gelingt, mit der anderen Gel in meine Handfläche zu drücken.

Dann taste ich zwischen seine Beine.

Molly wimmert, zieht die Knie an, um mir Zugriff zu geben. Dieses Vertrauen, diese Offenheit sind erstaunlich. Er hat keine Angst, sich verletzlich zu zeigen, und obwohl es für mich Grund genug wäre, mich zu verkriechen und sterben zu wollen, bewundere ich es an ihm.

So mutig werde ich nie sein.

Er stöhnt in meinen Mund, während ich ihn dehne, den Finger mit jeder Bewegung tiefer reinschiebe. Er umgibt mich, warm und eng, und wenn es sich schon an einem Finger so gut anfühlt, kann ich mir kaum vorstellen, wie es sein wird, wenn ich ihn mit meinem Schwanz ausfülle.

»Gefällt's dir, wenn ich mit dem hübschen kleinen Loch spiele?«

»Sag weiter solche Sachen«, bittet er.

»Was für Sachen? Wie sexy du aussiehst, wenn ich dich mit den Fingern für mich vorbereite? Oder wie verrückt es mich macht, wie sehr ich in dir drin sein will?«

Mollys Kopf fällt in den Nacken, und die bemalten Rippen beben mit seinen heftigen Atemzügen. Ich beobachte, wie seine schlanken Muskeln unter der Farbschicht jedes Mal erzittern, wenn ich seine Prostata streife, wie seine Bauchmuskeln sich anspannen und wieder lockern, während ich ihm einen zweiten Finger reinschiebe. Er öffnet sich für mich, wunderschön und willig, so bereit, ausgefüllt zu werden.

Ich sollte keine solche Bewunderung empfinden, also tue ich es als Geilheit ab, die meine Gehirnfunktionen vorübergehend lahmlegt.

Er verengt sich um meine Finger, und obwohl mir klar ist, dass ich ihm eigentlich noch einen geben müsste, sterbe ich vor Begierde, mich in seinen Körper sinken zu lassen und zu spüren, wie es ist, ganz von Molly Besitz zu ergreifen.

»Bitte, fick mich«, bettelt er.

Ich spreize die Finger, um sicherzugehen, dass er so weit wie möglich gedehnt ist. »Bist du schon bereit?«

»Ist mir egal.«

»Ich will dir nicht wehtun.«

»Wirst du nicht. Es wird sich gut anfühlen. So gut.«

Ich schnaube, ziehe aber meine Finger heraus und streiche meinen Schwanz mit Gleitgel ein. »Wenn es weh tut, musst du mir sagen, dass ich aufhören soll.«

Er lächelt verführerisch zu mir hoch. »Mache ich. Versprochen. Und jetzt gib mir, was ich will.«

Mit einem leisen Lachen gehe ich über ihm in Position. Seine verschwitzten Oberschenkel verschmieren sofort die Farbe auf meinen. »Ich hoffe, du bist wirklich bereit«, sage ich, während ich meine Eichel an seinem Eingang ansetze. Es ist eng, als ich mich hineinschiebe, und Molly hält kurz die Luft an, dann atmet er wieder weiter. Aber er sagt nicht, dass ich aufhören soll.

Es fühlt sich großartig an, wie er sich um mich dehnt, der Muskel ein leichter Widerstand gegen mein Eindringen, und ich mache langsam, damit es kein Problem mit dem Kondom und den Piercings gibt. Wenn Molly erst richtig entspannt ist, wird das nicht mehr notwendig sein.

»Ohhh …«, flüstert er. »D-deine Piercings …« Er biegt mir seinen Oberkörper entgegen. »Wow. Ähmm. Sie sind …«

Während er vor sich hin spricht, schiebe ich mich rein, bis meine Hüften seinen Po erreicht haben. Er ist perfekt gedehnt, saugt meinen Schwanz schön tief ein, der warme Druck die kosmischste, unglaublichste Umarmung. Ich muss einen Moment innehalten, um nicht zu früh abzugehen.

»Nie, nie wieder werde ich mit jemandem ohne Piercings schlafen«, sagt er, während er mein Gesicht in beide Hände nimmt. »Alles okay bei dir? Sie tun dir auch nicht weh?«

Ich lache leise. »Sie sind längst abgeheilt. Solange du nicht daran reißt, machen sie einfach alles empfindlicher.«

Er schlingt wieder die Beine um mich und zieht mich weiter nach unten. »Worauf wartest du dann? Fick mich.«

Ich stoße leicht zu, genieße, wie er unter mir erschauert, und dann beuge ich den Kopf und verwickle ihn in einen Kuss, bevor es weitergeht. Mein Mund verschmilzt mit seinem, und ich stoße heftiger zu, probiere Bewegungen aus, um zu sehen, was er abkann, dann erhöhe ich nach und nach das Tempo, gebe es ihm schneller, heftiger, tiefer.

Meine Arme verkrampfen sich unter meinem Gewicht, aber das ignoriere ich, meine Knie bohren sich in den Fußboden, während ich wieder und wieder in Mollys Körper eindringe. Er hält mich an sich gepresst, die Farbe zwischen uns verschmiert, und einen kurzen Moment stelle ich mir vor, wie ich ihn unter die Dusche schleppe, um meine Arbeit wieder von ihm abzuwaschen. Dann löst er seinen Mund von mir.

»Mein Schwanz, bitte. Bitte fass mich an.«

Ich verlagere mein Gewicht auf eine Seite, dann greife ich mit der freien Hand zwischen uns. Er hat schon überall Tröpfchen verteilt, und ich genieße es, wie sein steifer, feuchter Schwanz sich in meine Hand schmiegt. Als wäre er dafür gemacht. Nur für mich gemacht.

»Bist du kurz vor dem Kommen?«, flüstere ich an seinen Lippen. »Während ich dich mit meinem Schwanz aufspieße?«

»Ja, ja, ja. Mach, dass ich komme, Seven.« Seine Oberschenkel zucken. »Ich brauche es, bitte, ich brauche es.«

Das Betteln gibt mir den Rest. Molly sagt, Männer spielen immer Spielchen, aber er macht das nicht. Er trägt seine Emotionen ganz offen zur Schau, und das macht mich neugierig, gleichzeitig bekomme ich eine Heidenangst vor ihm. Ich kann kaum glauben, dass jemand so gut und so unschuldig sein kann, und doch hat er mir bisher keinen Grund gegeben, es anzuzweifeln.

Mein Schwanz wird jetzt empfindlicher, rasend vor Lust, wie ich sie seit viel zu langer Zeit nicht mehr empfunden habe. Die Piercings verursachen ein sanftes Ziehen, drücken gegen meinen Schaft, so dass ich das Knistern eines kurz bevorstehenden Höhepunktes spüre. Ich weiß schon, es wird ein heftiger werden, und sehne mich schmerzhaft danach. Ich will die Erlösung mehr als alles andere zuvor, bin aber gleichzeitig verzweifelt bemüht, an diesem Gefühl festzuhalten, so lange es menschenmöglich ist.

Er zieht meinen Mund wieder an seine Lippen, dann versteift er sich in meinen Armen. Molly küsst mich, während er kommt, sein Schwanz pulsiert in meiner Hand, während ich ihn durch seinen Orgasmus streichle. Als er fertig ist, richte ich mich auf, packe seine Hüften und gebe jede Zurückhaltung auf.

Sein verhangener Blick, die verschmierte Farbe auf seiner Haut, die Spermapfütze auf seinem Bauch ... ein erotisches Kunstwerk, nur für meine Augen bestimmt. Nie hätte ich gedacht, dass ein Augenblick nur für mich gemacht sein könnte, bis jetzt.

»Du bist so schön«, presse ich hervor. »Fühlst dich so gut an. Ich will kommen. Will deinen Arsch füllen. So tief in dir abgehen, dass du innen und außen von mir bedeckt bist.«

»Mach schon. Komm.«

Meine Finger umklammern seine Hüften, als ich noch einmal, zweimal zustoße, und dann endlich loslasse. Schiere Erleichterung überwältigt mich, und ich entleere mich mit zuckendem Schwanz und einem kehligen Geräusch in ihn. Ich bin von Schweiß und Farbe bedeckt, und Molly ebenso. Auf einmal bin ich verlampt froh, auf seine Bitte diese Fotos geschossen zu haben, denn von der Malerei ist kaum noch etwas zu erkennen.

Und er hat gesagt, ich darf sie behalten.

Er atmet mit einem bezaubernden, zufriedenen Seufzer aus, und ich lasse mich auf ihn sinken. Meine Hände sind etwas steif, weil ich ihn so fest gehalten hatte, und ich schlinge beide Arme um ihn und drücke Molly an mich.

Mein Schwanz rutscht aus ihm heraus, und ich bedaure, dass es schon vorbei ist. Dass wir nicht die ganze Nacht weiter vögeln können, ohne uns über alles andere den Kopf zu zerbrechen.

»Wir sind also beide alte Lügenmäuler«, sagt Molly mit einem Kuss auf meinen Hals. »Hiermit haben wir die vereinbarte Anzahl von sexy Begegnungen verdoppelt. Ob wir es auch schaffen, sie zu verdreifachen?«

Ich lasse mich mit vollem Gewicht auf Molly sinken. »Zweimal. Nicht mehr. Das war's für uns.« Aber noch nicht mal ich glaube meinen Worten.

Er fährt mir mit den Fingern durch die Haare. »Ist gut.«

»Ich mein's ernst, Kleiner.«

»Ganz wie du willst.«

Sein humorvoller Blick und das schöne Gesicht berühren etwas tief in meinem Inneren. Etwas, das mich sagen lässt: »Also *vielleicht* noch einmal. Das war's dann. Zur Feier des dritten Dates und so.«

»Oooh, dann sollte das dritte Date besonders gut sein.«

»Ich weiß nicht, ob man das hier noch toppen kann.«

»Da bin ich zuversichtlich«

»Dann bin ich ja schon sehr gespannt, was du dir einfallen lässt.«

VIERUNDZWANZIG

MOLLY

»WAS IST DENN HIER LOS?«, fragt Rush, der ins Zimmer gelaufen kommt, als wäre er nicht ganz sicher, wie er hierher gelangt ist.

»Familienessen. Also so in der Art. Ich weiß, dass ihr montags immer versucht zu Hause zu sein, aber ich dachte, für alle, die da sind, könnten wir so etwas wie Familien-Freitage machen, an denen wir etwas Nettes zusammen machen ...«

»Super Idee«, sagt er mit einem Klaps auf meine Schulter, bevor er in die Küche läuft und sich ein Glas Wasser nimmt. »Wer ist denn heute da?«

»Ich muss noch –«

Er trinkt einen Schluck, und ich sehe am Boden des Glases ein Paar Glotzaugen.

Ich lache. »Was ist das denn?«

»Hmm, was ...« Rush dreht das Glas um und blinzelt. »Na sowas. Keine Ahnung.«

»Schräg.«

»Ja?«

Da Rush nicht unbedingt der Konventionellste ist, wundert mich seine Antwort nicht besonders.

»Bist du denn heute Abend zu Hause? Seven und Xander sollten da sein, und Madden hatte erwähnt, dass er vielleicht mit Penn ausgeht, aber er war noch nicht sicher.«

»Ja. Mein Freund ist nicht in der Stadt. Glaube ich.« Er blickt nach oben und zählt an den Fingern ab. »Oder war das nächste Woche ... wenn heute Freitag ist ... und wir gestern telefoniert haben – oder vorgestern? War das ...« Er schlendert wieder raus, das leere Glas noch in der Hand.

Also ein Vielleicht.

Monopoly-Montage sind spaßig, aber mir persönlich etwas zu kompetitiv. Gabe kommt manchmal dazu, und wenn er hier ist, fühle ich mich wieder wie ein Außenseiter. Er ist freundlich, und die anderen behandeln mich nicht anders, also weiß ich, dass nur ich das Gefühl habe. Aber ihren Grad der Verbundenheit werde ich bestimmt niemals erreichen. Meist bin ich der erste, der verliert, und sitze mit Xander zusammen, während Madden und Seven sich gegenseitig den Sieg streitig zu machen versuchen.

Das hier sollte mir mehr liegen. Ich habe mit Tante Agatha Essen vorbereitet und ein Riesen-Puzzle gekauft, das uns den ganzen Abend beschäftigt halten sollte. Ich fand das ruhige Miteinander ganz schön, das Seven und ich hatten, als wir zusammen gepuzzelt haben, also hoffe ich, dass jetzt auch so eine Stimmung entstehen wird.

Keine nur im Spaß gemeinten Beleidigungen, nur Liebe.

Aber da habe ich meine Mitbewohner leider überschätzt.

»Nein, Mann, erst die Ränder«, sagt Seven und schlägt Maddens Hand beiseite.

»Das ist falsch. Du musst das nach Farben sortieren.«

»Ihr mogelt ja beide«, sagt Rush, der sich zwischen die beiden drängt und den Deckel umdreht. »Mit der Vorlage ist es, als hätte man Hilfe. Es ist egal, wo man anfängt, denn man kann sich einfach danach richten.«

»Wir sollen das Ding *blind* machen?«, fragt Seven scharf. »Das sind fünftausend Teile.«

»Seine Idee ist genauso blöd wie deine«, säuselt Madden.

Ich beiße mir auf die Lippe, gleichzeitig frustriert und belustigt. Soviel zu Friede, Freude, Eierkuchen. Ich dachte, es läge am Monopoly, aber wie sich herausstellt, sind es die Menschen.

Xander zieht sich einen Stuhl neben mich und setzt sich mit angezogenen Beinen. »Es war eine gute Idee, theoretisch.«

»Ich hätte gedacht, es würde weniger ...« mit einer Geste ergänze ich, »*davon* geben.«

»Madden macht zwar nicht mehr aktiv Leistungssport, aber in seinem Innersten ist er nach wie vor eine Sportskanone. Total kompetitiv. Und Seven tut vielleicht so, als ob es ihm Spaß macht, ihn herauszufordern, aber das ist nicht der Grund, warum er so ist.«

»Was ist es dann?«

Xander erwidert mit einem Achselzucken: »Er hat wahrscheinlich nie gelernt, nicht zu kämpfen.«

»Kämpfen ... wogegen denn?«

Er schweigt einen Moment und reibt sich mit dem Daumen über die Handknöchel. »Gegen alles.«

Ich denke an die Nacht zurück, in der ich Seven am Computer vorgefunden habe. Xander und er haben ihre Geschichte, das ist mir klar, aber sie haben ganz offensichtlich Dinge durchgemacht, die ich mir noch nicht mal vorstellen kann. Ich bin zwar extrem neugierig deswegen, aber ich würde sie niemals ausfragen, und ehrlich gesagt ist es vielleicht auch besser, wenn ich nichts darüber weiß. Ich habe ohnehin schon so starke Gefühle für Seven, und mit Xander habe ich mich gleich verbunden gefühlt. Beim Gedanken, dass einem von ihnen etwas Schlimmes passieren könnte, habe ich das Bedürfnis, mit Sachen um mich zu werfen.

Seit dieser Nacht im Büro habe ich ein Auge auf Seven. Er weiß nichts davon, und ich würde es ihm nie sagen, aber ich stelle mir jede Nacht den Wecker auf kurz nach Mitternacht, schleiche den Flur hinunter und presse das Ohr an seine Tür, um ihn atmen zu hören. Dann gehe ich auf Zehenspitzen wieder ins Bett.

Ich bin nicht sicher, warum ich das Gefühl habe, dass ausgerechnet ich das machen sollte; ich weiß nur, dass ich nicht will, dass er sich je wieder alleine fühlen muss.

»Was mag Seven eigentlich am liebsten?«, frage ich Xander.

»Mich.«

Na klar. »Tja, dich kann ich ja schlecht mit zu unserem Date nehmen. Was mag er denn am *zweit*liebsten?«

»Na, das ist einfach. Kill Diver.«

»Den *Film*? Echt jetzt?«

»Es ist nicht nur ein Film. Es ist auch ein Computerspiel. Und es gibt diese ganze Online – weißt du was? Du solltest *ihn* danach fragen.«

»Aber dann ist es keine Überraschung beim Date.«

»Verkleide dich als Pilot Markie, dann spritzt er schon in der Hose ab.«

»Wer zum Teufel ist Pilot Markie?«

»Der Kerl, von dem Seven schon als Junge so besessen war, als würde er in einer Boy-Band spielen.«

Mit verschränkten Armen sage ich zornig: »Scheiß auf Pilot Markie.«

Xander lacht. »Er ist die süße Nerd-Nebenrolle, der nicht allzu helle ist, ein bisschen wie ein Golden Retriever. Also abgesehen von der mangelnden Intelligenz erinnert er mich an dich.«

»Ich bin doch kein *Nerd*.«

»Nein, es ist seine ganze Art. Er ist so gesund, fröhlich, eine Stütze für alle. Das mag Seven, glaube ich.«

»Also ich habe ein *ganz anderes* Bild von mir.«

»Wie siehst du dich denn?«

»Wie … einen Pickel. Schmerzhaft, taucht an Stellen auf, wo man ihn nicht haben will, und keiner will sich damit rumärgern.«

»Hossa. Nein. Abgelehnt.«

Ich schaue ihn verblüfft an. »Was denn?«

»Du kannst nicht so kaputt sein wie wir anderen. Das lasse ich nicht zu. Du bist mein *Das-will-ich-sein-wenn-ich-groß-bin.*«

»Ich bin ein Jahr älter als du.«

»Genau. In einem Jahr um diese Zeit will ich auch glücklich und positiv sein und Regenbogen kacken.«

»Das ist glaube ich zum Scheitern verurteilt. Regenbogenkacken ist angeboren.«

Er seufzt dramatisch. »Tja, soviel zu dieser Idee. Aber du solltest dich vielleicht deswegen untersuchen lassen.«

»Vielleicht melde ich mich mal bei deinem Krankenpfleger.«

Xander fängt an zu schwärmen. »Das solltest du unbedingt. Er ist so toll.«

»Und hübsch auch.«

»Japp. Das macht es noch viel peinlicher, wenn ich da hinmuss.« Er spielt mit seinen goldenen Fingernägeln.

»Was machst du denn, wenn er mal keinen Dienst hat?«

»Das war noch nie der Fall, zum Glück.«

Das ist wirklich ein Riesenzufall, wenn man bedenkt, dass sie schon länger zu ihm gehen, und Xander häufig solche Anfälle hat. Ich kann nur hoffen, dass sein Glück hält. Und dass nicht ich ihn begleiten muss, wenn Derek mal nicht da ist, denn ich habe keinen blassen Schimmer, wie ich damit umgehen sollte.

»Apropos Dates …«, sagt Xander. »Wie lief es denn beim Malen mit Seven?«

Meine Lippen zucken, aber ich bin entschlossen, das Erlebte für mich zu behalten. Nicht weil ich einen Scheiß auf diese Hausregeln gebe, die besagen, dass man nicht untereinander vögeln darf, sondern, weil es an Seven wäre, es Xander zu erzählen. Ich will mich nicht in ihre Freundschaft drängen.

»War gut.«

»Die verschmierte Leinwand, die ihr zurückgelassen habt, erzählt eine andere Geschichte. Der Geruch von Schweiß und Sperma, den sie verströmt hat, als ich sie aufgehoben habe – die

Hormone lagen quasi in der Luft. Ich hätte mir was *holen* können.«

Ich antworte ausweichend: »Keine Ahnung, wovon du redest. Als ich am nächsten Morgen aufräumen wollte, warst du schon dagewesen. Also. Ähm. Sorry.«

»Schon gut.« Xander nimmt die vor Lipgloss glänzende Unterlippe zwischen die Zähne. »Ich *wollte* es selber machen.«

Ich verdrehe die Augen. »Du bist sowas von pervers.«

»Hat er dich gevögelt?«

»Es ist nichts passiert.«

»Du bist so ein Lügner.« Er legt sich quer über meinen Schoß. »Wieso hast du mich nicht lieb? Warum erzählst du mir nicht alle schmutzigen Details?«

»Weil es keine Details gab. Außerdem dachte ich, du siehst Seven nicht so?«

»Es ist kompliziert. Die Vorstellung, wie er *dich* vögelt – heiß. Also …« er erschauert.

»Wieso würdest du automatisch annehmen, dass er mich vögelt?«

»Weil er ein reiner Top ist.«

Interessant … und eine bessere Antwort als uns zu stereotypisieren.

»Aber dass Seven *mich* anfasst?«, fährt Xander fort. »Ist buchstäblich ekelerregend. Da schüttelt's mich.«

»Aber ihr nehmt euch doch ständig in die Arme.«

»Ja schon, aber es ist wirklich nur platonisch. Er ist mein Sicherheitsnetz. Und ich weiß, dass auch wenn wir kuscheln oder so – da geht rein gar nichts Sexuelles in seinem Kopf ab, und bei mir genauso wenig.«

»Na ja. Geht mich ja auch nichts an, oder?«

Er setzt sich auf und fixiert mich mit seinem Blick. »Das sehe ich aber anders. Ich will, dass du das weißt, und ich will gefragt werden, wenn du dir unsicher bist. Oder sag mir, wenn ich zu aufdringlich bin. Ich werde Seven nicht aufgeben. Das kann ich nicht. Aber teilen kann ich ihn. Und ... ich würde ihn gerne mit dir teilen.«

Irgendetwas an seinen Worten trifft mich. Mitten ins Herz. Ich sollte mich vielleicht von Xander bedroht fühlen, oder ein ungutes Gefühl dabei haben, wenn er sagt, dass Seven immer ihm gehören wird – aber, dass ihm das so wichtig ist und er bereit ist, diese Person mit mir zu teilen? Das ist auf eine seltsame Art sehr süß.

Ich greife nach seiner Hand. »Du hast ein großes Herz, weißt du das?«

»Nee. Da sind wir uns wieder nicht einig. Ich bin eher ein ziemlich egoistisches Arschloch.«

»Das glaube ich keine Sekunde.«

»Ich stehe einfach auf Aufmerksamkeit. Manchmal mache ich Sachen, die ich eigentlich gar nicht tun *will*, nur um sie zu bekommen.«

»Das Gefühl kenne ich leider nur zu gut.«

Er lächelt mich wehmütig an. »Die Welt ist ganz schön beschissen, oder?«

»Da sind wir uns einig.«

»Wenn das nicht der Fall wäre, wärt Seven und du inzwischen wahrscheinlich zusammen.«

»Das ist wirklich süß, und ich finde es toll, dass du so ein Fan dieser Idee bist, aber dabei gibt's ein Problem: Seven will mit niemandem zusammen sein.«

»Aber ihr hattet Sex.«

»Sex bedeutet nichts.«

Seine Miene verdüstert sich. »Mir schon.«

»Und das ist auch okay«, sage ich schnell bestätigend. »Aber für Seven ist es total unverbindlich. Da müssen keine Gefühle im Spiel sein.«

»Das kaufe ich ihm nicht ab. Ich wette, die Gefühle sind da, aber er kämpft dagegen an. Das macht er immer.«

So sehr ich Xander glauben will: Ich werde mir keine Hoffnungen machen. Seven war ganz offen zu mir, und obwohl er zugegeben hat, dass er nicht gegen weiteren Sex wäre, ändert das nichts an der ganzen Situation. Ich hatte auch schon oft genug Sex, nur weil ich gerade scharf war. Es hieß nicht automatisch, dass ich mehr wollte.

Obwohl es tatsächlich meist so war.

Ich bin glaube ich eher so gestrickt wie Xander. Ein kleiner Romantiker, der seine Person sucht, mit der er für immer zusammen sein will. Aber dafür ist Seven viel zu logisch.

»Bedeutet es dir etwas?«, fragt Xander.

Ich weiß, ich sollte wahrscheinlich lügen, aber ich kann mich nicht dazu durchringen. »Bei Seven … könnte es glaube ich sein.«

KAPITEL
FÜNFUNDZWANZIG

SEVEN

»ES MUSSTE ja unbedingt ein Puzzle sein«, murre ich, während ich die Teilchen sortiere. Kaum zu glauben, aber wir sind eine Woche später immer noch mit dem dämlichen Ding beschäftigt.

»Du magst Puzzles! Es hat Spaß gemacht, als wir es gemacht haben.«

»Ja, aber unseres bestand aus ein paar hundert Teilchen. Fünftausend? Echt jetzt?«

»Wir waren mehr Leute«, erklärt Molly. »Also dachte ich, es müsste größer sein.«

»Tja, und jetzt haben wir den Salat.« Seit dem Familienabend, an dem wir kaum damit weiterkamen, liegt es auf dem Tisch, und jeder, der gerade da ist, arbeitet zwischendurch ein bisschen daran. Wir sind trotzdem erst zu einem Viertel fertig damit, und es frustriert mich jeden Tag, zu wissen, dass es immer noch unvollendet rumliegt.

»Ich finde, so macht es mehr Spaß«, sagt Molly, wie immer

positiv. »Es bringt uns zusammen, auch wenn wir nicht zusammen sind.«

»Ist ja klar, dass *du* es so siehst.« Ich versuche, es wie eine Beleidigung klingen zu lassen, aber es kommt nicht so rüber. Wahrscheinlich, weil das eine der Eigenschaften ist, die ich an ihm besonders mag. Wie ehrlich und süß er ist. Es überrascht mich auch nicht, dass er eine Verbindung zu den Leuten hier im Haus spüren will, auch wenn sie nicht hier sind, denn Molly scheint das wirklich dringend zu brauchen. Ich habe ihn schon mehrmals mit seinem Dad und seinem besten Freund sprechen hören, und bekomme allmählich das sichere Gefühl, dass er ihnen gegenüber sehr zurückhaltend ist. Ich erinnere mich, dass er gesagt hatte, dass er sich bei ihnen wie das fünfte Rad am Wagen fühlt – ganz und gar nicht merkwürdig – aber mir scheint, als wollte er es gar nicht anders.

»Eine Frage«, sage ich. »Wie warst du eigentlich so am College?«

Er lacht. »Hallo, völlig aus der Luft gegriffenes Thema!«

»Schon gut. Antworte einfach.«

Er runzelt die Nase, während er ein Teilchen ausprobiert, das nicht passt und wieder weglegt. »Mir ging es gut. Ich hatte vom ersten bis zum letzten Jahr ein Zimmer mit Will, bis–«

»–zu deinem Kackhaufen von Freund?«

»Ja.« Er seufzt. »Bis zu ihm. Ansonsten hatte ich gute Noten, hab am Wochenende *ordentlich* gefeiert und hatte einen Studi-Job im Café.«

»Super. Wie viele Freunde hattest du außer Will?«

Er wirft mir einen Seitenblick zu. »Komische Frage.«

»Madden zum Beispiel …«

Molly denkt kurz nach. »Ich kannte Madden, aber er war eher mit Will befreundet als mit mir.«

»Okay. Wer sonst?«

»Na ja, der Ex natürlich. Dann ein Mädchen, mit dem ich in

den Typographie-Vorlesungen saß. Oh! Und die Zwillinge, mit denen ich öfter essen war.«

Ich beiße mir auf die Lippe und füge im Geiste mehr Teile des Molly-Puzzles zusammen als je zuvor. »Und im Café?«

»Ja, ein paar von denen waren nett.«

»Aber warst du mit jemandem befreundet?«

»Nicht wirklich.« Molly blickt zu mir auf. »Das klingt ehrlich gesagt ganz schön deprimierend. Vier Jahre College und am Ende nur einen einzigen Freund unterm Strich.«

»Ich weiß ja nicht, was mit Will ist, aber Madden betrachtet dich schon als Freund.«

»Ja, *jetzt*.«

»Das ist doch schon etwas.«

»Ja?« Molly starrt mit offenem Mund den Tisch an. »Es ist schlimmer als ich dachte. Ich bin wirklich eine Art Menschen-Abwehrmittel.«

»Und du suchst die Schuld ernsthaft bei dir?«, frage ich trocken.

»Wessen Schuld sollte es denn sonst sein?«

Ich verstehe schon, was er meint, aber anscheinend habe ich das nicht richtig ausgedrückt. »Wenn du mit niemandem redest, lernt dich auch keiner kennen. Aber du bist doch sehr mitteilsam. Ich wäre echt überrascht, wenn du am College anders warst.«

»Ah. Ja. Das war ich wohl.«

Ich mustere ihn. »Kann ich etwas sagen, ohne dass du sauer wirst?«

»Das kann ich nicht versprechen«, antwortet er mit einem Schnauben. »Wenn du etwas sagst, über das es sich zu ärgern lohnt, werde ich natürlich sauer.«

»Also gut. Ich sag's einfach trotzdem: Ich glaube, du hältst die Leute absichtlich auf Abstand.«

Ich sehe, wie sich Überraschung auf seinem Gesicht breit macht. »Das ist absurd.«

»Ist es das? Dein Dad fragt, wie du es hier findest, und du

sagst, gut, und dass es dir gefällt. Sonst nichts. Will fragt, ob du Jungs kennengelernt hast, und du hast mich kein einziges Mal erwähnt.«

»Wolltest du, dass ich von dir erzähle?«

Ich winke ab. Das ist jetzt unwichtig. »Ich meine nur – wenn Leute einem nahestehen, redet man über wichtige Dinge. Und du redest einfach über nichts.«

»Wie würdest du das Gespräch jetzt nennen?«

»Coaching.«

Er schürzt die Lippen. »Ich rede eigentlich ganz viel mit anderen.«

»Glaub, was du willst. Es ist nur so: Leute sagen, dass Xander und ich uns zu nahestehen, und manchmal würde ich dem auch zustimmen, aber wir reden über alles. Ich kann auf seine Unterstützung zählen und umgekehrt, denn wir verheimlichen nichts voreinander.«

»Ich würde das auch nicht machen, wenn meine Anwesenheit erwünscht wäre.«

»Wer sagt denn, dass das nicht so ist?« Ich mache weiter, bevor er mich unterbrechen kann. »Du weißt, dass ich dir keinen gequirlten Quatsch erzähle, also hör gut zu. Du bist super. Alles an dir. Ich würde mir wünschen, eines Tages so zu werden wie du. Und du solltest das nicht alles nur für dich behalten. Madden hat schon von dir geschwärmt, bevor du hier eingezogen bist, und Xander und ich halten große Stücke auf dich. Weißt du warum? Weil du aus irgendeinem wilden Grund offen zu uns warst.«

»Und Rush?«, flüstert er.

»Ich bin so gut wie halb überzeugt, dass er noch gar nicht gecheckt hat, dass du jetzt hier wohnst, also machen wir uns mal nicht allzu viele Gedanken darum, was in seinem Kopf vorgeht.«

»Kann ich akzeptieren. Aber mit dir und Xander ist es auch so einfach.« Er legt die Hand auf meine und flüstert: »Ich finde dich auch super, Seven.«

Ich schaue zu ihm rüber, wie er neben mir sitzt, mich mit

seinen großen Augen süß und hoffnungsvoll ansieht – so wie ich nicht verdient habe, betrachtet zu werden. Mein Herz krampft sich zusammen wie noch nie zuvor. Ich will ihm nichts vormachen. Will nicht so tun, als hätte ich ihm außer schlechten Träumen und einer gebrochenen Seele etwas zu bieten, obwohl ich manchmal denke, dass es möglich wäre, wenn ich ihn so anschaue. Manchmal macht Molly mich glauben, dass ich die Art von Mann sein könnte, die er braucht.

Und dann fällt mir ein, dass ich nun mal ich bin.

Und dass ich ihn am Ende nur auf mein Level runterziehen würde.

Ich entziehe ihm meine Hand. »Wir hatten drittes Date gesagt, schon vergessen?«

»Das macht keinen Spaß mit dir.«

»Ach ja?« Ich lege den Kopf schief. »Was würde denn mehr Spaß machen mit mir, in deinen Augen?«

»Erstmal wären wir nackt.«

»Natürlich.«

»Und ich würde auf deinem Schwanz reiten.«

Ich klatsche mir die Handfläche vors Gesicht, um zu verbergen, wie gut mir die Vorstellung gefällt. »Denkst du auch mal an etwas anderes?«

»Außer an Sex mit dir? Nicht wirklich.«

»Tja, das ist dann der nächste Teil deines Trainings. Du musst deine Ansprüche höher setzen.«

»Vielleicht mag ich ja gerne Containern«, sagt er unschuldig und wendet sich wieder dem Puzzle zu.

Das kann ich ihm unmöglich durchgehen lassen. »Wie war das bitte, verlampt nochmal? Du hast mich nicht gerade einen Container genannt!« Ich lege den Arm um ihn und zerre ihn rücklings auf meinen Schoß.

Molly quiekt, als ich anfange, ihn zu kitzeln. »Eigentlich ... eigentlich nicht«, keucht er. »Ich meinte das, was im Container drin ist.«

»Müll!« Ich ringe ihn zu Boden, Molly hat immer noch Mühe, vor Lachen Luft zu bekommen, und ich versuche, mir das Lächeln zu verbeißen. »Ich zeig dir gleich Müll.«

»J-ja. Das ändert meine Meinung natürlich … sofort.«

Ich halte seine schmalen Handgelenke über dem Kopf fest und endlich erstirbt sein Lachen. Er fährt sich mit der rosa Zunge über die Unterlippe.

»Du solltest höhere Ansprüche haben als mich und meinen dahergelaufenen Schwanz.«

Molly windet sich unter mir. »Mach keine Witze über das Ding.«

»Aber wieso? Ich erinnere dich nur daran, wie tief du gefallen bist.«

»Tut mir leid.« Er wehrt sich in meinem Griff. »So leid. Ich war so unartig, Seven. Du solltest mich dringend bestrafen.«

»So?« Eine ganz gemeine Idee nimmt in meinem Kopf Gestalt ab. Und obwohl es mich auch quälen wird, wird es nicht halb so schlimm sein wie für Molly.

Ich öffne meine Hose und ziehe meinen halb steifen Schwanz durch den Hosenschlitz heraus.

Ihm fällt die Kinnlade herunter, während er ihn anstarrt. Ich spüre seine eigene Beule an meinem Oberschenkel wachsen. »Ich war so, so unartig.«

»Das warst du«, stimme ich zu und streichle mich einmal fest. Ich zupfe sanft an einem der Piercings, dann reibe ich mit der Handfläche über meine Eichel. Innerhalb von Sekunden werde ich unter Mollys lustvernebeltem Blick hart. Es wäre so einfach, nach oben zu rutschen und ihm meine Schwanzspitze in den Mund zu schieben. Ihn festzuhalten und seinen Mund zu füllen. Zu beobachten, wie sein Gesicht ganz sexy und weggetreten wird, wenn er erregt ist.

Aber anstelle die vielen, vielen Dinge zu machen, die ich mit ihm anstellen will, packe ich mich wieder ein und drücke ihm einen schnellen Kuss auf die Lippen.

»H-hey!«, protestiert er, aber ich bin schon aufgestanden. »Das war nicht fair.«

»Kann sein. Aber für mich war es lustig.«

»Bist du sicher?« Er steht hastig auf. »Du bist hart. Du willst wirklich nicht, dass ich dir mit dem Mund behilflich bin?«

Vor meinem inneren Auge sehe ich, wie ich ihn auf die Knie drücke und wie er mich mit großen Augen durch seine Wimpern ansieht. Es ist viel zu schwer, ihm zu widerstehen.

»Ich komme schon klar«, sage ich mit einem Augenzwinkern. »Viel Spaß beim Puzzeln.«

Dann drehe ich mich um, verlasse den Raum und sprinte die Treppe nach oben, bevor Molly mir folgen kann. Ich mache die Tür zu meinem Zimmer hinter mir zu, schließe ab, um sicherzugehen, denn wenn er jetzt hier reinmarschiert, kann ich nicht garantieren, dass ich ihn nicht auf mein Bett werfen und diese hübschen Lippen benutzen würde.

Meinen pochenden Steifen versuche ich zu ignorieren, doch dann gibt mein Handy einen Signalton von sich.

Ich wollte, ich wäre überrascht, eine Nachricht von Molly zu sehen, und es gelingt mir nicht, mich davon abzuhalten, sie zu öffnen.

Es ist ein Foto. Er sitzt in einem meiner T-Shirts, das er offensichtlich aus der Wäsche stibitzt hat, da. Ich atme langsam aus, weil er so sexy aussieht in meinen Klamotten. Er trägt keine Hose, hat die Beine gespreizt und das viel zu große Shirt bedeckt seine Blöße. Seine wirren Haare sind sexy verstrubbelt, und er hat einen Finger im Mund.

Verlampt und zugenäht.

Molly:

Sicher, dass ich dir nicht zur Hand gehen kann?

Ich bin kein Heiliger. Noch nicht mal besonders willensstark. Es kostet mich jedes bisschen Willenskraft, zu meinem Gleitgel zu greifen anstatt den Flur runter zu seinem Zimmer zu stürmen. Ich hole mir einen runter, heftig und schnell, das Foto direkt vor

Augen, und stelle mir dabei vor, wie ich es Molly besorge, während er meine Sachen trägt.

Nachdem ich mich in meine Hand ergieße, schieße ich ein Foto von der klebrigen Sauce und schicke es ihm.

Ich:

Meine funktionieren auch sehr gut.

Dann lasse ich mich aufs Bett fallen. Ich weiß genau, dass es nur eine Frage der Zeit ist, bis Molly seinen Willen bekommt.

Wieder.

SECHSUNDZWANZIG

MOLLY

DIE NÄCHSTEN TAGE muss ich immer wieder daran denken, was Seven gesagt hat. Ich bin anderen gegenüber verschlossen. Ich würde gerne sagen, dass es Blödsinn ist, aber je mehr ich darüber nachdenke, desto mehr habe ich den Verdacht, es könnte etwas dran sein. Wie oft habe ich angefangen, Dad etwas zu erzählen und bin dann davor zurückgescheut, weil es einfacher war, es für mich zu behalten? Wie oft war ich mit Will und ihm zusammen und habe mich dann langsam in den Hintergrund zurückgezogen, weil ich das Gefühl hatte, nicht genug Beachtung zu finden?

Ich atme einmal tief durch, dann laufe ich nach draußen, wo Madden sein morgendliches Yoga macht. Kismet sieht ihm dabei zu, halb verdeckt durch einen Strauch, wie ein kleiner Spanner.

»Machst du mit?«, fragt Madden, als er mich kommen sieht.

»Nee, heute nicht.«

»Den Tag mit Bewegung zu beginnen ist gut für dich. Insbesondere, wenn du stundenlang im Büro an einem Schreibtisch klebst.«

»Ja, ja, das habe ich schon öfter gehört.«

»Was gibt es denn?«

Ich hätte es wissen sollen. Madden hat gemerkt, dass mich etwas beschäftigt. Er ist seltsam intuitiv.

»Wie war ich eigentlich so am College?«

Madden denkt kurz nach, dann breitet er langsam die Arme zur Seite aus. »Still«, sagt er dann.

»Still?«

»Nicht, dass du nichts gesagt hättest oder so. Das hast du schon. Aber … wie soll ich es ausdrücken? Ich wusste nicht viel über dich. Wenn wir ausgegangen sind, warst du lustig, aber sonst, während der Woche, hast du dich an Will gehalten und ansonsten entweder gearbeitet oder gelernt.«

»Seven findet mich verschlossen.«

»Und hat er recht?«

»Ich … weiß nicht genau.«

»Es ist eine interessante Theorie. Ich habe das Gefühl, dich viel besser kennengelernt zu haben, seit du hier eingezogen bist. Also viel besser als in den ganzen Jahren am College.«

»Verstehe«, knurre ich. »Ich weiß nicht genau, wie ich das finden soll.«

»Musst du es denn irgendwie finden?«

Ich runzele die Stirn. Madden dehnt seine hinteren Oberschenkelmuskeln. »Was meinst du?«

»Na ja, du hast es ja jetzt festgestellt. Kannst du nicht … eher in die Zukunft schauen?«

Es klingt so simpel, wenn Madden es so ausdrückt, aber gerade er sollte doch wissen, dass das nicht so einfach ist. Nach seiner Verletzung am College hat es ein ganzes Jahr gedauert, bis er in der Lage war zu akzeptieren, dass er nie Profi werden würde. Er hätte wieder ins Team gehen können, vielleicht sogar eine tolle Saison spielen, aber seine Schulter war kaputt, und nach der Operation wäre das Risiko viel zu groß gewesen.

»Ich könnte ein bisschen offener sein …«, überlege ich laut.

»Klingt ehrlich gesagt so, als würdest du das gar nicht wollen.«

Er hat recht. Mich zu öffnen und über mich zu reden sollte nicht schwer sein, und doch hält mich eine dicke Mauer zurück. Denn wenn ich mich anderen gegenüber öffne, kann es sehr wohl sein, dass ihnen gar nicht gefallen wird, was sie sehen.

»Ich bin ein bisschen verwirrt.«

»Na ja, es sieht eigentlich so aus, als hättest du schon damit begonnen, vielleicht ganz unbewusst.«

Ich sehe ihn ungläubig an. »Wie denn?«

»Xander und Seven. Du hängst doch die ganze Zeit mit ihnen zusammen.«

»Ja, aber die lassen einem auch keine Chance«, sage ich lächelnd beim Gedanken an die beiden. Besonders Xander hat echt Probleme damit, auf Distanz zu bleiben. »Wo sind die eigentlich? Seven ist sonst schon wach um diese Zeit.«

»Xander hatte vor einer Stunde einen Anfall, und Seven hat ihn zu dem Krankenpfleger in der Apotheke gefahren.«

»Um sechs Uhr morgens?«

»Er hat ja nicht im Griff, wann es vorkommt.«

Ich winke Maddens Kommentar beiseite. »Ich meine, der Pfleger war zu der Zeit verfügbar?«

»Vielleicht haben die rund um die Uhr geöffnet?«

Ich habe nicht so genau darauf geachtet, als ich da war, um es sicher sagen zu können, aber selbst wenn es eine Apotheke mit 24-Stunden-Service ist, wie hoch ist dann die Chance, dass Derek heute früh Dienst hatte? Fast wünschte ich, sie hätten mich geweckt. Zwar ist es Xander, der Hilfe braucht, aber Seven braucht in solchen Momenten doch auch Unterstützung. Es kann nicht einfach sein, jemanden, den man liebt, so leiden zu sehen und zu wissen, dass man selbst ihm nicht helfen kann.

»Ach, übrigens. Ich habe noch jemanden, den du vielleicht mögen würdest«, sagt Madden.

»Was meinst du?«

»Na du weißt schon ... meine Mission, deinen Für-immer-Mann zu finden? Ich weiß, der letzte war ein Reinfall, aber Damien ist cool. Er wurde vor einem Jahr von seiner Jugendliebe verlassen und ist jetzt bereit, wieder jemanden zu finden. Er ist Architekt. Ein Großverdiener, der nicht damit angibt. Du wirst ihn mögen. Ich habe ihn genauestens unter die Lupe genommen, und er war mehr als angetan von deinem Foto.«

Mein Magen krampft sich zusammen, als ich das höre. Andererseits ... ist es eigentlich genau das, was ich wollte. Ein Typ fürs Leben. Das ist es doch, wofür Seven mich trainiert. Aber die Aufregung, die ich empfinden sollte, ist gedämpft durch all die Erinnerungen an meine Erlebnisse mit Seven. Mich nicht zu verlieben ist gründlich schief gegangen, denn es ist entgegen aller Vorsätze passiert: Ich bin verliebt bis über beide Ohren.

»Das ... danke dir. Vielleicht sollte ich vorher mit Seven reden.«

Madden unterbricht seine Dehnübung und lässt sich auf seine Matte plumpsen. »Mit Seven? Wieso?«

»Du weißt ja, er trainiert mit mir. Wie man auf Dates geht, ohne sich zum Affen zu machen. Ich will nur ... sichergehen, ob er findet, dass ich bereit bin.«

Meine Antwort scheint Madden zu überzeugen, denn er nickt. »Wahrscheinlich keine schlechte Idee.«

»Ja.«

Wie Madden die sexuelle Spannung zwischen Seven und mir entgangen ist, weiß ich wirklich nicht, aber wahrscheinlich ist es besser so. Schlimm genug, dass Xander seine süße kleine Nase in unsere Angelegenheiten steckt; je weniger Menschen es wissen, desto weniger werden später mein gebrochenes Herz miterleben müssen.

Ich würde ja sagen »schon wieder«, aber je besser ich Seven kennenlerne, desto klarer wird mir: So habe ich noch nie für jemanden empfunden. Wenn ich meine Erfahrungen der Vergangenheit für Herzschmerz gehalten habe, dann stehe ich jetzt kurz vor dem Ende.

Die Sache ist die – ich würde schon gern mit jemandem darüber reden, aber die Worte scheinen zu groß, um sie laut auszusprechen.

Ich schlendere ins Haus, um mir Frühstück zu machen und alles nochmal zu durchdenken. Ich kann weiter so tun, als wäre alles in Ordnung, als wäre ich zufrieden damit, wie alles ist, aber stimmt das überhaupt? Was die Distanz zu meinem Dad angeht – klares Nein. Was das Auseinanderleben mit Will betrifft? Auch darüber bin ich alles andere als glücklich.

Ich will doch nur geliebt werden. Dass andere finden, dass ich ihre Zeit wert bin. Aber wenn Seven recht hat, dann habe ich ihnen diesen Eindruck nicht wirklich vermittelt.

Ich schlucke einmal schwer, dann rufe ich Dad an.

Er nimmt sofort ab. »Mols, hey!«

»Hi.«

Nach einer kurzen Pause fragt er: »Ist alles okay?«

»Vielleicht.«

»Was ist los? Muss ich da rüber kommen?«

Ich muss lächeln, als er sofort auf Dad-Modus umschaltet. Auch wenn ich mich zurückgezogen habe, ist es schön zu wissen, dass er immer noch genau so einen Beschützerinstinkt empfindet wie früher. »Nein, mir geht's gut. Ich hatte nur … war ich irgendwie zurückhaltend?«

»Wie kommst du denn darauf?«

»Jemand hat mich vor Kurzem darauf aufmerksam gemacht. Anscheinend bin ich nicht allzu gesprächig, wenn du anrufst.«

Dad summt nachdenklich, kratzig und warm, so wie früher, wenn ich mich als Kind an seine Brust gekuschelt habe. Es ist beruhigend. »Ich mache mir ehrlich gesagt schon eine Weile Sorgen deswegen. Du warst so … traurig.«

Das ist mir jetzt neu. »Aber ich bin doch super fröhlich.«

»Wirklich? Das warst du ganz und gar nicht, als du weggezogen bist, und seit deinem Umzug habe ich nicht viel aus dir herausbekommen.«

Ich seufze. Das ist im Grunde die Bestätigung: Dad hat keine Ahnung, wie es mir wirklich geht.

»Ich mache mir Sorgen um dich, Junge.«

»Sorry. Ich …« Mit einem frustrierten Knurren fahre ich fort. »Es geht mir gut hier. Der Umzug war das Schlaueste, was ich seit langer Zeit getan habe, und logischerweise vermisse ich dich und Will, aber es war gut für mich.«

»Wie meinst du das?«

»Ich kann hier neu anfangen. Der ganze Schlamassel mit Ford hat mir im Grunde eine neue Perspektive gegeben.«

Dad lacht. »Ja, das würde ich hoffen. Meine Freunde waren nicht sonderlich begeistert von mir.«

Da Fords fester Freund mit Dad befreundet ist, überrascht mich das nicht. »Tut mir leid.«

»Du warst verletzt. Ich verstehe das, und Orson hat dir auch sofort verziehen.«

»Aber Ford nicht.«

»Ford möchte, dass du glücklich bist. Das wünschen wir uns alle.«

Das ist ja ganz schön zu hören. Offenbar habe ich zu Hause doch nicht alles in Schutt und Asche hinterlassen. »Dann wird es dich freuen zu hören, dass ich hier sehr happy bin. Meine Mitbewohner sind ein schräger Haufen, aber ich mag sie alle sehr.«

»Erzähl mir von ihnen.«

»Von Madden weißt du ja schon. Was ich noch nicht erwähnt hatte: er ist inzwischen anscheinend *Nudist* geworden, also bekomme ich täglich sein bestes Stück zu sehen. Ich habe mich aber schneller daran gewöhnt als man denken würde. Dann gibt es noch Christian, den ich nur kurz kennengelernt habe, weil er meist verreist ist, der aber in Ordnung zu sein scheint. Rush ist … anders, aber auf eine gute Art, glaube ich. Er ist schwer einzuschätzen, weil er ständig auf dem Sprung ist, und extrem zerstreut.«

»Klingt nach einem interessanten Typ.«

»Ja. Er ist auf jeden Fall nett.«

»Wer noch? Es sind fünf insgesamt, oder?«

»Japp! Xander und Seven sind die anderen beiden. Die beiden gibt es nur im Doppelpack, und mit denen bin ich am engsten befreundet.« Und als ich anfange, Dad von ihnen zu erzählen, ist es, als wäre ein Schleusentor geöffnet worden. Ohne dass es komisch ist, ohne dass ich etwas auslasse. Ich will ihm von all den interessanten und wilden Sachen erzählen, die meine Mitbewohner so machen, und er scheint geradezu ausgehungert nach Kontakt zu mir.

»Klingt so, als hätten die beiden ziemlich schwere Zeiten hinter sich«, bemerkt er.

»Ja, das stimmt. Ich weiß die Details nicht, aber gut kann es nicht gewesen sein. Oh! Und Seven hilft mir.«

»Wobei denn?«

»Na, du weißt ja, dass ich immer so viel Pech mit den Männern hatte. Er hat mich darauf aufmerksam gemacht, dass es vielleicht an mir liegen könnte–«

»*Wie* bitte?«

Ich muss lachen. »Reg dich ab, Löwenpapa. Er war nicht böse – Seven ist einfach extrem offen und ehrlich. Das mag ich auch. Jedenfalls haben wir uns etwas ausgedacht: Wir gehen zum Schein auf Dates, und ich versuche, mich so zu verhalten wie sonst, und er weist mich auf Dinge hin, die ich nicht richtig mache, damit ich mich für echte Dates verbessere.«

»Ach ja?«, fragt Dad, eindeutig nicht allzu begeistert.

»Er ist wirklich ganz lieb, versprochen. Er hat sich an die Abmachung gehalten und ich fühle mich nicht schlecht dabei. Es ist sogar ganz lustig, denn bei manchen Sachen fällt es mir wie Schuppen von den Augen. Und ich verbringe gern Zeit mit ihm. Er hat vielleicht einiges hinter sich, ist aber etwas Besonderes. Mit

Tiefgang. Ich wollte, ich könnte ihn in Watte packen und ihn vor allen bösen Dingen beschützen.«

Dad sagt erst mal nichts, aber dann … »Molly. Du magst diesen Kerl.«

Wie kann er sich nach allem, was ich erzählt habe, darauf konzentrieren? »Und?«

»Und ich möchte nicht, dass du dich wieder in eine schlechte Situation bringst.«

»Schlechte *Situation*?«

»Dieser Kerl hat offensichtlich etwas für Xander übrig, und du hast trotzdem Gefühle für ihn entwickelt.«

»Du verstehst das nicht.«

»Ach nein?« Seine Stimme bricht. »Das Gleiche hast du mit Ford auch gemacht. Dir eingeredet, dass etwas da war, was nicht existiert hat. Ich habe dich sehr lieb, wirklich. Ich möchte nicht, dass du wieder verletzt wirst.«

In meinem Inneren formt sich ein bleierner Klumpen und ich kämpfe mit den Tränen. »Wie schön, dass wir dieses Gespräch führen konnten.«

»Komm schon, Mols, das ist nicht fair.«

»Hm. Ich muss dann wieder.«

»Molly–«

Ich beende den Anruf, während der Ärger in meinem Inneren tobt.

Nicht unbedingt, weil Dad falsch liegt – außer, was Xander betrifft. Sondern weil er wahrscheinlich recht hat, so sehr es mich schmerzt, es zuzugeben.

KAPITEL
SIEBENUNDZWANZIG

SEVEN

MOLLY:

Hallo.

Ich arbeite.

Was machst du gerade?

Habe von Xander gehört.

:(:(:(

Ich hoffe, es geht ihm besser.

Schreib mir, wenn du das liest.

Wollen wir am Wochenende auf ein Date?

Mir ist langweilig.

*Xander ist immer noch nicht wieder da,*trauriges Gesicht-Emoji*.*

Ich vermisse euch.

OMG, gerade kam ein Eichhörnchen mit einer Nuss vorbei! F;gk-jadgj Das war das absolut süßeste Ding. Zu Hause hab ich ständig welche gesehen, aber mir wird gerade bewusst, dass dies das erste war, das ich zu Gesicht bekommen habe, seit ich hier bin. Wir müssen glaube ich ein Futterhäuschen aufstellen.

… ist das okay, wenn ich ein Futterhäuschen aufstelle?

Wenn es zu viel ist, muss es auch nicht sein.

Ooooh ich glaube, Xander ist da!

Mir steht der Mund offen, während ich diesen inneren Monolog von Molly durchlese. So etwas bekomme ich nicht zum ersten Mal. Molly ist einfach … anders. Wie kann man sogar in Textnachrichten so golden sein? So fröhlich?

Ich schließe die App und rufe stattdessen Xander an.

»Was ist?«, stöhnt er, deutlich im Selbstmitleid schwimmend.

»Wir haben uns den ganzen Vormittag mit dir beschäftigt. Darf ich jetzt bitte mal kurz die Aufmerksamkeit auf mich lenken?«

»Geht's um Klatsch?«

»Könnte sein.«

»Dann bin ich ganz Ohr.« War ja klar. Diese Tratschbase.

»Molly hat mir gerade siebenunddreißig Nachrichten gesendet.« Das weiß ich dank der hilfreichen Zählfunktion der App.

»Okay …«

»Siebenunddreißig, Z.«

»Ja.«

»Ist das schräg?«

»Schräg oder süß?«

Ich schnaube, während ich meinen Arbeitsplatz für die nächsten Kunden vorbereite. »Wenn du extra fragen musst, ist es schräg. Er macht das nicht zum ersten Mal, und ich bin einfach … wer macht denn sowas?«

»Äh, *Molly* macht sowas.«

»Aber … wieso?« Wenn ich die erste Nachricht nicht beantworte, wozu noch weitere sechsunddreißig schicken?

»Weil er dich mag, du Dummy. Er will mit dir reden. Er will deine Aufmerksamkeit. Wie kannst du sowas nicht verstehen?«

»Verlampt nochmal. Genau wie ich befürchtet hatte.«

Xander lässt einen langgezogenen Seufzer raus. »Was meinst du mit befürchtet?«

»Ich habe gesagt, dass ich ihm helfen werde, aber das bedeutet nichts. Ich will nicht, dass er lauter solche … Gefühle entwickelt und so'n Zeugs.«

»Im Gegensatz zu dir haben die meisten Leute ein Herz. Ich habe mir sagen lassen, das soll gut sein. Außerdem, was hast du denn gedacht, was passieren würde, wenn du deinen Schwanz in ihn reinsteckst?«

»Ich hab überhaupt–«

»Nicht lügen. Ich habe meinen Malraum gesehen, nachdem ihr fertig wart. Ich überlege übrigens, die Leinwand da drin aufzuhängen. Es ist ein toller Abdruck von Mollys Arsch drauf.«

»Warum bist du nur so verdreht?«

»Trauma«, antwortet er einfach.

Mit einem entnervten Seufzer fahre ich mir durch die Haare. »Was soll ich jetzt machen?«

»Erstmal antworten, denke ich – nach siebenunddreißig Nachrichten hat er das verdient. Wenn du dir richtig Mühe gibst, schaffst du vielleicht auch zwei oder drei.«

»Ich will ihm keine falschen Hoffnungen machen.«

»Zu spät.«

»Das hilft mir nicht.«

»Oh doch, aber du erwartest von mir, dass ich dich ermutige, mit ihm Schluss zu machen, und das werde ich nicht.«

»Du solltest eigentlich auf meiner Seite sein.«

»Meinst du wohl.« Xander senkt die Stimme zu einem Zischen. »Wenn du dem kleinen Engel weh tust, stech' ich dich ab. Ich *stech' dich ab*.«

»Pff. Dich wird keiner in die Nähe scharfer Gegenstände lassen.«

»Wenn du glaubst, dass ich meinen Kajalstift nicht zu nutzen weiß, hast du dich getäuscht.«

»Tja, dieses Gespräch hat echt Spaß gemacht«, sage ich trocken.

»Was hast du denn erwartet? Ich bin Fan von Molly.«

»Warum schreibst *du* ihm dann nicht siebenunddreißigmal zurück?«

»Weil ich noch ganz ausgelaugt bin von meinem Beinahe-Tod heute Morgen.«

»Und schon geht es wieder um dich.«

Er ignoriert mich und fährt fort. »Wenn du mich liebhast, wirst du ihn im Sturm erobern. Ich will dich glücklich und verliebt sehen. Man weiß nie, wann es zu spät ist.«

»Ah. Ich hatte ganz vergessen, dass meine gesamte Existenz sich um dich dreht.« Und obwohl ich es im Scherz sage, wissen wir beide genau, dass es so ist, und uns ist auch beiden klar, dass mir das eigentlich nichts ausmacht.

»Ich muss diese Nahtoderfahrungen häufiger eintakten, wenn du so vergesslich wirst.«

»Ich muss aufhören. Der Kunde kommt gleich.«

»Also gut. Aber du musst Molly antworten. Echt jetzt. Schon allein der Gedanke daran, dass sein armes Herz gebrochen werden könnte, bringt mich zum Weinen. Du hast Glück, ihn zu haben.«

Ich kneife mir in den Nasenrücken. »Ich weiß. Das ist ja das Problem. *Ich* hätte Glück, *ihn* zu haben. Und was würde er bekommen? Einen mürrischen, kaputten Trottel ohne Zukunft.«

»Du sollst nicht so über meinen besten Freund reden«, sagt er vorwurfsvoll.

»Ist doch wahr.«

»Du kannst mich mal, und der Drecks-Gaul, auf dem du in die Stadt geritten bist, auch. Wenn du kaputt bist und keine Zukunft hast, bedeutet das, dass auch ich keine habe, und ich würde gerne ein ganz kleines bisschen Hoffnung auf diese beschissene Existenz aufrechterhalten. Also: Trau dich endlich mal was, und lade Molly zu einem richtigen Date ein. Und hör auf, dich so arschig zu verhalten und ihn abzuweisen. Ihr beiden seid die schönsten, tollsten Menschen, die mir je begegnet sind, und wenn du versuchst, mir was anderes vorzulügen, kippe ich alle Würz-Saucen in deinem Bett aus, während du schläfst.«

»Autsch.«

»Du hättest es nicht besser verdient.«

»Ich hab dich lieb.«

»Ich dich auch. Und auch du darfst glücklich sein. Also stell dich nicht so an deswegen.«

Xander legt auf, und als ich auf mein Display schaue, sind Mollys Nachrichten noch geöffnet. Und inzwischen hat er noch weitere gesendet.

Das erste ist ein Foto von ihm, auf das er gezeichnet hat, um wie ein Eichhörnchen auszusehen.

Bin ich nicht süß?

Ich denke, ein Fell würde mir gut stehen.

Hast du das schon mal gemacht? Dich verkleidet, als Furry, oder für Petplay oder so? Ich kann mir vorstellen, dass du als Pferd super aussehen würdest. Dreimal darfst du raten, wieso.

Es ist dein Penis. Nur falls du es nicht kapiert haben solltest.

Sorry, du arbeitest wahrscheinlich. Ich höre jetzt auf.

Nur noch eine Sache!

Du bist süß.

Bye.

Als ich vom Handy aufschaue, stelle ich fest, dass ich ein breites Lächeln im Gesicht und ein angenehmes Ziehen in der Brust habe. Molly ist ... *puh.* Ich scrolle zurück zum Foto, und kann überhaupt nicht begreifen, wie ein einzelner Mann so verlampt süß sein kann. Ich muss irgendwas zurückschreiben, das ist mir klar, aber ich kann sowas nicht gut. Freundlich sein und süße Sachen schreiben und jeden einzelnen Gedanken versenden, der mir in den Kopf kommt.

Meine Gefühle haben noch nie eine große Rolle gespielt, und darüber zu reden war schon immer sinnlos, wozu also jetzt damit anfangen?

Ich trommle mit den Fingern an die Kante des Handys, während ich überlege, was ich schreiben soll.

Ich:

Ich glaube, das hier wäre eine Sache, die man als Alarmsignal bezeichnen könnte. Über vierzig Nachrichten? Cool bleiben, Mann.

Ich tippe auf Senden, dann lese ich meine Nachricht nochmal durch und verziehe das Gesicht – es klingt gar nicht so leichthin, wie ich es gemeint habe. Ich versuche es nochmal.

Ich:

Ich meine für manche Leute könnte es als zu anhänglich rüberkommen. Nicht für mich!

Ich finde es okay. Denn wir gehen ja nicht wirklich zusammen aus.

So zwischen Freunden ist es okay. Du kannst mir schreiben.

Andere Leute würden es vielleicht nicht mögen.

Ich schon.

Damit das klar ist.

Mit Entsetzen lese ich alles, was ich geschrieben habe, und kann mich nicht bremsen, weiter zu schreiben.

Und jetzt klinge ich wie das letzte Drecks-Monster. Sorry.

Es ist echt okay.

Aaahhhh was hab ich nur für ein Problem?

Ist das so bei dir? Panisches Textnachrichtenschreiben? Wieso kann ich nicht mehr aufhören?

Molly:

Wie gesagt: Du bist süß. Ich werde eine Kuschelattacke starten, sobald du das Haus betrittst.

Ich:

Seuuufz. Ich schätze, diese Qual habe ich mir selber eingebrockt.

Molly:

Absolut. X

Ich zögere, dann sende ich auch einen Buchstaben.

Ich:

X

Dann stecke ich das Handy weg und widme mich dem Rest des Tages. Ich versuche dabei, so zu tun, als wäre mein Inneres nicht gerade mit Helium vollgepumpt worden.

―――

Ich musste heute Überstunden machen, die ich aber auch dringend brauche. Trotzdem war jede Sekunde furchtbar. Als ich endlich zu Hause bin, ist es dunkel. Ich habe meine Nägel bis zum Ansatz abgekaut, und es dauert eine volle Minute, bis ich mich durchringen kann, auszusteigen und reinzugehen.

Kein Zweifel: Molly hat es ernst gemeint mit der Kuschel-Attacke, sobald ich das Haus betrete. Einerseits sehne mich danach, andererseits will ich sie nicht. Es wäre alles so viel einfacher, wenn ich ihn nur als Freund mögen würde, denn dann wären die Grenzen ganz klar, und ich könnte ihn darauf einnorden. Aber jedes Mal, wenn ich daran denke, ihn loszuschicken, um sich seinen Mann zu suchen, fühlt es sich an, als würden meine Lungen eintrocknen, und ich bekäme kaum noch Luft.

Gefühle können auch die Menschen mit den schwärzesten Seelen lächerlich werden lassen.

Mein ganzer Körper ist angespannt, als ich die Tür öffne und eintrete. Ich höre Geräusche durch den Flur, also ziehe ich die Schuhe aus und frage mich, ob ich noch Zeit habe, meine Sachen abzulegen, als Molly schon die Treppe herunter gerannt kommt.

»Du bist zu Hause, Juchu!« Damit wirft er sich in meine Arme.

»*Umpf.*« Ich kann ihn gerade eben noch auffangen. »Was ist denn–«

»Hi.«

»Ja. Hi. Ähm, gibt es einen besonderen Grund für den Überraschungsangriff?«

Er lacht und rutscht von mir herunter. »Ich freue mich nur, dich zu sehen.«

Ich verziehe das Gesicht. »Warum? Niemand freut sich, mich zu sehen.«

»Klingt, als wäre es mal höchste Zeit.«

»Na klar.«

Ich mustere ihn. Er hat die Hände in die Hosentaschen gebohrt, seine Schultern sind angespannt, und die Mundwinkel zeigen nach unten. Seine Körpersprache steht im krassen Gegensatz zu den fröhlichen Nachrichten. »Alles okay?«

»Ja. Total.«

Einerseits will ich ihn nicht drängen und mich mit seinen Gefühlen vollsabbeln lassen, aber andererseits mache ich mir ernsthaft Sorgen. Xander würde mich abstechen, wenn ich ihm weh tue – aber ich würde jeden buchstäblich in Stücke reißen, der ihm Schmerzen verursacht. »Du lügst.«

»Nicht wirklich.«

Ich hebe die Augenbrauen. »*Molly.*«

»Also gut.« Seine Miene verdüstert sich. »Kann … kann ich heute bei dir schlafen?«

»Äh …«

»Nicht wegen Sex. Nur in deinem Bett. Ich behalte auch meine Finger bei mir und alles.«

»Meine Güte. Das muss ja was Ernstes sein, wenn du versprichst, dich zu benehmen.«

Er schenkt mir ein hoffnungsvolles Lächeln, das noch nicht mal halb so enthusiastisch ist wie sonst. Mein Beschützerinstinkt flammt auf und überlagert alles andere.

»Ja, lass mich nur schnell was essen und mich abduschen.«

»Ich könnte mit unter die Dusche kommen«, sagt er unschuldig.

»Na, das braver-Junge-Ding hat ja eine ganze Minute vorgehalten.«

»Also gut«, sagt er mit einem Seufzer. »Aber kann ich mit ins Bad kommen und daneben sitzen, während du duschst?«

»Jetzt mal ehrlich, was ist nur los?«

»Ich habe dich vermisst, okay?«, fragt er scharf.

Irgendetwas sagt mir, dass es das ganz und gar nicht ist. Aber nein sagen werde ich nicht. Nie. »Na schön. Du hast mich schon oft genug nackt gesehen.«

»Das ist wahr.«

»Na dann komm.«

Man muss ihm zugutehalten, dass er nicht spannt oder so. Er sitzt einfach auf dem geschlossenen Klodeckel und erzählt von seiner Arbeit und seinen Entwürfen, und dass ein Cafébesitzer ihm Schwierigkeiten macht. Er weigert sich, ihm die Hälfte im Voraus zu zahlen, und droht damit, ihn auf den sozialen Medien schlechtzumachen.

»Sag ihm, er soll sich gehackt legen«, knurre ich. »Du hast viel zu viel zu tun als dich mit so einer Nulpe rumzuärgern.«

»Ich weiß. Ich will nur nicht, dass er mich hasst.«

»Dich hassen? Neee. Das ist nicht deine Schuld. Du hast Grenzen. Das ist eine gute Sache. Um ehrlich zu sein, könntest du daran arbeiten, mehr davon zu etablieren.«

»Ist notiert.«

Ich wasche mein Gesicht. Die Vorstellung, dass ihn jemand unter Druck setzt, von seinen Bedingungen abzuweichen, gefällt mir ganz und gar nicht. »Soll ich dem Typ mal schreiben?«

»Nein. Ist schon gut. Du musst mich nicht in Schutz nehmen, obwohl du das zu glauben scheinst.«

Und das mag sein. Molly ist schon ziemlich lange auch ohne mich klargekommen, aber das ändert nichts daran, dass ich ihn beschützen will. Und ... obwohl ich das nie im Leben laut aussprechen würde, möchte ich vielleicht ganz tief im Inneren auch von ihm beschützt werden.

Nicht körperlich. Das habe ich selbst bestens im Griff. Aber obwohl Xander buchstäblich für mich töten würde, sind wir beide emotional ein tiefer Abgrund voller vermurkster Vorstellungen und Trigger. Unsere Art von Trost entspricht nicht der Norm, und mir ist klar, dass es nicht gesund ist, aber daran wird sich nie etwas ändern.

Die Sache bei Molly ist die ... ihm liegt etwas an uns. Er ist behutsam. Und ich habe keinen Zweifel daran: Wenn mich irgendetwas mitnehmen würde, würde er mich nicht zwingen, darüber zu sprechen; er würde mich einfach mit Liebe überschütten.

Ich würde es hassen.

Und gleichzeitig ganz toll finden.

Denn wenn ich eines weiß: Zuneigung hat immer ihren Preis, und ist nie von Bestand. Von Molly Liebe zu bekommen, die mir dann wieder entzogen werden würde, tja ... das würde mich wahrscheinlich tatsächlich umbringen.

KAPITEL
ACHTUNDZWANZIG

MOLLY

SEVEN RIECHT NACH SEINEM DUSCHGEL, als ich neben ihm ins Bett klettere. Ich hatte mir vorgenommen, nicht darum zu bitten, bei ihm übernachten zu dürfen, meine Anhänglichkeit und Unsicherheit nach dem Gespräch mit Dad zu ignorieren. Sicher habe ich den Fehler schon mal gemacht, zu denken, einem Typ läge mehr an mir als es wirklich der Fall war. Ich weiß aber: Bei Seven ist es nicht so. Seine Beziehung zu Xander entspricht vielleicht nicht der Norm, aber mit schräg komme ich klar. Mit unklaren Grenzen und einer gemeinsamen Liebe zueinander. Solange ich weiß, dass Seven sexuell und romantisch mir gehört, kann er Xander gern alles geben, was der braucht. Wahrscheinlich könnte ich ihm sogar dabei helfen.

Das Problem? Seven gehört *nicht* mir.

»So nachdenklich kenne ich dich ja gar nicht«, brummt er.

»War ein langer Tag.«

»So lang kann er eigentlich nicht gewesen sein, wenn du die Hälfte des Tages Zeit hattest, mir Nachrichten zu schreiben.«

»Ich erzähle dir eben gern Sachen.«

Das entlockt ihm ein schiefes Lächeln. »Ich bekomme gern Sachen erzählt von dir.«

Die Wärme in seinem Tonfall verursacht einen angenehmen kleinen Nervenkitzel in meinem Inneren. Egal, was Dad sagt – das bilde ich mir nicht ein. Seven *hat* Gefühle für mich. Die Schwierigkeit wird nur sein, ihn dazu zu bringen, es zuzugeben. Er wird sich dagegen sträuben, mir seine verletzliche Seite zu zeigen.

Aber ich will es trotzdem versuchen.

Madden hat ein Date für mich organisiert, aber ich habe kein Interesse daran, es wahrzunehmen, wenn ich auch nur die geringste Chance bei dem Mann habe, der neben mir liegt.

Er betrachtet mich unverwandt, während ich mich in die Decke kuschele und näher rücke. Ich achte darauf, ihn nicht zu berühren – ich *kann* mich benehmen, verdammt – aber es ist diese Nähe, nach der ich mich schon den ganzen Tag gesehnt habe.

»Ich habe meinen Dad angerufen«, sage ich schließlich.

»Ach ja?«

»Du hattest recht. Aber bilde dir ja nichts ein deswegen. Ich war wohl nicht allzu mitteilsam.«

Seven schaut mich mit warmem Blick an. »Worüber habt ihr gesprochen?«

»Mein Leben hier. Was mir daran gefällt. Ich habe ihm von euch erzählt.«

»Aha. Was denn zum Beispiel?«

»Dass du mir dabei hilfst, mich bei Dates nicht so blöd anzustellen.«

Seven verzieht das Gesicht. »Ob mich das im besten Licht erscheinen lässt?«

Ich nehme den Gedanken auf. »Kommt es denn darauf an?«

»Na ja, ich will ja nicht unbedingt, dass dein Dad mich nicht leiden kann.«

»Warum?«

»Weil … weil wir Freunde sind. Logischerweise.«

»Logischerweise.«

Er lacht leise. »Hör auf, mich so anzugucken.«

Ich seufze. »Bin ich wieder süß?«

»Ganz besonders süß. Du musst mal lernen, das abzustellen.«

»Wieso sollte ich, wenn ich es gegen dich verwenden kann?«

»Ach so?« Er schüttelt den Kopf. »Wie würdest du es gegen mich verwenden?«

Eine gute Frage. So, so viel an Seven ist noch ein Geheimnis für mich, aber ich muss vorsichtig sein und nicht zu sehr drängen. Nicht versuchen, mehr zu wollen, als er bereit ist, preiszugeben.

»Um Informationen zu bekommen.«

Auf seiner Miene sehe ich Verwirrung. »Ich hätte Sex-Kram erwartet.«

»Nö. Dafür muss ich dich nicht austricksen. Außerdem hatte ich ja versprochen, meine Finger bei mir zu behalten.«

»Langsam bereue ich diese Abmachung. Mir wäre, glaube ich, lieber angegrabbelt zu werden als zu reden.«

»Wir können gern beides machen. Erst reden, und dann grabbele ich dich an.«

»Du solltest es nicht so formulieren, als wäre das ein Kompromiss. Es würde dir beide Wünsche erfüllen.«

Ich lächele engelsgleich. Seven verdreht die Augen.

»Dann frag schon.«

»Wie war deine Kindheit?«

»Ein Albtraum. Nächste Frage.«

»Du musst mir nichts erzählen, aber du könntest. Wenn du darüber reden wollen würdest. Ich weiß, du hast Xander, aber–«

»Du bist nicht Xander.«

Ich sehe ihm in die Augen, unerwartet erfreut von der Bemerkung. »Nein, das weiß ich, aber–«

»Ich glaube nicht, dass dir das klar ist.« Er dreht sich auf die Seite und ich folge seinem Beispiel. »Ich bin kein großer Softie oder so, aber ich bin gern mit dir zusammen. Nur mit dir. Ihr seid euch zwar irgendwie ähnlich, du und Xander, aber ihr seid auch in allen wichtigen Aspekten ganz verschieden. Ich habe in meinem Leben niemanden, der so ist wie du, und das finde ich auch gut so.«

Ich lege die Hände unter den Kopf. »Du machst es mir echt schwer, mein Versprechen zu halten.«

Seven lacht. »Ja … ich habe aber nichts weiter zu sagen, falls das hilft.«

Nach einer kurzen Pause setze ich wieder an. »Als ich klein war, dachte ich immer, meine Mom würde zurückkommen.«

Er blinzelt, als hätte er das nicht erwartet. Ich spreche weiter.

»Ich kann mich kaum noch an sie erinnern. Einfach so ein vages Gefühl, als müsste ich es mir nur genug wünschen, und dann würde es schon in Erfüllung gehen. Dad sagt, ich habe ständig nach ihr gefragt, und ich weiß, dass ihm das zugesetzt hat, denn er war einfach der Beste. Das wusste ich damals nur noch nicht.« Und heute auch nicht, so wie es scheint. »Heute war ich zickig zu ihm, obwohl er sich nur Sorgen um mich macht. Ich wollte, ich könnte aufhören, ihn so für gegeben hinzunehmen.«

»Ich …« Seven runzelt die Stirn. »Ich weiß nicht, wie das ist.«

»War es hart?«

»Ja. Sehr. Die … ähm … bei den ersten paar Familien war ich nie sehr lange. Ich kann mich kaum noch erinnern.«

Ich sage nichts, damit er nicht aufhört zu reden, taste aber vorsichtig nach seiner Hand.

Er verschränkt unsere Finger und starrt einen Moment unsere Hände an. »Die erste Familie, bei denen ich länger war … damals dachte ich erst, es wäre wie ein Hauptgewinn im Lotto.«

»Warum?«

»Sie waren reich. Haben mir alles Mögliche gekauft. Ich hatte ein großes Zimmer für mich alleine. Mit dreizehn Jahren, nachdem ich mein ganzes bisheriges Leben nichts außer blauen Flecken und von Familie zu Familie weiter gereicht zu werden gekannt hatte, war es himmlisch.«

Ich nicke, und Seven atmet tief durch.

»Aber dann stellte es sich als gar nicht so toll heraus. Sie hatten einen leiblichen Sohn, der sehr … verwöhnt war. Er hatte so ein Anspruchsdenken, was alles Mögliche anging. Auch was mich anging.«

Ich verstehe, was er meint, und der Schmerz in meiner Brust treibt mir fast Tränen in die Augen. »Seven …«

»Nein, bitte nicht. Ein paar Monate später haben seine Eltern es mitgekriegt und mich zurückgeschickt. Zu mir sagten sie, es sei zu meinem eigenen Wohl, aber der Beamtin haben sie erzählt, ich hätte Ärger gemacht. Danach hat es ewig gedauert, wieder einen Platz zu finden, denn ich war dadurch ziemlich aggressiv geworden. Und die Leute erwarten einfach von dir, dass du ein unschuldiges, fröhliches Kind sein sollst, auch wenn du vierzehn Jahre lang nur wie Scheiße behandelt wurdest. Kurz bevor ich siebzehn wurde, kam ich dann zu Leuten, die Erfahrung mit schwierigen Jugendlichen hatten. Sie wussten nicht, was mir passiert war, aber sie waren schlau genug, mich in Therapie zu schicken. Das hat mir geholfen, nicht ganz durchzudrehen. Dann kam Xander dazu.«

Ich fasse seine Hand fester.

»Er war damals total verwildert. Ist auf alle losgegangen, hat geklaut und die Sachen von anderen kaputtgemacht – nur zu unseren Pflegeeltern war er der reinste Engel. Bis sie ihn mal nicht beachtet haben, dann hat er einen seiner Anfälle bekommen. Er kam aus schwer vernachlässigten Verhältnissen, und diese Pflegeeltern waren toll, aber sie waren auch die letzte Station. Sie waren gut zu uns, und ich wäre sicher nicht der Mensch, der ich heute bin ohne ihre Hilfe, aber sie haben nie versucht, richtige Eltern für uns zu sein. Sie haben uns das gegeben, was wir brauchten, haben Therapie organisiert, uns mit Bankkonten und Jobs geholfen, und uns mehr oder weniger aufs Erwachsensein vorbereitet. Sie konnten Xander nicht die verbindliche Beziehung geben, die er brauchte, also habe ich das übernommen. Wir haben uns gegenseitig Sicherheit gegeben. Aber ich bin vor ihm ausgezogen. Sein damaliger Therapeut hielt es für ganz gesund, wenn wir eine

Weile getrennt wären«, fügt er mit einem grimmigen Lachen hinzu.

»Lass mich raten – nicht so gesund?«

»Xander ist komplett durchgedreht. Er hatte alle zwei Tage Anfälle, hat ständig nach mir gefragt, ist immer wieder abgehauen und hat versucht, mich zu finden. Er wurde in die geschlossene Psychiatrie eingewiesen, wo sie ihn nicht behalten haben, weil er ganz genau wusste, was er tun musste, um da rauszukommen. Schließlich wurden uns Besuche erlaubt, und sobald er alt genug war, ist er bei mir eingezogen.«

»Ach du Scheiße«, murmele ich.

Sevens Augen glänzen. »Es geht ihm jetzt schon viel besser, aber wenn ich sage, dass wir ein Leben lang zusammengehören, meine ich das ganz ernst.«

»Und was ist mit dir?«

»Wieso?«

»Wer kümmert sich denn um dich, wenn du nicht schlafen kannst?«

Er meidet meinen Blick.

»Das dachte ich mir.«

Wir schweigen beide.

»Danke, dass du mir das erzählt hast.«

»Tja, du hast so viel von deiner Leidensgeschichte gequatscht. Ich konnte ja kaum zulassen, dass du als einziger etwas von dir erzählst, oder?«

»Natürlich hättest du das machen können, trotzdem bin ich froh.« Ich beiße mir auf die Unterlippe, dann frage ich: »Kann ich dich umarmen?«

»Wenn's sein muss.«

»Ich werde mich dir nicht aufdrängen«, sage ich, weil ich so gut wie sicher bin, dass es genau das ist, was er sich wünscht. Er tut, als wollte oder bräuchte er in solchen Momenten keine Zärtlichkeit, aber das ist totaler Unfug.

Er brummt, dann lässt er meine Hand los und zieht mich in

seine Arme. Mit dem Gesicht an meinem Hals vergraben murmelt er: »Klappe.«

»Ich habe nichts gesagt.«

»Ich kann dich ganz genau lächeln hören.«

Ich tue mein Bestes, um wieder ernst zu werden. Das ist jetzt nicht der richtige Zeitpunkt. Seven hat mir gerade super beschissenen, grauenhaften Kram erzählt, bei dem ich den Wunsch verspüre, die Welt in Fetzen zu reißen. Ich klammere mich an ihn, drücke ihn ganz fest, als würde ich versuchen wollen, die vernarbten, kaputten Teile von ihm wieder zusammenzusetzen.

»Ich bin so froh, dass du und Xander euch gefunden habt«, sage ich dann.

Er drückt mich fester an sich und antwortet nicht.

Erst später, als ich langsam wegdämmere, höre ich ihn murmeln: »Ich bin so froh, dass ich dich gefunden habe.«

KAPITEL
NEUNUNDZWANZIG

SEVEN

MIT EINEM INTENSIVEN Schmerz zwischen den Beinen erwache ich langsam aus dem Tiefschlaf. Mein morgendlicher Halbsteifer ist eine richtige Erektion und –

– ich reibe sie gerade am Bein einer anderen Person.

Ich reiße die Augen auf und sehe in Mollys lächelndes Gesicht. Er hat die Hände unterm Kinn verschränkt.

»Wegen mir musst du nicht aufhören«, sagt er und schiebt sein Bein etwas höher.

Ich schnappe fast nach Luft bei der festen Berührung. Er fühlt sich so gut an. Er riecht so gut. Ich sollte sagen: Keine gute Idee, wir sollten nicht, bla bla bla. Stattdessen ziehe ich ihn an mich und beginne, ihn leidenschaftlich zu küssen.

Mit einem Seufzer lässt er sich in den Kuss fallen, seine Zunge umspielt meine, die Lippen so verdammt weich und verführerisch.

»So viel dazu, die Finger voneinander zu lassen«, sage ich, während ich ihn spielerisch ins Kinn beiße.

Molly bewegt wieder seinen Oberschenkel. »Es ist genau genommen mein Bein. Keine Finger. Die habe ich bei mir behalten, wie versprochen.

Erschauernd umfasse ich seinen Po und reibe mich fester an ihm. »Glaubst du, du kannst es uns beiden besorgen, ohne die Hände zu benutzen?«

Er knurrt und rollt sich auf mich. »Für dich würde ich alles tun.«

Oh, Schmitt.

»Eine Sache musst du aber vorher für mich tun.«

»Ach ja?«

»Zieh mir die Hose aus.«

Könnte gut sein, dass das meine neue Lieblingsbeschäftigung ist. Ich schiebe die Finger in den Gummizug seiner Pyjamahose und ziehe sie ihm mit einem Schwung aus.

Molly küsst an meinem nackten Oberkörper herab, nimmt sich Zeit für meine Nippel und leckt meine Bauchmuskeln entlang. Er summt leise und reibt sein Gesicht an mir, wobei er langsam meiner schmerzenden Erektion immer näher kommt.

»Komm schon«, sage ich vorwurfsvoll.

Er bohrt das Gesicht in das V unter meinen Bauchmuskeln. »Will so riechen wie du.«

»Ah … Scheibenkleister … dann mach weiter so.«

Er beißt in den Gummizug meiner Pyjama-Shorts. Die Arme hat er hinter dem Rücken verschränkt, also hebe ich das Becken, um ihm zu helfen. Er zieht die Hose langsam, Zentimeter für Zentimeter herunter, bis mein Schwanz befreit herausspringt und–

Molly mitten ins Gesicht schlägt.

Er zuckt zurück. »Shit, du hättest mir fast ein Auge ausgestochen mit dem Ding!«

Ich lache erstickt auf.

»Nicht witzig. Ich hätte blind werden können, und was hätte

ich dann dem Arzt erzählt? Sorry, aber Sevens einäugige Schlange wollte sich beim Wettstarren einen unfairen Vorteil verschaffen?«

Jetzt muss ich wirklich lachen. »Hör auf, komisch zu sein, und lutsch mir endlich den Schwanz.«

»Also gut. Aber nur, weil *ich* will und nicht, weil du es mir befohlen hast.«

»Ja. Klar … siiicher–« meine Worte ersticken in einem Stöhnen, als Molly meinen Schwanz mit einer Bewegung in seinen Mund schiebt. Von der feuchten Hitze eingesaugt zu werden ist genau das, was ich brauche, und ich kann den Blick nicht von ihm abwenden. Sein weit geöffneter Mund, wie mein Schwanz zwischen seinen Lippen rein und wieder rausgleitet. Wie seine schönen Augen anfangen zu tränen, als er sich den Schaft bis an die Kehle in den Rachen schiebt, sich dann kurz zurückzieht, um nach Luft zu schnappen, und dann das Gleiche wieder tut. Er leckt und lutscht und senkt den Kopf, um sein Gesicht an meinen Eiern zu reiben, dann leckt er erneut einen feuchten Streifen bis nach oben zur Eichel.

»Du magst das, oder? Meinen Schwanz zu lutschen?«

Er fährt mit der Zunge über meine Piercings. »Wenn wir zusammen wären, würde ich dich jeden Tag so wecken.«

»Ach ja?« Ich schiebe mein Becken nach oben, um seinen Mund zu erreichen. »Was würdest du noch machen? Mir vierzig Nachrichten schicken?«

Er schnalzt mit der Zunge. »Das tue ich doch jetzt schon. Ich würde dir hundert schicken.«

»Was würdest du mir schreiben?«

Ich sehe seine rosa Zunge in meinem Schlitz verschwinden. »Wie perfekt du bist. Wie süß und lieb und toll –«

»Das mit dem Dirty Talk müssen wir noch üben.«

Molly fängt an zu strahlen angesichts dieser Herausforderung. »Ich würde dir Nacktfotos und Videos von mir schicken, in denen ich mir einen runterhole.«

»Das hört sich gut an.«

»Und wenn du von der Arbeit kommen würdest, würde ich dich mit all deinen Lieblingssachen erwarten.«

Ich lege den Arm übers Gesicht, denn es klingt zwar großartig, zu ihm nach Hause zu kommen, aber es ist ein Gedanke, den ich aktiv zu vermeiden versuche. Molly ist nicht für mich bestimmt.

Also zwinge ich mich, Worte auszusprechen, die ich eigentlich niemals sagen will. »Wenn du einen festen Freund gefunden hast, musst du ihn genau so lutschen.«

Er lässt mit finsterer Miene von mir ab. »Keinen Ton mehr von dir.«

Und bevor ich mich schuldig fühlen kann, stemmt Molly sich hoch, dreht sich um und nimmt meinen Kopf zwischen die Beine. Seine Eichel stößt an meine Lippen, und er beugt sich wieder vor, um sich an meinem Schwanz festzusaugen.

Ich schnappe nach Luft, und kaum habe ich den Mund geöffnet, habe ich seinen Penis drin, der über meine Zunge, in meinen Rachen bis fast zur Kehle gleitet. Dann schließe ich die Lippen um ihn und sauge.

Molly stöhnt auf, seine Hüften zucken, sein ganzer Körper erschauert auf mir. Und da ich nie versprochen hatte, meine Hände nicht zu benutzen, schiebe ich sie an seinen Hüften hinunter und packe seine Hinterbacken. Ich kontrolliere seine Stöße, streichle mit den Fingerspitzen seinen Eingang, nehme ihn tief in den Mund und lutsche, lasse meine Zungenspitze an seiner Eichel spielen, und spüre jede Vene und Rille, während meine Lippen an seinem Schwanz auf und ab gleiten.

Molly schiebt sich an meinem Schaft auf und ab, saugt kräftig, bis ich so kurz vor dem Kommen bin, dass meine Eier sich zusammenziehen, aber ich will nicht kommen, bevor ich nicht den Geschmack seines Samens im Mund habe.

Wenn Molly eine Herausforderung annimmt, legt er sich richtig ins Zeug. Ich lutsche an ihm, als würde ich sterben, wenn ich aufhören müsste, und ich wollte, ich würde übertreiben, aber in meinem Kopf macht sich ein Nebel der Lust breit, wie immer, kurz bevor ich die Kontrolle verliere. Wenn ich über den Punkt hinaus bin, noch aufhören zu können. Wenn mein Körper genau weiß, was er braucht und auf der Überholspur dabei ist, es sich zu nehmen.

Ich stoße nach oben in Mollys Mund, meine Hüften bewegen sich wie von selbst, und fasse um ihn herum, um seine Eier in der Hand zu rollen.

Mit einem erstickten Aufschrei ergießt er sich in meinen Mund. Einen um den anderen Strahl schlucke ich hinunter, liebe den Geschmack und genieße es, wie er auf mir erschauert. Mein Schwanz schmerzt, meine Haut ist überempfindlich, und der Druck unten an meiner Wirbelsäule nimmt zu.

Molly wird weicher in meinem Mund, aber ich lutsche weiter. Ich will nicht von ihm ablassen, bis ich gekommen bin. Nicht, wenn ich so kurz davor bin. Nicht, wenn ich bereit bin … kurz davor … gleich–

Mein Orgasmus ist heftig und urplötzlich da, überschwemmt mich mit Wellen der Lust und begräbt mich unter sich. Ich schieße in seinen Mund, und er lutscht an meiner Eichel und fängt jeden Tropfen auf. Erst als ich fertig bin, zieht er sich zurück, und ich lasse endlich auch von ihm ab.

Ich keuche, bin verschwitzt und so verlampt befriedigt.

Molly kuschelt sich an meine Brust. »Kann ich jetzt meine Hände benutzen?«

»Aber ja.«

Er nimmt beim Küssen mein Gesicht in beide Hände, und in diesem Moment weiß ich: Ich bin verloren. Es ist so klar, weil ich ihn genauso festhalte, weil sein Körper sich so anfühlt, als wäre er dafür geschaffen, sich an meinen zu pressen. Noch nie habe ich ein so allumfassendes Verlangen verspürt, und ich werde ganz panisch bei dem Gefühl.

Aber wenn ich im Leben eines gelernt habe: So viel Gutes hält nie lange vor. Jedes Mal, wenn etwas Positives geschieht, muss die Welt das richtigstellen und mir wieder etwas Schlimmes vor den Latz knallen.

Wenn Molly mir also das größte Glücksgefühl gibt, das ich jemals hatte, wird die Kehrseite garantiert ein Desaster.

Ich sehe zwei Möglichkeiten: Entweder abhauen, um mich zu schützen, oder mich auf das Schlimmste gefasst machen.

KAPITEL
DREISSIG

MOLLY

SPÄTER ZIEHE ich eines von Sevens T-Shirts über und gehe in Unterhose runter. Vielleicht sollte ich diskreter mit dem ganzen Sex umgehen, aber gerade ist es mir sowas von egal. Diese ganze Regel mit dem nicht miteinander Schlafen ist idiotisch, wenn es sich so gut anfühlt, miteinander zu schlafen.

Seven hat gestern von sich erzählt. Eine *Menge.* Und wenn er in mir nicht mehr sehen würde als einen Mitbewohner bezweifle ich, dass ich so viel erfahren hätte.

Ich finde es super, Sex mit ihm zu haben, Zeit mit ihm zu verbringen, zu albernen Dates zu gehen … aber das Reden? Das wirklich Wichtige? Jetzt fühle ich mich enger mit ihm verbunden als je zuvor mit jemand anderem.

Selbst mein fester Freund am College, der mir die ganze Welt zu Füßen legen wollte, hat mir nie so ein Gefühl gegeben wie Seven.

Ich stelle die Kaffeemaschine an und finde zwei Glotzaugen vor, die mich anstarren. »Wo kommen die denn her?«

Seven zuckt die Achseln. »Mach sie doch einfach ab.«

»Okay, Spaßverderber.« Ich mustere sie einen Moment. »Sie sind süß.«

»Du bist süß.« Er läuft um mich herum, um die Augen wegzuschnipsen. »Die sind bescheuert.«

»Und du scheinst allergisch auf Spaß zu sein.«

»Ich weiß ja nicht. Was wir gerade getrieben haben, hat doch Spaß gemacht«, bemerkt Seven mit einem Augenzwinkern. Ich muss lächeln bei seiner tiefen, rauen Stimme.

»Da, wo der Spaß herkam, gibt es noch reichlich davon. Sag mir einfach, wann und wo.«

Der neckende Ausdruck verschwindet, und Seven antwortet nicht.

Oh Mann. Das bedeutet wohl nichts Gutes. Am liebsten würde ich den Kerl durchschütteln, aber ich bin es ehrlich gesagt auch müde.

Ich dachte, wie sind uns einig. Dass er Spaß mit mir hat, und dass der Sex verdammt nochmal unglaublich ist. Wir sind befreundet. Und wenn er den Freundschaftskram mag, und den Sexkram, und mich süß findet – *warum*, warum nur bin ich trotzdem nicht gut genug?

Habe ich nicht verdient, dass auch mal jemand um mich kämpft? Verdiene ich nicht einen Mann, der mir das Gefühl gibt, sein Ein und Alles zu sein?

Seven übernimmt das Kaffeemachen, während ich auf einen Hocker am Tresen sinke. Ich sehe ihm zu, wie er sich in der Küche bewegt, die Rückenmuskeln verspannt, und wünschte, ich könnte seine Gedanken lesen. Die angespannte Stille zieht sich, und zwar nicht im Sinne von sexy Ich-würde-dich-am-liebsten-gleich-hier-auf-der-Kücheninsel-vernaschen.

»Vergiss, was ich gesagt habe«, presse ich schließlich hervor.

Seven sieht nicht überzeugt aus. »Du weißt, was wir sind und was nicht.«

»Ja, klar.« Aber stimmt das überhaupt? Denn Seven verhält sich erst so, dann plötzlich ganz kalt – und ich hasse das. Ich hasse die Spielchen, hasse es, zu raten und ständig anderen nachzulaufen.

Ich hatte mir vorgenommen, das nicht mehr zu tun, und siehe da, ich wiederhole all meine Fehler aus der Vergangenheit wieder.

»Zucker?«, fragt er, aber mein Gehirn ist schon auf Speed.

»Nein, danke.«

Er reicht mir meine Tasse und trinkt seinen Kaffee neben der Spüle, während er in den Garten hinter dem Haus blickt.

»Ist alles–«, setze ich an, aber dann kommt Madden herein und gibt ein »*Ho-Ho!*« von sich bei meinem Anblick.

»Heute sehe ich Damien«, sagt Madden, während er sich einen Hocker neben mir heranzieht. »Bist du jetzt dabei, oder wie? Ich will den Typ nicht hinhalten.«

»Oh, äh …«

Madden, der offensichtlich nichts von der angespannten Stimmung mitbekommt, wendet sich an Seven. »Findest du, er ist jetzt soweit?«

Seven dreht sich langsam um, die Hüfte ans Spülbecken gelehnt. »Was meinst du?«

»Einer meiner Kunden wäre genau Mollys Typ. Er besitzt ein paar Häuser, ist schon lange genug geschieden, um der Sache nicht mehr nachzutrauern, und als ich ihm ein Foto von Molly gezeigt habe, haben sich Herzchen in seinen Augen abgezeichnet, ich schwöre. Molly sagte, er wollte mit dir abklären, ob er soweit ist.«

»Das habe ich nicht so gesagt«, sage ich hastig. Hoffentlich versteht Seven das nicht falsch.

»Hmm, ich bin ziemlich sicher, dass du das genau so gesagt hast.« Madden runzelt die Stirn und lässt den Blick zwischen Seven und mir hin und her wandern. »Alles okay hier?«

»Total.« Seven kippt den Kaffee aus seiner Tasse weg und stellt sie in die Spülmaschine. »Das wollte ich Molly heute sowieso sagen. Er ist bereit, sich wieder ins Leben zu stürzen. Dieser Damien klingt ja super, verdammt nochmal.«

Mir bleibt der Mund offenstehen.

Madden blinzelt ihn an. »Hast du gerade verdammt gesagt, Mann?«

»Ich bin spät dran.« Seven sieht mir in die Augen. »Ich hoffe, du findest, was du suchst.« Dann geht er und einen Augenblick später höre ich seine schweren Schritte auf der Treppe nach oben gehen.

»Bitte sag, dass ich mir das nicht einbilde«, sagt Madden. »Aber das war doch schräg, oder?«

»Sehr schräg.«

»Verdammt. Okay, also … soll ich Damien zusagen?«

Ich bin immer noch dabei, Seven nachzustarren und zu versuchen, zu verstehen, was gerade passiert ist. Dass ich Eifersucht wahrgenommen habe, ist relativ sicher. Absolut sicher eigentlich. Aber habe ich es mir nur eingebildet? Was, wenn ich diesem total perfekten Typ absage, und Seven trotzdem nichts von mir wissen will?

»Ich muss mich mal kurz um etwas kümmern«, sage ich zu Madden, und rutsche vom Hocker.

»Das beantwortet meine Frage nicht. Ja? Nein? Vielleicht? Ich muss bald los zur Arbeit.«

»Ich schreibe dir.«

Ich sprinte fast im Laufschritt durchs Haus, weil ich Seven noch abpassen will, bevor er geht. Ich kann keinesfalls den ganzen Tag verstreichen lassen, ohne dieses Gespräch zu führen, und ich habe die Nase gestrichen voll davon, im Unklaren gelassen zu werden.

Er bekommt genau eine Chance.

Ich kann nicht mein ganzes weiteres Leben auf ihn warten.

»*Seven.*«

Er blickt auf, als ich in sein Zimmer trete und die Tür hinter mir zuknalle.

»Ich muss zur Arbeit.«

»Nein, du musst jetzt die Klappe halten und mich reden lassen.«

»Muss ich nicht.«

»Ja, verdammt nochmal, das musst du sehr wohl. Bin ich noch nicht mal das wert?«

Ein unbeweglicher Ausdruck breitet sich auf seinem Gesicht aus, und er verschränkt die Arme. »Dann rede.«

Oh. Hm … ja. Reden. Genau.

»Die Sache ist … na ja …« Worte, Molly. Verdammt nochmal, jetzt habe ich einmal die Chance, mit jemandem klare Worte zu reden, und dann fallen mir keine mehr ein. »Ich habe die Dates genossen, und mit dir Zeit zu verbringen, und den Sex.« Japp, da habe ich es ihm aber gegeben. »Also, sehr genossen. Sehr.«

»Okay.«

»Und ich weiß, dass es dir auch so ging. Ich weiß, dass du mich magst. Ich weiß, dass du gern weiter Sex mit mir haben würdest, aber es dir aus irgendeinem dummen Grund nicht erlauben willst. Ich weiß, dass du nicht in Xander verliebt bist, egal, was mein Dad sagt. Und wenn er nicht der Grund ist, und auch niemand anderer, und du eifersüchtig auf dieses Date bist, auf das ich gehen soll … *warum*, Seven? Warum gibst du uns keine Chance?«

»Es gibt kein uns.«

»Blödsinn.«

»Und ich bin nicht eifersüchtig. Der ganze Grund für die Dates war doch, dich genau darauf vorzubereiten. Du wusstest, was auf dich zukommt. Ich wusste es auch. Tut mir leid, wenn du das alles falsch aufgefasst hast.«

Meine Augen werden schmal, und mein Gesicht fühlt sich gefährlich heiß an. »Fick. Dich. Du kannst dir gerne selber was vorlügen, aber versuche nicht, das mit mir abzuziehen. Ich habe es so, so satt, ständig falsch zu liegen. Und bei dir wusste ich zum ersten Mal, dass ich alles richtig verstanden hatte.« Brennende Tränen steigen mir in die Augen. »Du bist alles, was ich mir nur wünschen könnte. Alles. Du bist lieb und ehrlich und sowas von sexy. Du siehst mich an, als könntest du nicht glauben, was du siehst, und du berührst mich, als könntest du nie genug bekommen. Ich weiß, dass ich mir das nicht einbilde. Ich weiß, dass du genauso empfindest.«

Er atmet tief durch, dann sagt er mit reumütigem Blick: »Ich weiß nicht, was du erwartet hast, aber ich war von Anfang an ehrlich zu dir.«

»Du lügst.«

»Als ob du das wissen kannst.«

»Ja. « Ich trete näher, so nah, dass ich zu ihm aufsehen muss. »Ich weiß nicht, warum du das machst. Ich weiß nicht, warum du gegen diese Sache zwischen uns ankämpfst. Wir wissen beide, dass es niemand in diesem Haus stören würde, wenn wir eine Beziehung hätten.«

Er bleibt hartnäckig stumm.

Es bricht mir das Herz. »Das habe ich nicht verdient«, sage ich mit zitternder Stimme. »Wenn du mir eine Sache gezeigt hast, dann das. Ich will jemanden, der um mich kämpft, genau wie ich um ihn. Der sich mir ebenso öffnet wie ich ihm. Ich will nicht um Aufmerksamkeit betteln müssen. Ich will nicht hinterfragen und raten und nie wissen, wo ich stehe. Das mache ich nicht mehr mit. Und … ich werde dir nicht mehr hinterherlaufen. Tut mir echt leid, dass ich mich in dich verliebt habe, aber das ist der einzige Grund, warum ich jetzt hier stehe. Das war's, Seven. Das ist deine letzte Chance, aufzuhören, dir selber etwas vorzumachen, denn wenn du dir nicht eingestehen kannst, dass du mit mir zusammen sein willst, dann kann ich nicht für immer auf dich warten.«

»Kleiner …«

Ich warte. Dann warte ich noch etwas länger. Ich gebe Seven alle Zeit der Welt, um die Worte auszusprechen, die seine Stimme ersticken. Aber er tut es nicht.

Und damit habe ich meine Antwort.

Mein Kopf fällt nach vorne, während ich versuche, die Tränen zu unterdrücken, aber sie kommen trotzdem.

»Dann sollte ich Madden wohl schreiben«, sage ich mit einem Kloß in der Kehle.

Ich zwinge mich, ihn anzuschauen, und wir sehen uns in die Augen, während ich die Nachricht eintippe. Dann halte ich das Handy hoch, so dass Seven sie lesen kann.

Sag Damien, dass ich ja gesagt habe.

»Ich will das nicht absenden«, flüstere ich.

Seven sieht mich unverwandt und mit reumütigem Blick an. Seine Unterlippe zittert, als er vortritt, seine Hand um meine legt und auf Senden drückt. »So. Jetzt musst du es nicht selbst machen.«

»Warum tust du das?«

Er schluckt und senkt den Blick. »Weil ich will, dass du glücklich wirst. Also tue ich das Einzige, was mir einfällt, um das möglich zu machen.«

SEVEN

MOLLY HAT KAUM mein Zimmer verlassen, als ich ihn am liebsten schon zurück rufen will. Ihm sagen, dass ich unrecht hatte, und dass mein Kopf und mein Herz nicht auf der gleichen Wellenlänge funktionieren, so gerne ich das auch hätte.

Schon während ich ihn abgewiesen habe, schrie mich mein Herz innerlich an, die Klappe zu halten, aber die Worte – die falschen Worte – fielen aus mir heraus.

Was wahrscheinlich der Beweis ist: Es war die richtige Entscheidung.

Molly braucht einen Mann, der kommunizieren kann wie ein echter Mensch, nicht wie eine mürrische Dumpfbacke, deren einziges Talent ist, böse Erinnerungen zu unterdrücken und Leute zu vergraulen. Am Ende des Tages tut meine Entscheidung vielleicht jetzt weh, aber langfristig wird es für uns beide besser so sein.

Für Molly bedeutet es, nicht mit runtergezogen zu werden.

Für mich bedeutet es, nicht miterleben zu müssen, wenn er genug von mir hat und geht.

Denn das würde mich verdammt nochmal umbringen.

Geld ist der einzige Grund, der mich heute zur Arbeit motiviert, aber auch als ich dort bin und meinen Job mache, bin ich gar nicht richtig da. Ich rede mit niemandem, mache keine Scherze oder versuche, meinen Kunden die Nervosität zu nehmen. Ich bin nur körperlich anwesend.

Der einzige Grund, der mich daran hindert, mich komplett geistig auszuklinken, ist der heftige Schmerz in meiner Brust, der mir die Kehle zuschnürt. Ich versuche, ihn runterzuschlucken, zu ignorieren, mich zu betäuben, aber nichts hilft.

Es tut einfach nur weh.

Den ganzen Arbeitstag über wünschte ich, ich könnte zu Hause sein, mich im Bett verkriechen, aber als ich endlich da bin, würde ich am liebsten wieder zur Arbeit fahren. Meine Bettwäsche riecht nach ihm.

Wie kann es sein, dass wir erst gestern nebeneinander geschlafen haben?

Erst heute Morgen, dass ich mich dank ihm so unglaublich gut gefühlt habe? Als ich ihn in den Armen gehalten habe und der Wahrheit ins Auge geblickt habe: Ich verliebe mich gerade mit Haut und Haaren.

Anstatt das Bett frisch zu beziehen, was sicher besser wäre, rolle ich mich auf den Bauch und umarme mein Kopfkissen. Inhaliere seinen Duft und sterbe innerlich tausend Tode, weil ich nicht ihn halte.

Er will mich, und ich hasse mich dafür, ihm wehgetan zu haben. Das Einzige, was mich weiter existieren lässt? Das Ganze tut mir mehr weh als ihm.

Das leise Klopfen an der Tür lässt mein Herz bis zum Hals schlagen. Wenn es Molly ist, werde ich es nicht überleben, ihn zu sehen, und Xander wäre einfach reingekommen, ohne anzuklopfen.

Mir ist ganz schlecht, als ich *Herein* rufe.

Ich hätte es mir denken können.

»Hey, Aggy.«

»Hallo, mein süßer Junge.« Sie tritt herein, schließt die Tür hinter sich, dann steht sie schwer auf ihren Spazierstock gestützt da und beobachtet mich.

»Wenn du wegen der Gratis-Porno-Show hier bist, bist du ein paar Stunden zu früh gekommen.«

Das entlockt ihr ein winziges Lächeln, das sofort wieder erstirbt. »Ich hab ihn vorhin weinen sehen.«

Ich zucke zusammen, als hätte sie mich geschlagen, aber ich will nicht zugeben, dass mir klar ist, von wem sie redet. »Wen?«

»Beleidige nicht meine Intelligenz. Du weißt genau, wen. Aber über ihn will ich gar nicht reden. Ich wollte mit dir sprechen.«

Ich rolle mich auf den Rücken und funkele sie an. »Warum?«

»Weil du mein Liebling bist.«

»Du sagst mir jede Woche, dass ich aus dem Testament rausfliege, seit ich hier eingezogen bin.«

Sie lacht, als hätte sie einen guten Witz gemacht. »Du bist wirklich eine Nervensäge, aber trotzdem …« Aggy kommt auf ihren Stock gestützt näher und setzt sich leicht auf die Bettkante. »Als ihr alle hier einzogt, dachte ich bei mir: das werden entweder die nervtötendsten Gören, die ich je getroffen habe, oder ich werde euch alle ins Herz schließen.« Sie lacht leise. »Und du bist irgendwie beides.«

»Und du bist nur ein Gör.«

Sie tätschelt mein Schienbein. »Das war ich schon lange bevor du auf der Welt warst.«

Ich stöhne, weil sie nicht auf meine Beleidigung reagiert. »Was machst du denn hier?«

»Habe ich doch gesagt. Hast du nicht aufgepasst?«

»Wenn du über Molly reden willst, kannst du wieder gehen. Kein Interesse.«

»Es wäre sicher gelogen, abzustreiten, dass der Junge uns alle im Sturm erobert hat, aber ich bin nicht wegen ihm hier.«

»Dann …«

»Du bist wirklich unglaublich.«

Ich mustere sie und warte auf das »aber«. Das nicht kommt. »War's das?«

»Du hörst das zu selten. Du bist immer für Xander und den Rest meiner Verlorenen Jungs da. Du bist der Fels in der Brandung für dieses Haus. Der, auf den alle zählen. Christian kann sich kaum alleine aufrecht halten. Gabe sieht bei der Arbeit furchtbare Dinge. Rush, Gott segne ihn, würde ich manchmal am liebsten erwürgen. Ich verstehe kaum die Hälfte von Maddens Gerede, und mein armer Xander lebt in einem Albtraum. Und wer ist der, der immer für alle da ist?«

Ich schlucke schwer, sage aber nichts.

»Du, Seven. Du versuchst es zu verbergen, aber du liebst von ganzem Herzen, wenn jemand es verdient hat. Ich wünschte nur, du könntest sehen, dass auch du es verdient hast.«

»Wenn mein ganzes Leben nur kein Beweis für das Gegenteil wäre.«

»Dein Leben ist ein Beweis dafür, dass böse Menschen böse Dinge tun. Bist du ein böser Mensch?«

Ich schnaube. »Nein.«

»Und hast du dein Leben nicht unter Kontrolle? Sagst du das nicht immer?«

»Ich versuch's, aber … ich wollte es nicht tun, Aggy. Er könnte buchstäblich mit jedem anderen glücklich werden. Er ist so ein Mensch. Er sollte sich nicht mit mir belasten.«

Sie mustert mich wenig beeindruckt. »Dem zufolge, was er mir erzählt hat, ist aber genau das sein Wunsch.«

»Ja, aber–«

»Wie wichtig ist dir die Kontrolle über dein Leben?«

Keine Ahnung, worauf sie hinauswill. »Sehr wichtig.«

»Dann solltest du vielleicht Molly auch die Kontrolle über seines zugestehen.«

Ich presse die Lippen zusammen und ärgere mich, weil sie irgendwie recht hat.

Aggy packt mein Knie und drückt es. »Du musst tun, was für dich am besten ist, Seven. Ich habe dich lieb, Molly hin oder her. Ich bin nicht gekommen, um dich zu überzeugen; ich will dich nur daran erinnern, dass du nicht so wertlos bist, wie diese Stimmen dir einreden. Und ich hoffe so sehr, dich irgendwann mal glücklich zu sehen, bevor ich sterbe.«

Und da ist er wieder, der Versuch, mir ein schlechtes Gewissen machen. »Fast wäre ich darauf reingefallen.«

Sie lacht. »Ich meine jedes Wort ganz ernst.«

»Ich dachte, dafür bist du dir zu gut.«

»Wann habe ich je vorgegeben, nicht alles zu tun oder zu sagen, damit es euch Jungs gut geht?«

Das muss man ihr lassen. Aggy liebt uns wirklich, auch wenn sie manchmal eine komische Art hat, es zu zeigen – wie uns mit dem Enterben zu drohen. Ihrem Haus, das neben unserem steht, nach zu schließen, würde es unser Leben verändern, in diesem Testament bedacht zu werden. Aber ich glaube nicht, dass es mehr ist als ein Running Gag.

Als sie schließlich wieder geht, fühle ich mich nicht mehr ganz so betäubt wie zuvor. Ich laufe zu meiner Stereoanlage, die ich mit den Lautsprechern Richtung Fenster aufgestellt habe, lege Musik auf und drehe die Lautstärke auf.

Für die Alte-Damen-Nummer hat sie eine Stunde lang Fensterscheibenwackeln verdient.

Aber ich mache es heute nicht so spät. Denn ein kleines bisschen liebe ich sie vielleicht auch.

KAPITEL
ZWEIUNDDREISSIG

MOLLY

MEIN FUTTERHÄUSCHEN für die Eichhörnchen kommt, aber ich bin nicht mehr ganz so begeistert wie beim Bestellen. Es ist kuppelförmig und soll aufs Fensterbrett gestellt werden. So kann man die Eichhörnchen beobachten, wenn sie reinklettern, um zu fressen.

Vielleicht gibt mir ein süßes, fluffiges Tier etwas Auftrieb.

Ansonsten habe ich mich noch nie in meinem Leben so mies gefühlt. Ich kann kaum arbeiten, weil ich ständig Tränen in den Augen habe, und mein ganzer Körper fühlt sich bleischwer an.

Ich wuchte das Wohnzimmerfenster hoch und versuche, das Futterhäuschen aufzustellen, aber jedes Mal, wenn ich es zur Hand nehme, rutscht das Fenster wieder herunter. Ich bin kurz davor, es aufzugeben, als Seven hereinkommt.

Ein kurzer Blick auf meine keuchende, verschwitzte Erscheinung, und er kommt wortlos herüber und hält das Fenster oben fest. Ich beiße mir auf die Backe, um nicht loszuheulen, während ich das Futterhäuschen endlich an seinen Platz bugsiere. Aber meine Atemzüge beruhigen sich auch nach getaner Arbeit nicht. Die siedende Frustration unter meiner Haut lässt nicht nach.

Das wird wohl der Grund sein, warum wir uns besser an die Regeln gehalten und nichts miteinander angefangen hätten.

»Danke«, presse ich einsilbig hervor, denn ich würde in Tränen ausbrechen, wenn ich mehr sagen würde. Es ist das Letzte, was ich vor ihm tun will, denn dann wird er mir helfen wollen, und das will ich nicht von jemandem, der es nur aus Pflichtgefühl tut.

Seven weiß auch ohne Tränen, dass ich leide.

Genau wie mir auch klar ist, dass er leidet.

Aber ich muss seine Entscheidung respektieren, und wenn er seinen Selbstschutz nicht für mich aufgeben will, muss ich ihn ziehen lassen.

Nach dem ganzen Üben habe ich immerhin etwas gelernt. Schade nur, dass ich lerne, wie man eine Beziehung beendet anstatt wie man eine anfängt.

»Molly ...«

Ich warte. Gebe ihm eine Chance. Tue so, als müsste ich mich nicht mühsam beherrschen, um nicht zusammenzubrechen.

Aber Seven knurrt nur frustriert, fährt sich mit den Händen durch die Haare und stürmt wortlos wieder aus dem Zimmer.

Ich fülle das Futterhäuschen, als wäre er gar nicht dagewesen.

Dann gehe ich ins Büro an die Arbeit. Auf dem Weg dorthin rufe ich Dad an.

»Hey, Junge–«

»Ich hasse es.«

»Was denn?«

»Dass du recht hattest. Ich bin in Seven verliebt, und er will mich nicht, und es tut weh.«

»Molly ...«

»Du darfst ruhig sagen, dass du es mir gesagt hattest.«

»Das würde ich nie«, schwört Dad. »Ich wollte nur, dass du glücklich bist, Mols. Soll ich zu dir kommen? Willst du nach Hause kommen? Ich kann dir gleich ein Flugticket buchen.«

Seine unerschütterliche Unterstützung bestätigt, dass ich mich richtig entschieden habe. »Danke, aber dieses Mal laufe ich nicht weg, und ich laufe ihm nicht hinterher. Madden hat ein Date mit einem sehr netten Mann für mich arrangiert, und ich werde mit ihm ausgehen, und mit jedem Kandidaten, der danach kommt, bis ich meine Person finde. Dank dir weiß ich, dass es auch gute Männer gibt. Ich muss meinen nur noch finden.«

Er seufzt, und ich weiß, dass er mit sich kämpft, weil er das Bedürfnis hat, mich zu beschützen. »Einen Mann zu finden ist nicht alles.«

»Ich weiß.« Ich setze mich und schalte den Computer an. »Aber es ist das, was ich will. Es wird mich glücklich machen.« Ich öffne das geheime Projekt, an dem ich arbeite, und das ich die ganze Woche noch nicht mal anschauen konnte. Es tut zu weh, die Sache zu sehen, von der ich so sicher war, dass sie Seven Freude machen würde. Jetzt empfinde ich solchen Stress bei dem Anblick, dass sich das Gefühl habe, daran zu ersticken.

»Dann hoffe ich, dass es bald passiert. Du bist ein toller Junge. Der Beste. Nichts würde mich glücklicher machen als zu erleben, dass du zur Ruhe kommst.«

»Auch wenn das heißt, dass ich in Seattle bleibe?«

Ich sehe genau vor mir, wie weich sein Gesichtsausdruck gerade wird. »Man soll sich da sehr gut zur Ruhe setzen können, habe ich mir sagen lassen.«

»Sehr gut.«

»Hab dich lieb, Mols.«

»Ich dich auch, Dad.«

Wir beenden das Gespräch, und ich würde mich zwar am liebsten zusammenrollen, verkriechen und nie wieder rauskommen, wenn ich die Seiten meines Comics sehe, aber das schiebe ich beiseite. Es war zum Greifen nah. Fast perfekt. Und wenn Seven mich von sich weist, soll er genau wissen, wie viel Hingabe er da abgelehnt hat.

Ich füge den Zeichnungen die letzten Details hinzu, wobei ich penibel die Referenzen zum Original prüfe, und als ich endlich fertig bin, drucke ich ihn aus, hefte ihn zusammen und laufe den Flur entlang zu seinem Zimmer.

Ich schlucke und betrachte abschließend die Titelseite, die Seven in der Uniform von Omron darstellt.

Vielleicht wird es schräg finden.

Oder übertrieben.

Oder sogar gruselig.

Vielleicht wird er es nicht als das verstehen, was es sein soll: Meine Art, ihm zu beweisen, dass ich ihn glücklich machen will. Dass ich ihn auch als Helden betrachte.

Und es ist mir egal.

Ich werde nicht mehr versuchen, so zu sein, wie andere mich gerne hätten.

Ich atme einmal zittrig durch, dann bücke ich mich und schiebe den Comic unter seiner Tür durch.

KAPITEL
DREIUNDDREISSIG

SEVEN

»ERNST GEMEINTE FRAGE«, sagt Xander, als er mein Zimmer betritt ohne anzuklopfen. »Warum bist du der größte Nullchecker, der mir je begegnet ist?«

»Verzieh dich.« Ich liege noch auf dem Bett mit dem Comic, den Molly, für mich gezeichnet hat. Aufgeschlagen habe ich ihn noch nicht, denn das Cover reicht mir schon. Das hat er für mich gemacht. Ich habe ihn nicht verdient.

»Nein, ganz ehrlich. Elle, Aggy und ich haben abgestimmt. Wir haben dir eine Krone bestellt und alles.«

Ich ignoriere ihn, denn das ist die einzige Möglichkeit, mit Xander umzugehen, wenn er so drauf ist.

»Ich versuche nur, zu verstehen, warum mein zukünftiger Schwager sich gerade für ein Date mit jemand anderem als dir fertigmacht. Warum, Seven? Warum?«

Stöhnend verstecke ich das Gesicht unter meinem Kopfkissen, während ich Xander den Mittelfinger hinhalte. Es war eine lange Woche. Molly in einem Haus dieser Größe aus dem Weg zu gehen sollte einfach sein, aber jedes Mal, wenn ich meinen Schreibtisch benutzen will, arbeitet er; jedes Mal, wenn ich komme oder gehe, sitzt er draußen, steht in der Küche oder ist halb unter den Sträuchern versteckt, während er versucht, Kismet mit Leckerbissen anzulocken.«

Und jeder Blick auf seinen wilden Schopf, die großen braunen Augen, seine kummervolle Miene trifft mich mitten ins Herz.

Er hat nicht das Recht, so verführerisch auszusehen, wenn er schmollt. Und das tut er definitiv. Wir reden nicht, wir hängen nicht zusammen ab – es ist, als würde er in meiner Gegenwart plötzlich verstummen. Das Puzzle liegt nicht mehr auf dem Esszimmertisch, mich erwartet kein selbst zubereitetes Essen, wenn ich nach Hause komme.

Keine Dates, kein Lachen, kein Flirten und Necken.

Kein vor Nachrichten aus den Nähten platzendes Handy.

Ich vermisse jede einzelne.

Xander deckt mich mit Schwung auf.

»Hey, was machst du da?«

»Ich versuche, das tote Tier zu finden. Nie im Leben kommt dieser Gestank von dir.«

»Rutsch mir den Buckel runter. Ich habe heute Morgen erst geduscht.«

»Oh. Okay. Wir haben also noch nicht dieses Niveau von Herzschmerz erreicht.«

»Ich habe keinen Herzschmerz.« Meine Stimme ist erstickt vom Kissen, aber er hört mich trotzdem.

»Und ich bin kein Aufmerksamkeits-Flittchen. Dieses Lügenspiel macht echt Spaß.«

Ich drehe mich um und funkele ihn an. »Was willst du?«

»Dass du deinen Arsch hochbekommst.«

»Geht nicht. Ich stecke fest.«

»Dann lass mich dir helfen: Molly ist das Tollste, was dir je passiert ist, und wenn du die Sache nicht in Ordnung bringst, werde ich dich noch nicht mal abstechen müssen. Willst du wissen, wieso?«

»Nein, und es ist mir auch egal.« Das bremst ihn nicht.

»Weil es Strafe genug wäre, dein ganzes restliches Leben in dem Wissen weiterzuleben, dass du mit ihm hättest zusammen sein können.«

»Dein Gesicht ist Strafe genug«, brumme ich.

»Ohh, da ist mein Schatz ja wieder.«

Mit einem kehligen Stöhnen lasse ich mich aufs Bett zurückfallen. «Spielt keine Rolle.«

»Was spielt keine Rolle?«

»Wie es mir geht.«

Xander schnappt nach Luft. »Oh mein Gott, du hast tatsächlich Gefühle für ihn!«

Ich mustere ihn im Versuch, zu erkennen, ob er das ernst meint. Und es … scheint so. »Du bist tatsächlich hier reinmarschiert mit diesem ganzen Vortrag, wenn du gar nicht wusstest, ob ich wegen Molly schlecht drauf bin oder nicht?«

»Ich war ziemlich sicher, aber du bist eben du. Du tust gerne so, als hättest du keine Gefühle, also ist es, als würde ein Einhorn die Straße entlang spazieren, wenn du sie dann mal zeigst.«

»Ein Einhorn? Was Besseres ist dir nicht eingefallen?«

»Oh, Verzeihung. Ein furchterregender, Feuer spuckender Drache. Besser?«

»Viel besser.«

»Toll. Und jetzt kommen wir wieder darauf zurück, dass du in Molly verliebt bist und ihn mit einem anderen Typ ausgehen lässt.«

»Nö.«

Xander wirft die Hände hoch. »Du bist unmöglich.«

»Und du bist immer noch in meinem Zimmer.«

»Ich habe ihn lieb, Seven.«

Ich schnaufe. »Tja, und ich ihn noch viel mehr.« Und das stimmt, verlampt nochmal. Bis ins Mark. Diese dumme, verzweifelte, sinnlose Emotion, die mich nicht mehr aus ihrem Klammergriff loslässt.

Xander bricht in Tränen aus, und das reißt mich endlich aus meiner Trübsal.

»Schon gut, Mann. Ist schon okay.«

»Ist es nicht.« Er umschlingt meinen Nacken. »Wir sind verkorkst, Seven. Und es ist nicht fair. Warum ist uns das passiert? Warum mussten wir das alles erleben? Es ist nicht fair, dass du nicht glücklich sein kannst, und Molly lieben und zulassen, dass er dich liebt. Und wenn noch nicht mal du eine Beziehung führen kannst, gibt es für mich gar keine Hoffnung.«

»Z, aber natürlich gibt es …« Er schüttelt den Kopf und lässt mich los. »Nein. Du bist perfekt. Und wenn selbst jemand wie Molly dir das nicht begreiflich machen kann, wie soll ich dann eine Chance haben, jemanden zu finden? Wie kann ich meinen ganzen Scheiß je verarbeiten und meine Person finden?«

Ob Xander es absichtlich macht oder nicht: Er dringt zu mir durch. Er bohrt sich durch diese Gefühle und legt sie offen. »Das hat nichts mit dir zu tun. Du bist unglaublich.«

»Du auch.«

»Ja, aber … Molly ist … *unglaublicher*.«

»Das ist kein echtes Wort. Außerdem keine Entschuldigung. Mag er dich nicht? Geht es darum? Denn er läuft auch wie ein Häufchen Elend rum, also ist das Blödsinn, falls er das zu dir gesagt haben–«

»Hat er nicht. Er hat mir seine Gefühle gestanden, und mir, äh, eine Chance gegeben. Er hat gesagt, er wird mir nicht mehr nachlaufen, und ich soll ihm entweder sagen, was ich empfinde, oder ihn ziehen lassen.«

»Und du hast ihn *ziehen lassen*?«, fragt Xander mit schriller Stimme, und zieht mir mit meinem Kopfkissen eins über. »Nach dem ganzen Hin und Her? Nachdem das arme Sonnenscheinchen, der arme *Tautropfen* dir sein Herz offenbart hat, und du hattest dazu nichts zu sagen außer ›Mkay, dankeundtschüss‹? Was ist nur dein Problem?«

»Wie wir wissen, habe ich eine ganze Menge.«

»Nein. Dieses Mal kommst du nicht durch mit deinem Trauma, Mister. Er mag dich. Du magst ihn. Findest du nicht, dass er es wert wäre, wenigstens zu versuchen, dich wie ein normaler, funktionierender Erwachsener zu verhalten?«

»Tja, schon, aber –«

»Und findest du nicht, dass er es verdient hätte, dass ausnahmsweise mal jemand um ihn kämpft?«

»Ja, *klar*, aber–«

»Und willst nicht du diese Person sein?«

Ich fixiere Xander mit einem bösen Blick. »Hör auf.«

»Womit denn?«

»So logisch zu sein. Es ist nicht so einfach. Das weißt du genau. Ich bin verkorkst, und das mit uns beiden funktioniert, weil wir beide durch die Hölle gegangen sind, aber das ist bei Molly nicht so. Wie lange soll es dauern, bis er genug von meinen Stimmungen hat? Wie lange, bis er beschließt, dass es ihm zu anstrengend ist mit mir? Leute wie Molly und ich gehören nicht zusammen. Und nur weil wir es uns wünschen bedeutet nicht, dass es so kommen muss.«

Xander schnauft entnervt. »Ich wollte, du könntest dich so sehen wie alle anderen dich sehen.«

»Lass einfach gut sein.«

Kaum habe ich das ausgesprochen, höre ich die Eingangstür, und Xander springt auf und saust ans Fenster. Seine Kinnlade sinkt nach unten.

»Der Kerl fährt einen Bentley. Bist du jetzt zufrieden?«

»Das hast du es. Perfekt für Molly.«

»Bis auf eine Sache.«

»Und das wäre?«

»Molly will ihn gar nicht.«

Ich zucke die Achseln. »Das wird schon noch kommen.«

»Jetzt reiß dich mal zusammen.«

»Reiß *du* dich zusammen. Hör auf, mir ein schlechtes Gewissen zu machen.«

»Ich versuche nur, dir begreiflich zu machen, wie galaktisch bescheuert das alles ist. Molly will sich gar nicht in diesen Kerl verlieben. Er will sich in dich verlieben.«

»Mach dir keine Sorge, es wird sicher nicht lange dauern.«

»Warum bist du nur so stur?«

»Weil er mich verletzen wird!«, explodiere ich schließlich. »Molly kann losziehen und von so gut wie jedem da draußen geliebt werden. Aber für mich gibt es *nur ihn*. Er ist meine einzige Chance. Und ich kann nichts mit ihm anfangen, wenn ich schon weiß, dass es wieder zu Ende gehen wird, denn es tut auch jetzt schon weh genug. Ich will gar nicht wissen, wie es wäre, tatsächliches, echtes Glück zu erleben, nur um es wieder zu verlieren.«

»Wieso sollte es wieder zu Ende gehen?«

Ich seufze und sinke in mich zusammen. »Weil das immer so ist.«

»Seven …«

»Ja, ja. Ich bin ein Trauerkloß und deprimierend und blöd. Hab's schon kapiert.«

»Und ich dachte, du ziehst diese kitschige Lovestory-Nummer durch, so nach dem Motto *es ist besser so für ihn*, und dabei ist es der reine Selbstschutz. Ich bin beeindruckt. Schau mal an, wie du an dein eigenes Wohl denken und dich weiterentwickeln kannst.«

Wenig überraschenderweise fühle ich mich trotzdem nicht besser.

Er zieht die Nase hoch. »Tja, wenigstens hast du erfolgreich verhindert, verletzt zu werden. Du kannst zufrieden hier rumsitzen, während Molly einen anderen Typ mit Augenaufschlag anschaut. Über seine Witze lacht. Hm … ob die zum Vögeln hierher kommen werden, oder zu ihm gehen? Er fährt einen Bentley – wahrscheinlich eher zu ihm. Die Größe wird auch beeindruckend sein. Die von seinem Haus vermutlich auch.«

Ich schnaube. »Molly hat nie Sex beim ersten Date.«

»Oh, bestimmt nicht.« Xander nestelt an seinem Nagellack herum. »Obwohl, wenn ich so darüber nachdenke … warum habe ich gerade erst mit ihm darüber gesprochen, während er seine Eier rasiert hat? Hm. Vielleicht fühlt er sich wohler so.«

Und auf einmal habe ich das Gefühl, als würde die ganze vergangene Woche auf diesen Moment reduziert. »Er hat *was*?«

»Ja, wir haben uns echt gut unterhalten.«

»Molly war beim Manscapen?« Ich klinge schwach und erstickt. All die Unschlüssigkeit, die peinlichen Momente, in denen ich diese Woche etwas zu ihm sagen wollte und mich dann nicht dazu durchringen konnte … alles umsonst. Denn Molly schläft nicht einfach so mit jedem. Wenn er sich zurechtgemacht hat, heißt das, dass es ihm wirklich ernst war. Er gibt diesem Typ eine echte Chance. Zum ersten Mal wird mir klar: ich verliere ihn vielleicht wirklich für immer … was das genaue Gegenteil davon ist, was ich eigentlich will.

»Manscaping«, sagt Xander mit einem Fingerschnippen. »So heißt das. Ich kam gerade nicht drauf.«

»Er wird mit diesem Typ vögeln.«

»Ich würd's tun an seiner Stelle. Er ist sexy, und *hat einen Bentley*. Hast du nicht zugehört, Seven?«

»Halt die *Klappe*, Xander. Siehst du nicht, dass ich gerade am Durchdrehen bin?«

»Du bist am Durchdrehen?«

»Molly wird mit diesem Kerl schlafen.«

Xander blinzelt mich an. »Sorry, aber … was hast du denn gedacht? Dass er den Rest seines Lebens keusch bleiben wird? Also von meinem Standpunkt als Jungfrau klingt das nicht nach besonders viel Spaß für ihn.«

Mein Magen krampft sich zusammen, ich fühle mich erhitzt und beunruhigt, und habe Mühe, nicht auszurasten. Dass Molly mit diesem Typ ausgeht ist schlimm genug, aber ihn mir mit geröteten Wangen, verschwitzt, bettelnd vor Verlangen, mit jemand anderem vorzustellen? Diese hübschen Lippen um den Schwanz eines anderen Mannes?

Ich denke an all die Nachrichten und das Kochen und die

Puzzles, und wie er sich an mich gekuschelt hat, als mir alles zuviel wurde. Soll ich das wirklich alles jemand anderem überlassen, obwohl Molly es mir freiwillig geben wollte?

Ich knirsche mit den Zähnen, während ich eine besitzergreifende Welle in mir anschwellen fühle.

»Das … kann er nicht machen«, schluchze ich fast.

»Ah. So sieht das also aus, wenn du nicht verletzt bist.«

Wem will ich da etwas vormachen? Ich habe mich gar nicht davor geschützt, von Molly verletzt zu werden, wenn ich jetzt schon so leide. »Scheibenkleister. Was habe ich getan, Z?«

»Abgesehen davon, dich wie eine Dumpfbacke zu verhalten?«

»Das hilft mir nicht. Wie bringe ich das in Ordnung? Ich kann nicht gut mit Worten umgehen. Ich schaffe es nie, die richtigen Worte zu finden in seiner Gegenwart.«

»Molly braucht keine Worte, sondern Taten. Gib ihm einfach das, was er sich immer gewünscht hat – jemanden, der ihn liebt und um ihn kämpft.«

Mein Kopf dreht sich, als mir klar wird, dass ich dieser Jemand bin. Ich liebe ihn, und das Gefühl hat sich zwar heimlich angeschlichen, ist mir alles andere als angenehm und kommt völlig überraschend, aber jetzt, da ich es habe, will ich es nie wieder aufgeben.

Zeit, das zu tun, was ich am besten kann. Kämpfen.

KAPITEL
VIERUNDDREISSIG

MOLLY

DAMIEN IST DER PERFEKTE GENTLEMAN. Er sieht nett aus, hat ein nettes Lächeln, hält mir die Tür auf und schiebt mir sogar den Stuhl unter beim Hinsetzen. Er trägt einen Anzug, hat die Haare gestylt, und seine Fingernägel sind sauber und ebenmäßig – es wirkt, als lege er Wert auf sein Aussehen.

Keine Spur von Tattoos oder abgekauten Nägeln, oder absolutem Unwohlsein, weil wir in einem eleganten Restaurant sitzen.

»Von Boston nach Seattle zu ziehen – das war ja ein weiter Umzug«, sagt Damien, und ich bemühe mich nach Kräften, bei der Sache zu sein. Er lächelt wissend. »Da war eine Trennung im Spiel, habe ich recht?«

»Da liegst du überraschend richtig …«

Er lacht. Alles an ihm ist wohltuend und warm. Genau so ein Typ sollte mich eigentlich interessieren, jemand, mit dem ich mir eine gemeinsame Zukunft vorstellen kann. Damien vermittelt alle Anzeichen, interessiert zu sein, und früher wäre ich sofort darauf angesprungen. Hätte schon geplant, ihn Dad vorzustellen und mir eine passende Jahreszeit für die Hochzeit überlegt.

Und das ist mein Problem.

Darum war es so einfach für meinen Freund am College, mich zu belügen. Er hat mir gar nicht die Welt versprochen, er hat mich einfach nicht gebremst. Er ist nach wie vor ein betrügerisches Arschloch, das mich supermies behandelt hat, aber durch Seven habe ich endlich begriffen, was mein Typ ist:

Ehrlich muss er sein.

Auch wenn er nicht das sagt, was ich hören will.

Seven ist nie davor zurückgeschreckt, ehrlich zu mir zu sein … bis vor ein paar Tagen. Ob er Angst hatte oder nicht – er hat gelogen, und auf so jemanden kann ich nicht warten.

Ich zwinge mich, mich wieder auf Damien zu konzentrieren. Auf die Art von Traummann, die ich mir immer gewünscht habe. Es tut weh, aber ich bin es mir selbst schuldig, es wirklich zu versuchen, statt einem Mann nachzutrauern, der vielleicht nie bereit sein wird.

»Genau genommen waren wir nicht zusammen«, erkläre ich. »Dazu kam es gar nicht. Ich dachte, ich wäre in jemanden verliebt, der Gefühle für jemand anderen hatte, aber jetzt, da ich die nötige Distanz gewonnen habe …« ich muss buchstäblich über mich lachen, denn wow. Wie verwirrt und verzweifelt muss man sein, um sich einem Mann an den Hals zu werfen, der schon nein gesagt hat? »Ich war egoistisch und unreif. Und es ist mir unangenehm, zu wissen, dass ich es ihm und seinem Partner schwerer gemacht habe. Mir ist peinlich, wie ich mich damals verhalten habe.«

Er spielt mit dem Stiel seines Weinglases. »Ich muss sagen: Reife ist für mich sehr wichtig. Nur damit du das weißt.«

»Ja, für mich auch. Hierher zu ziehen war das Beste, was ich tun konnte. Ich musste ein paar unangenehmen Wahrheiten ins Gesicht sehen, aber ich denke, das war es wert.«

»Das war also der Grund, warum du abgehauen bist? Weil es dir peinlich war?«

Ich vergrabe das Gesicht in den Händen. »So, *so* peinlich. Es ist zum Steinerweichen, auch nur daran zu denken.«

»Na, das ist ja – oh. Hallo. Können wir Ihnen helfen?«

Ich schaue auf bei Damiens plötzlich veränderter Miene und halte so plötzlich den Atem an, dass ich mich fast verschlucke. Offen zur Schau getragene Tattoos, im Lampenschein glänzende Piercings, der ehrliche Blick unverwandt auf mich gerichtet, steht da –

»S-Seven.«

»Hi.« Er lächelt schmallippig, dann zieht er sich vom Nebentisch einen Stuhl heran und setzt sich neben mich. Er trägt T-Shirt und Jeans, die Haare sind verstrubbelt, und er hat die Schultern hochgezogen. Und auch wenn Seven neben Damien wie etwas aussieht, das gerade überfahren wurde, flattert mein Herz mir fast aus der Brust.

Ich ignoriere das verräterische Organ und funkele Seven an. »Was soll das?«

»Hab' deinen Comic bekommen.«

Wieder stockt mir der Atem. »Okay. Gut.«

»Ich …« Er wirft Damien einen nervösen Seitenblick zu, bevor er sich wieder auf mich konzentriert. »Ich musste dich sehen.«

»Ich bin bei einem *Date*.«

»Was auch der Grund ist, warum ich dich sehen musste.«

»Alles okay, Molly?«, fragt Damien, der sich abermals als Gentleman erweist.

Ich nicke schnell. »Ist okay. Tut mir wirklich leid.«

Seven sieht wieder Damien an. »Ehrlich gesagt, mir auch, aber es muss leider sein.« Er schiebt den Stuhl näher. »Tut mir leid, Kleiner.«

Wie seine Stimme tiefer wird, voller Reue, kocht mich schon fast weich. »Was genau?«

»Dass ich dir aus reinem Selbstschutz weh getan habe.«

»Na ja. Du hast deine Entscheidung getroffen«, bemerke ich,

denn es hat in der Tat weh getan. So viel mehr als je zuvor. So sehr, dass es mir bewiesen hat, dass ich all die Male gar nicht richtig verliebt war, als ich es dachte, denn die anderen Männer zu verlieren war kein Vergleich zu dem Gefühl, Seven zu verlieren. »Du musst dich nicht entschuldigen. Du musst mich jetzt einfach wieder meinem Date überlassen.« Ich höre mich total wehleidig an, und ich hasse es, kann aber nichts daran ändern. Wenn er neben mir sitzt, kann ich mir nicht vormachen, dass es mir egal ist. Es macht mir viel zu viel aus. Es lähmt mich.

Sevens weicher Blick wird wieder verschlossen, und er richtet sich auf. »Nein.«

»Nein?«

»Ich gehe nirgendwohin.« Er macht eine Geste auf unsere Teller. »Macht nur weiter mit dem Date. Unterhalte dich, flirte, zwinkere ihm mit deinen schönen Augen zu. Es ist mir gleich. Ich gehe nirgendwohin. Xander hat recht. Du willst dich gar nicht in diesen Typ verlieben. Du willst dich in mich verlieben.«

Ich räuspere mich empört.

»Was gut für mich ist, denn ich bin so verlampt verliebt in dich, dass ich dich fast deswegen hasse.«

Ich vergesse zu atmen. »W-was?«

»Ich liebe dich. Und wenn du mir den Rücken kehren willst, würde es mir ganz recht geschehen, aber ich würde es mir nie verzeihen, wenn ich es nicht wenigstens versuchen würde. Heute, morgen, nächste Woche, nächsten Monat. Ich bin hier und ich werde um dich kämpfen. Ob du mit ihm zusammenleben willst, oder mit irgendwelchen anderen Typen. Ich bin hier. Du hast gesagt, du kannst nicht ewig warten, aber das ist okay, denn ich kann es. Für immer. Für mich gibt es niemand anderen – ich will auch gar niemand anderen. Du hast es verdient, dass jemand um dich kämpft, Molly, und ich werde mein restliches Leben damit verbringen, genau das zu tun.«

Oh mein Gott. Mir laufen die Tränen über die Wangen, denn er sagt all das, was ich mir immer zu hören gewünscht habe.

Seven legt die Hand auf die Brust, an die Stelle, an der sein Sevopus-Tattoo ist. »Ich wusste, dass du etwas Besonderes bist, schon viel länger, als mir klar war. Ich habe so lange versucht, niemandem zu nahe zu kommen, aber als ich dich getroffen habe, wusste ich es. Ich kann mich nicht dagegen wehren, denn es ist Kismet, Baby. Und damit meine ich nicht die blöde Katze.«

Ich lache erstickt auf, und hasse mich sofort dafür. Seven hat gewartet, bis ich vor einem anderen Mann sitze, um mir das alles zu sagen, und das hat Damien nicht verdient. Er hat es nicht verdient, so ignoriert zu werden. Ich will Seven. Meine ganze Seele bettelt darum, dass wir zusammen sein sollen, und ich weiß ganz genau, was er mit Kismet meint, denn es ist unmöglich, sich dagegen zu sträuben.

Aber das muss ich, jedenfalls noch eine Weile. »Ich glaube, du solltest jetzt gehen«, zwinge ich mich zu sagen.

»Mit Vergnügen.« Er sieht sich nervös im Restaurant um, was mich nur noch mehr für ihn einnimmt. Das Timing ist völlig absurd, aber er ist hierhergekommen, hat sich unerschrocken in der Öffentlichkeit zu mir bekannt, an einem der Orte, die ihm besonders unangenehm sind, nur weil er wollte, dass ich das weiß. Seven steht auf, aber er beugt sich nochmal herunter und sagt an meinem Ohr: »Aber ich bin nicht weit weg.«

Ich schaue ihm nach, bis er außer Sicht ist, dann zwinge ich mich, wieder Damien anzusehen. »Das tut mir unglaublich leid.«

Er presst die Lippen zusammen, die Miene leicht verfinstert. »Ja, das ist mir klar.«

»Ich hatte keine Ahnung, dass er das machen würde.«

»Das hatte ich auch mitbekommen.« Er leckt sich die Lippen, und ich warte, bis er die richtigen Worte findet. »Ich habe keinerlei Interesse, zwischen die Fronten zu geraten. Wenn du dieses Date gerne fortsetzen willst, nehme ich dich beim Wort, aber …«

»Aber?«

»Man sieht dir sehr deutlich an, dass du es kaum abwarten kannst, ihm nachzurennen.«

Ich hasse mich, denn er hat ganz recht. Ich will zwar keinesfalls, dass Damien den heutigen Abend bereut, aber wozu eigentlich noch bleiben? Seven bietet mir eine echte Chance auf eine Beziehung, und mir ist klar, dass ich auf der Stelle zu ihm gehen werde, sobald das Date beendet ist.

Damiens einer Mundwinkel zuckt. »Na geh schon. Ist schon gut, versprochen.«

»Tut mir leid«, sage ich, schon halb aufgestanden. »Du warst das perfekte Date, Aber ich glaube, das ist Teil meines Problems. Ich habe immer nach Perfektion gesucht, und die gibt es nicht. Ich brauche jemand Unordentlichen, Ungehobelten, der mich ebenso braucht wie ich ihn. Und ohne dir zu nahe zu treten – du bist nicht so. Ich glaube wirklich nicht, dass mir je ein so strukturierter, emotional stabiler Mensch begegnet ist wie du.«

Damien platzt laut heraus. »Die Tatsache, dass du irgendetwas an diesem Satz für beleidigend hältst, bestätigt eindeutig, dass das niemals funktioniert hätte mit uns.«

»Danke.«

»Ich werde mal zahlen.«

Aber obwohl ich es eilig habe, hier rauszukommen, und trotz Damiens Angebot mache ich einen kurzen Zwischenstopp und zahle unauffällig. Damien sollte zusätzlich zum verpatzten Date nicht auch noch auf der Rechnung sitzenbleiben. Sicher wird er die Geschichte Madden weitererzählen.

Sobald ich meine Kreditkarte wiederhabe, renne ich aus der Tür zum Parkplatz, aber schon nach wenigen Schritten fühle ich einen starken Arm um meine Mitte, und Seven zieht mich an sich. Der Duft seines Duschgels umgibt mich, und noch bevor er ein Wort sagen kann, springe ich ihm in die Arme, schlinge die Beine um seine Taille und drücke meinen Mund auf seine Lippen.

Er macht ein kehliges, überraschtes Geräusch, aber dann halten seine Hände meinen Hinterkopf, und er gibt mir, was ich will. Sein Kuss wird tiefer, und die Schmetterlinge in meinem Inneren flattern los, während mein Glücksgefühl alles andere verblassen lässt.

»Hat dir mein Comic gefallen?«

Seven lächelt schief. »Ich konnte ihn nicht aufmachen.«

»Was meinst du?«

»Die viele Arbeit, die du ins Cover gesteckt hast, zu sehen, war schon hart genug. Es hat mir das verlampte Herz zerrissen, Mols.«

»Ich liebe dich«, teile ich ihm mit. »Ich hasse, dass es so lang gedauert hat, und ich hasse es, dass du dachtest, du könntest mich nicht glücklich machen, denn das tust du. Jeden Tag wache ich auf und freue mich darauf, dich zu sehen. Will dich anfassen und dich zum Lächeln bringen und dich nerven, und dich so, so glücklich machen.«

»Ich hatte unrecht.« Er legt seine Stirn an meine. »Mein Handy war so leer die letzten Tage. Ich will, dass es wieder voll ist. Ich will nicht, dass du so cool tust, oder nicht zeigst, wie sehr du dich freust, mich zu sehen. Ich will nicht, dass das nervöse Geplapper und die Nachrichten aufhören, und du kannst mich verdammt nochmal sogar bei Dates vollkleckern. Es ist mir ganz egal, Kleiner. Nur du bist mir wichtig. Genau so, wie du bist.«

Das Quengeln bleibt mir im Hals stecken. »Wie konntest du auch nur eine Sekunde glauben, dass du mich nicht glücklich machen würdest?«

Seven atmet tief durch. »Ich habe Angst. Ich will es nicht kaputtmachen und dich in, naja, in *mich* verwandeln. Ich weiß nicht, wie ich anders sein soll als so ein mürrisches, kaputtes A-Loch.«

»Ich kann nicht fassen, dass jemand so Aufmerksamer wie du sich selbst so komplett falsch wahrnehmen kann. Statt Angst zu haben, du könntest mich runterziehen, könntest du doch auch darauf vertrauen, dass ich auf mich aufpassen kann. Ich meine, vielleicht könnte ich sogar dich aufbauen, verdammt. Das

Lächeln, das ich da gerade gesehen habe, ist der Beweis, dass es möglich wäre.«

Und bei Gott, da ist es wieder, das wunderschöne Lächeln. »Dir vertrauen ist wahrscheinlich das Einfachste, worum du mich je bitten könntest.«

»Gut. Damit sollten wir anfangen.« Ich gebe ihm noch einen Kuss. »Du hattest versprochen, darum zu kämpfen. Für immer. Darauf verlasse ich mich, verflucht nochmal.«

KAPITEL
FÜNFUNDDREISSIG

SEVEN

MEIN HERZ IST SO VOLL. Es ist ein Gefühl, von dem ich nie für möglich gehalten hätte, dass ich es je haben könnte. Ich habe nie davon geträumt, und ich habe nicht danach gesucht, geschweige denn geahnt, dass ich es mir je wünschen würde. Aber Molly weckt solche Wünsche in mir. Er lässt mich hoffen und träumen und weckt so viele Gefühle in mir, die mir eine höllische Angst machen.

Beziehungen sind entweder für immer, oder sie gehen wieder zu Ende. Die Chancen darauf, dass es irgendwann vorbei sein wird, stehen eindeutig besser, also werde ich nicht darauf wetten, dass wir beide für immer zusammen sein werden.

Aber ich werde es nach Leibeskräften versuchen, denn ich habe das, was ich gesagt habe, sehr ernst gemeint. Es gibt niemand anderen für mich. Niemanden, an den ich mein Leben binden würde. Niemanden, mit dem ich mir das wünschen würde.

Selbst wenn etwas passieren würde und sich noch einmal so

eine Gelegenheit bieten würde, würde ich nein sagen. Molly ist der einzige Mann, mit dem ich das erleben will.

Er zieht mich nach oben, schaut mich über seine Schulter spitzbübisch an, und die Intensität meiner Gefühle rauben mir fast den Atem.

Ja.

Molly ist der Einzige.

Er ist anders als alle anderen.

Wir haben mein Zimmer erreicht, und Molly macht die Tür mit dem Fuß zu, dann lehnt er sich dagegen.

»Tja ...«

Ich strecke grinsend die Hand nach seinen Hosen aus. Er ist gut angezogen. Ganz respektabel und so. Aber dieser sexy Anzug erweckt in mir nur den einen Wunsch: Mich so wenig respektabel und so versaut zu verhalten wie irgend möglich.

»Ich werde dich durchficken«, sage ich, während ich ihn an seiner Gürtelschlaufe an mich ziehe. »Dann essen und trinken wir etwas, und ficken nochmal.«

Mollys und meine Brust berühren sich, und ich spüre, wie er erschauert.

»Ich werde dich die ganze Nacht ficken, bis ich keinen mehr hoch bekomme, und es keine Möglichkeit mehr gibt, dir zu zeigen, wie sehr ich dich will. Dir zu zeigen, wie sehr ich dir gehöre. Und dann, wenn wir damit fertig sind, sagen wir allen, dass wir zusammen sind.« Er umfasst mein Kinn und küsst mich. »Denn wenn es nach mir geht, ist das hier der Anfang von für immer. Und ich will es richtig machen.«

»Mir ist ganz schwindelig«, murmelt er. »Aber könntest du noch eine Sache für mich tun?«

»Alles, was du willst.«

»Sag nochmal *ficken*.«

Ich lache. »Ficken.« Ich vergrabe meine Nase in seinen Haaren und sage ihm ins Ohr: »Ich werde dich ficken, weil ich dich verfickt nochmal liebe und niemand verfickt nochmal so toll ist wie du. Fick.«

»Jetzt wirst du dich aufs Bett legen müssen.«

»Ja, Sir.«

»*Ohh*, das gefällt mir.«

Ich ziehe mein T-Shirt aus, aber bevor ich meine Hose öffnen kann, schmiegt Molly sich von hinten an meinen Rücken und tastet nach meinem Hosenschlitz. Er öffnet einen Knopf nach dem anderen, und mein Schwanz wird jedes Mal steifer, wenn er ihn berührt.

»Wie hättest du mich denn gern?«, frage ich.

Er küsst meine Schulter, dann hebt den Kopf, um mir ins Ohr zu flüstern: »Auf dem Bett, mit Handschellen, während ich Fotos von dir mache.«

Ich erschauere, aber es ist nicht wirklich angenehm. »Mit Handschellen?«

»Du magst es, wenn ich deine Hände festhalte, und ich habe nicht vergessen, wie ich dich damals gefunden habe. Lass mich die Erinnerung durch etwas Positives ersetzen. Dir die Kontrolle darüber wiedergeben, was passiert ist.«

Abrupt drehe ich mich zu ihm um, nehme ihn in die Arme und küsse ihn, als würde mein Leben davon abhängen. Mir war gar nicht klar, dass ich das brauchen würde, aber jetzt, da er es vorgeschlagen hat, ist es so. Ich will es, dringend. Das Gefühl, gefesselt zu sein, zu wissen, dass es dieses Mal nicht böse ausgehen wird. Dass es nicht meine wunden Punkte von früher wieder aufleben lassen wird. Ich will es genießen und wissen, dass ich sicher bin.

Bei Molly bin ich es.

Meine Küsse werden drängender, während ich mich hastig meiner Jeans entledige und dann sein Oberhemd aufknöpfe. All die perfekte, nackte Haut, die ich für mein Leben gern mit meiner Nadel verzieren würde. Um meine Markierung an ihm zu hinterlassen. Er ist so warm und glatt, und ich bin süchtig. Ich packe seine Schultern, schiebe das Hemd herunter, fahre mit den Händen an seinen Armen entlang und ertaste dabei alle Muskeln und jedes Härchen.

Molly hat seine Hose schon geöffnet, als ich sie erreicht habe, also schiebe ich meine Hände unter seine Unterhose und drücke seinen festen Arsch.

Er drängt sich mir mit kehligem Knurren entgegen. Dabei reibt sein Reißverschluss meinen Schwanz.

Das kurze Aufflackern von Schmerz hilft mir, einen Schritt zurückzutreten. Ich bin schon außer Atem, Molly Lippen sind rot und aufgeworfen, so, wie ich es liebe.

»Handschellen sind in der Schublade«, sage ich mit einem Nicken Richtung Nachttisch. Dann lege ich mich aufs Bett und strecke die Arme nach oben über den Kopf aus.

Molly schubst seine Hose weg und eilt zur Schublade. Ich sehe ihm zu, wie er die Handschellen, Gleitgel und ein Kondom herausnimmt. Bei diesem Anblick bekomme ich schon Lust, meinen Schwanz anzufassen.

Aber ich widerstehe dem Impuls, und als Molly sich zu mir aufs Bett gesellt, sind meine Hände in Position.

Er beugt sich vor, küsst mich liebevoll, während er die Metallfesseln erst an meinem einen, dann am anderen Handgelenk befestigt. Als die zweite Fessel zuschnappt, bin ich kurz davor, das Ganze wieder abzublasen. Von jemand festgehalten zu werden, den man mit Leichtigkeit überwältigen könnte, ist nicht mit echten Handschellen zu vergleichen – aber dann spüre ich Molly mit dem Daumen sanft meine Handfläche streicheln.

»Du bist okay«, flüstert er, dann befestigt er die zweite Fessel am Bett.

Er kniet sich hin und betrachtet mich lüstern.

Ich spanne die Muskeln an, um ihn anzumachen. Was er sieht, soll ihm gefallen. Ein winziges Fünkchen Unbehagen spüre ich noch, aber das lässt sofort nach, wenn ich Molly ansehe. Er würde mich niemals ausnutzen. Molly will mich einfach nur glücklich machen, und ich möchte das Gleiche für ihn.

Er beginnt, langsam mit den Händen über meinen Körper zu streicheln, spielt mit meinen Schlüsselbeinen, meinen Nippeln, meinen Bauchmuskeln. Er streicht leicht über meinen Schwanz, fährt mit dem Finger über den Schlitz, aus dem schon Liebestropfen austreten, dann an den Piercings entlang.

»So ein tolles Gefühl«, sagt er heiser. »Wenn ich sie in mir drin habe, fühlt sich alles so viel intensiver an damit.«

»Gut.«

»Vielleicht können wir es irgendwann auch ohne Kondom machen. Nur du und ich und diese unglaublichen Piercings, die ein Feuerwerk in mir entfachen.«

»Ganz sicher sogar«, knurre ich. »Auf jeden Fall. Ich will es auch.« Der Druck in meinem Schwanz verstärkt sich schmerzhaft bei der Vorstellung, sich ohne Kondom in seinen engen kleinen Eingang zu schieben, zu spüren, wie ich ganz von seiner Haut und seiner Hitze umgeben bin.

Er beugt sich vor und drückt mir einen Kuss auf die Eichel. Seine Augen blitzen, als er nach dem Handy greift.

»Und? Wo sollen wir anfangen?«

Ah, Mist. Das hatte ich mir nicht so vorgestellt. Ich wollte nicht der sein, der genötigt wird, alle Stellen aufzuzählen. »Wo würdest du gerne anfangen?«

»Du hast die Kontrolle. Ich bin einfach nur ein braver Junge und mache, was du von mir verlangst.«

Mpf. Okay. »Die Handschellen.«

Molly setzt sich rittlings auf meine Brust und beugt sich so weit vor, dass ich seinen Schwanz in den Mund nehmen kann. Die Kamera klickt im gleichen Moment, als Molly aufstöhnt, dann rutscht er wieder herunter und sein Pimmel ist weg.

»Unfair.«

Er grinst. »Du hast die Kontrolle.«

Ich verstehe. »Okay«, sage ich. »Ich will ein Foto, auf dem ich deinen Schwanz im Mund habe.«

»Yess«, zischt er und beeilt sich, wieder nach oben zu rutschen. Er umfasst seinen Schaft und drückt mir seinen Schwanz auf die Zunge, schiebt sich zur Hälfte in meinen Mund, und dann lutsche und lecke ich ihn, während Molly fotografiert. Mein Schwanz wird immer härter, wenn ich mir vorstelle, wie wir uns später die Fotos gemeinsam anschauen.

Er schießt die Fotos, um die ich ihn bitte, an unseren Körpern entlang nach unten. Als er meinen Schwanz erreicht hat, umfasst er ihn mit einer Hand, dann hebt er die Kamera hoch und nimmt ihn in den Mund. Ich kann das Display genau sehen, während er ein ums andere Foto von seiner Zunge an meinem Schaft, den Lippen um meine Eichel schießt, die großen Augen geöffnet, den Blick unverwandt in die Kamera gerichtet.

»Ich glaube, davon könntest du gar nicht genug Fotos schießen«, krächze ich.

»Vielleicht sollte ich dann das hier machen.« Molly schaltet auf Video um, dann verpasst er mir den nassesten, geilsten Blowjob, den ich je erlebt habe. Am liebsten würde ich selbst die Kamera halten, damit er beide Hände benutzen kann, oder seinen Kopf festhalten, oder irgendwas, aber meine Arme sind über meinem Kopf fixiert. Ich umklammere mit beiden Händen das Kopfende und schiebe mein Becken seinem Mund entgegen. Ich will mehr.

Schließlich lässt Molly mit einem kehligen Lachen von mir ab. Er fährt mit der Zunge von meinen Eiern bis zur Schwanzspitze, und bei seinem Augenaufschlag bleibt mir das Herz stehen.

»Arg. Setz dich auf meinen Schwanz. Jetzt sofort.«

Er hört auf, zu filmen, dann legt er das Handy weg und sieht mich schmollend an. »Dabei ich bin doch noch gar nicht *gedehnt*.«

»Molly …«

»Was denn?« Die Unschuldsnummer nehme ich ihm keine Sekunde ab.

»Du hast etwas vor.«

»Keine Ahnung, was du meinst.« Er stemmt sich hoch auf die Knie, und mein Schwanz bleibt kalt, feucht und vernachlässigt zurück, während ich beobachte, wie er mit der Hand an seiner Hüfte entlang zu seinem Arsch fährt, wo ich sie nicht sehen kann. »Wie ich es mir schon dachte: So kommt mir da gar nichts rein.« Er greift nach dem Gleitgel und drückt eine ordentliche Portion auf seine Finger. »Da du ja gefesselt bist, werde ich das wohl selbst machen müssen.«

»Dreh dich um, ich will zusehen.«

Er tut, als müsste er überlegen. »Etwa … so?« Er dreht sich um und setzt sich auf meine Hüften. Ich habe die perfekte Sicht auf seinen Knackarsch und seine Finger, mit denen er über seinen Eingang streicht.

»Näher«, sage ich rau.

Er schiebt sich nach hinten auf meine Brust. »Hier?«

Er ist so nah. So verdammt nah – ein kleines Stück weiter nach hinten, und ich könnte ihn mit der Zunge erreichen. Da ich ihn nicht anfassen kann, ist das Bedürfnis, ihn zu spüren, ihn zu erregen, übermächtig.

»Näher.«

»Das würde ich ja, aber dann könnte ich das hier nicht machen …« Molly neigt sich vor und schluckt meinen Schwanz hinunter.

Dagegen kann ich schlecht etwas einwenden.

Er dehnt sich, während er an mir saugt, und ich zittere hilflos, erregt und ungeduldig vor mich hin, während ich ihm zusehe, wenige Zentimeter vor meinen Augen. Es ist eine köstliche Qual, und ich brauche all meine Willenskraft, um nicht meiner Lust nachzugeben und in seinen Mund zu stoßen, bis ich komme.

»Bin so kurz davor, Molly«, warne ich ihn.

»Gut, ich nämlich auch.« Er nimmt das Kondom und mein Handy, dann fotografiert er sich beim Abrollen des Kondoms auf mir. »Ich will mich umdrehen, wenn ich auf dir reite«, sagt er und fährt wieder mit den Fingern an den Piercings entlang. »Ich will die Dinger an meiner Prostata spüren.«

»Du weißt, dass ich dir jeden Wunsch erfüllen werde, aber hilf mir erst, mich aufzusetzen. Ich will nicht so weit weg von dir sein.«

Molly erfreutes Lächeln wärmt mich bis ins Innerste, und er hilft mir, die Fesseln am Bettpfosten nach oben zu schieben, damit ich mich aufsetzen und mich am Kopfende über mir festhalten kann.

Inzwischen bin ich so verrückt vor Lust, dass ich Mollys sanften Kuss auf meinem Kinn mit leichter Verzögerung wahrnehme. Aber als ich es registriere, schmelze ich dahin.

Purer, verdammter Sonnenschein.

»Alles klar mit den Fesseln?«, fragt er.

»Mach dir um die keine Sorgen; kümmer' dich um meinen Penis. Er braucht dich!«

Molly lacht, dann hält er meinen Blick und verteilt Gleitgel auf mir. Durch das Kondom ist es etwas weniger empfindlich, aber es ist trotzdem lustvoll, verlockend. Ich will endlich kommen.

Dann dreht er sich um, hockt sich rittlings über meine Hüften und hält meinen Schwanz unter sich.

»Kann ich Fotos davon machen, wie du in mich eindringst?«, fragt er.

Meine Erektion pocht. Das ungute Gefühl ist völlig verschwunden. »Ja, bitte.«

Er neigt sich nach vorne, während er sich auf mich sinken lässt, das Handy hinter sich hält, und ein Foto nach dem anderen schießt, während ich in seinem Körper verschwinde.

Schwer vorstellbar, dass ich das hier um ein Haar verloren hätte. Dass ich wirklich geglaubt habe, ihm den Laufpass zu geben würde es einfacher machen. Dabei ist alles bei uns, all das hier, das Einfachste, was ich je erlebt habe.

Er atmet langsam aus, als ich bis zum Anschlag in ihm stecke, und lehnt sich mit dem Rücken an meinen Oberkörper. Ich kann ihn nicht berühren, also schmiege ich mich einfach an ihn, suche mit den Lippen seinen Nacken, seinen Kiefer und seine Schulter, und verteile kleine Küsse überall, wo ich drankomme.

»Nichts fühlt sich so gut an wie das hier«, sage ich.

Er bewegt die Hüften, dann keucht er auf. »Oh. Mein Gott. Verdammt nochmal, Seven.« Wieder eine wellenförmige Bewegung, und ein Schauder durchläuft ihn. »Das ist ja … *hmmm.*«

Was er genau sagen wollte, bleibt unausgesprochen, denn Molly beginnt, auf mir vor und zurück zu schaukeln, schneller und schneller. Er kann jetzt nur noch unverständliche Geräusche von sich geben. Sein Kopf fällt auf meine Schulter nach hinten, und er legt die Arme um meinen Rücken, während er sich an mir Lust verschafft.

Mir geht es ähnlich – jedes Mal, wenn er sich nach unten presst, spüre ich den Druck bis runter in die Hoden. Es ist ein blind machender, wunderbarer Druck, der sich weiter und weiter aufbauen könnte, aber jetzt brauche ich Erlösung. Ich brauche Erleichterung.

»Du bringst mich um.«

»Tut mir leid, aber das hier ist … es ist … so intensiv.« Seine Oberschenkel zittern, und es sieht fast aus, als würde es ihm wehtun, wenn er aufhören müsste.

Molly hält mein Handy hoch, dreht das Display zu uns um und drückt auf Play.

Und jetzt bewegt er sich endlich rauf und runter, und ich habe den vollen Blick darauf über seine Schulter – *ahhhh.*

Er streichelt sich, während er auf mir auf und ab wippt, den Arm mit dem Handy ausgestreckt, das Gesicht von Lust und Erregung verzerrt. Er sieht mir über das Display in die Augen. Seine verschwitzen Haare kleben an der Stirn, und seine tief rote Schwanzspitze wird bei jeder Bewegung sichtbar.

Es ist eine Qual, ihn nicht an den Hüften packen zu können, in ihn reinzustoßen, ihm alles zu geben. Aber zu sehen, wie Molly sich nimmt, was er braucht? So geil.

Das Bild auf dem Display gerät aus dem Fokus, ich spüre seine

Hüften schwer auf meinen Schoß, und seine Schenkel beginnen zu zucken.

»Bin gleich … bin gleich …«

Endlich.

Mein Blick huscht zwischen seinem Gesicht und seinem Schwanz hin und her, denn ich will nichts verpassen. Meine eigene Erregung wächst ins Unermessliche, wird zu heftig, um mich zurückzuhalten. Aber ich konzentriere mich auf ihn und weigere mich, die Augen zu schließen. Weigere mich, ihr nachzugeben.

Bis … bis …

Er schreit auf, seine Glieder verspannen sich, sein Mund bleibt offen, und er kommt.

Sein Schließmuskel verengt sich köstlich um mich, und mehr brauche ich nicht, um ihm in den Abgrund zu folgen.

Genau wie ich ihm immer überall hin folgen werde.

Für immer.

Er lässt sich gegen mich fallen, verschwitzt, keuchend, fix und fertig, und ich gebe ihm einen Kuss auf den Kopf. »Ich liebe dich.«

»Ich weiß ja, es war nicht unser erstes Mal, aber das hier war eindeutig der beste Sex meines Lebens.«

Ich muss lachen. »Keine Ahnung, ob ich jetzt beleidigt sein sollte wegen der anderen Male?«

Er rutscht von mir ab, dreht sich um und nimmt mein Gesicht in beide Hände. »Alle anderen Mal waren unglaublich, bis auf eine Sache.«

»Was denn?«

»Ich hatte immer Angst, es könnte das letzte Mal sein. Und jetzt wusste ich, dass es erst das erste Mal war. Ich konnte es erst richtig genießen, denn ich wusste, dass ich das wieder und wieder erleben werde. Mit dir.«

Nach dieser Erklärung kann ich genau nachvollziehen, was er meint. »Lass mal sehen, ob wir uns bei der zweiten Runde nicht noch steigern können.«

KAPITEL
SECHSUNDDREISSIG

MOLLY

GABE KOMMT ZUM MONTAGS-MONOPOLY VORBEI, und ich weiß auch ohne dass wir vorher darüber gesprochen hätten: heute wird Seven es allen sagen. Wir hätten es auch gestern schon machen können, aber Seven hat Wort gehalten, und wir haben gevögelt, bis er körperlich nicht mehr in der Lage dazu war. Zwischendurch hat er den Comic gelesen, den ich für ihn gezeichnet habe, und es war genau so, wie ich gehofft hatte: Er war beim Blättern so beeindruckt und beglückt, dass ich beim Zusehen mehr Liebe empfand als je zuvor in meinem Leben.

Heute Morgen ist er zur Arbeit gegangen, ich habe das Puzzle wieder auf den Tisch gelegt und ihm den ganzen Tag zwischen meinen Design-Aufträgen Nachrichten geschrieben. Und als er nach Hause kam, habe ich ihm alles aufgetischt, was ich nachmittags mit Aggy gekocht hatte.

Ich kann es immer noch kaum fassen, dass ich nach Herzenslust übertrieben sein kann, ohne mir Sorgen machen zu müssen. Eine kleine unsichere Stimme in meinem Inneren meldet Bedenken an, ich könnte ihn vergraulen, aber die ist schnell ruhigzustellen: Ich denke einfach daran, was Seven gesagt und versprochen hat.

Klar sind es nicht die ersten Versprechungen, die ich zu hören bekomme, aber die leeren Worte von damals waren letztendlich nur Wiederholungen der Dinge, die ich gern hören wollte.

Seven dagegen hat seine eigenen Wünsche ausgesprochen; bisher hat er mir keinen Grund gegeben, ihm nicht zu glauben, bis auf das eine Mal – und auch das war nichts als Selbstschutz.

»Bin schon da! Ich kann nur hoffen, dass ihr Knalltüten nicht ohne mich angefangen habt!«

Wenn Rush mir nicht schon gegenübersitzen würde, hätte ich vermutet, dass er es ist – er kommt grundsätzlich zu spät. Aber offensichtlich hat ihm sein Freund schon wieder abgesagt, also schleicht er schon den ganzen Nachmittag betrübt durchs Haus.

Elle betritt mit ausgebreiteten Armen das Zimmer. »Jawohl. Ich bin angekommen.«

»Sorry, Schätzchen«, sagt Madden, während er das Spielgeld abzählt. »Das hier ist ein Familienabend.«

Sie schnappt nach Luft. »Ich *gehöre* doch zur Familie.«

»Nicht zur Bertha-Familie.«

Sie zeigt auf Gabe. »Er genau genommen auch nicht mehr.«

»Er ist *Gründungsmitglied*.«

»Und er ist *ausgezogen*.«

Madden zuckt die Achseln, als seien ihm leider die Hände gebunden.

»Dann spiele ich eben für Christian«, sagt Elle, wirft sich plötzlich nach vorne, sodass alle von Madden sorgfältig in den Karton sortierten Geldscheine durch die Luft fliegen und zu Boden flattern. »Seht ihr?«, verkündet sie vom Boden. »Punktgenau.«

Noch bevor Madden widersprechen kann, sagt Seven: »Ich hab' sie eingeladen.«

»Zum Familienabend?«, fragt Rush ungläubig.

Fast muss ich lachen, so ernst nehmen sie das Ganze.

Seven lacht spöttisch. »Es ist nicht die erste Bertha-Regel, die ich diesem Monat gebrochen habe, also ...«

Mir krampft sich vor lauter Aufregung der Magen zusammen, als mir klar wird: Er wird die Bombe platzen lassen. Einfach so.

Aber Xander kommt ihm zuvor.

»Du willst uns hoffentlich mitteilen, dass du jetzt mit Molly zusammen bist.«

»Äh–«

Xander wirbelt zu den anderen herum. »Und ja, wir hatten alle zugestimmt, nicht miteinander zu schlafen, aber Molly war damals noch gar nicht hier, also hat er den Supersoliden Schwur, nicht innerhalb der Bertha zu vögeln, nie abgelegt. Ergo wurde keine Regel gebrochen. Und jeder, der versuchen sollte, das zu unterbinden, kann schon mal anfangen, mit verschlossener Tür zu schlafen.«

»Das heißt wirklich der Supersolide Schwur, nicht innerhalb der Bertha zu vögeln?«

»Allerdings«, sagt Madden. »Der Name ist von mir.«

Rush wendet sich an uns. »Ist es das, was ihr uns sagen wolltet? Dass ihr zusammen seid?«

Seven nimmt meine Hand. »Japp.«

Elle springt mit einem Quieken auf und stellt sich vor uns. »Ich bin ganz bei Xander. Was die verschlossenen Türen angeht. Wenn ihr es wagen solltet, meinem Baby Seven sein Glück streitig zu machen, beauftrage ich einen Killer. Ihr könnt euch darauf verlassen. Und ich habe das Geld, ihn zu bezahlen.«

Gabe hebt die Hände. »Ich wohne nicht mehr hier, also ist es mir sowas von wumpe.«

»Die Drohung betrifft dann wohl ausschließlich uns beide«, sagt Madden, während er Rush mit dem Ellbogen stupst.

»Ich habe absolut keine Ahnung, wovon ihr da redet. Schwur? Was für ein Schwur denn?«

»Du warst dabei, Mann!«

»Wirklich? Wieso ist mir das entfallen?«

Elle schnaubt. »Weil du dich nie an irgendwas erinnerst?«

»Hmm. Überzeugendes Argument.«

»Moment.« Madden dreht sich zu ihm um. »Wenn du den Schwur vergessen hattest, wieso hast du nie versucht, mich anzugraben?«

Rush zwinkert ein paarmal, dann beugt er sich zu ihm herüber und fragt mit gesenkter Stimme: »Hätte … ich das tun sollen?«

»Kein Geschmack. Keiner von euch«, bemerkt Madden empört.

»Ich dachte eigentlich, wir wollten Monopoly spielen«, sagt Rush an niemand bestimmten gewandt, während er mit der Hand diffuse Wellenbewegungen andeutet.

»Das machen wir auch«, sage ich hastig. »Wir wollten euch nur Bescheid sagen, und jetzt haben wir das getan, es wurden Morddrohungen ausgesprochen, Maddens Ego hat einen Dämpfer bekommen–« Gabe lacht leise spöttisch. »–also können wir jetzt glaube ich anfangen.«

»Ja, bitte«, sagt Elle.

Madden verschränkt die Arme vor der nackten Brust. »Nee-nee. Du darfst nur bleiben, wenn du jeden einzelnen Geldschein wieder aufhebst.«

Sie schmollt. »Kann ich es nicht einfach durch echtes Geld ersetzen, um das wir uns dann streiten?«

»Nö«, sagt Madden knapp. »Ich werde es genießen, dich auf dem Boden rumkrabbeln zu sehen, Prinzessin.«

Sie zeigt ihm den Mittelfinger, dann fällt sie ohne viel Getue auf die Knie und rafft das Papiergeld zusammen.

Ich drehe mich zu Seven, der mich bereits anschaut. Der Blick aus diesen freundlichen Augen wird mich immer dahinschmelzen lassen. »Das lief ja super.«

»Stimmt.«

»Auch wenn Xander dir die Show gestohlen hat.«

Ein gutmütiges Lächeln huscht über sein Gesicht. »Das ist so ein bisschen sein Ding. Sich immer einzumischen.«

»Und du weißt, dass ich das okay finde, oder?«

»Na logisch. Wenn nicht, wären wir gar nicht erst zusammen-gekommen.« Dann wirft Seven einen Seitenblick auf die zankende Gruppe und nimmt meine Hand. »Aber du kannst natürlich sagen, wenn es dir zu viel wird mit Xander. Wenn er sich zu sehr in deinen Kram einmischt, oder etwas tut, das dir unangenehm ist, ist es okay, wenn du es ansagst. Es ist *unsere* Beziehung, nicht seine. Das Einzige, worum ich dich bitten würde: Verlang nie von mir, dass ich nicht mehr sein Freund sein soll. Mit allem anderen kommen wir schon klar.«

»Nach dem, was beim letzten Mal passiert ist, als jemand euch zu trennen versucht hat?«, frage ich ungehalten. »Das würde ich ihm niemals antun. Oder dir. Und da ich selbst so anhänglich bin, ist es einfach schön zu wissen, dass ich euch beide habe.«

Plötzlich spüre ich, wie mich jemand umarmt, und Seven hebt sinnend den Blick, um mir über die Schulter zu sehen.

»Du hast gelauscht, hm?«, fragt er.

»Natürlich«, sagt Xander an meinem Ohr.

»Und was hast du gehört?«

»Dass Molly anhänglich ist und mich liebhat.«

Seven sieht aus, als würde er um Kraft beten. »Und den Rest?«

Xander zuckt die Achseln. »Irgendwas über neugierig und nervig sein. Keine Ahnung, war nicht so wichtig.«

»Z …«

»Schon gut, schon gut«, sagt er mit einem genervten Schnau-fen. »Ich muss eure Beziehung respektieren. Aber jetzt mal ehrlich, das weiß ich doch verdammt nochmal längst. Hab's sogar in mein Tagebuch geschrieben und alles.«

Ich werfe ihm einen Blick zu. »Du hast ein Tagebuch.«

»Wenn du es richtig anstellst, darfst du es irgendwann lesen.«

»Interessant …«

Seven seufzt. »Du weißt schon, dass das heißen soll, dass du dich mit ihm gegen mich verbünden sollst.«

»Oh ja, das hatte ich schon verstanden.«

Xander lacht und Seven packt mich, dann zieht er mich von Xander weg und auf seinen Schoß.

»Mein Molly.«

Mein.

Ich lasse mich fallen in das berauschende Glücksgefühl, das ein einziges Wort verursacht.

Mein Wunsch war immer, jemandes Ein und Alles zu sein. Aber seit ich Seven kenne, ist mir klar geworden, wie falsch ich damit lag. Wie absurd das war. Freundschaften sind so wichtig; können Beziehungen ohne Freunde überhaupt funktionieren? Er wird immer auch Xander haben, aber das trifft jetzt auch auf mich zu.

Und das ist etwas, das ich nicht leichten Herzens aufgeben werde.

Es ging nie um das Ein und Alles. Ich wollte eine Priorität sein, keine Nebensache. Kein Spielzeug.

Ich wollte mich geliebt fühlen.

Das und so viel mehr gibt mir Seven.

EPILOG

SEVEN

Ein Jahr später

Verflucht nochmal, bin ich nervös. Molly hüpft neben mir aufgeregt auf der Stelle, null gechillt, und ich habe das Gefühl, dieses Hemd bereits durchgeschwitzt zu haben.

Telefoniert habe ich mit Mollys Dad, Keller, und seinem besten Freund, Will, schon ein paarmal. Mir ist bewusst, dass Keller anfangs nicht mit unserer Beziehung einverstanden war, weil er Sorge hatte, dass ich Molly wehtun oder ihn verarschen würde oder so. Inzwischen ist er glaube ich mehr oder weniger überzeugt, dass ich nicht mit Xander durchbrennen werde. Mit dem Verdacht ist er nicht der Erste und wird auch sicher nicht der Letzte sein. Mir ist nur wichtig, dass Molly weiß, wie es damit steht.

Und er war noch kein einziges Mal eifersüchtig oder fühlte sich abserviert.

»Ich kann nicht fassen, dass wir das machen«, murmele ich.

»Jetzt ist es zu spät für einen Rückzieher«, erinnert mich Molly.

»Ich weiß, es ist nur … ich habe Angst vor Eltern.«

Er stellt sich auf die Zehenspitzen, um mir einen Kuss zu geben. »Ich weiß. Aber du hast noch keine guten erlebt. Und Dad gehört zu den besten – versprochen.« Seine Stimme wird sanfter. »Außerdem ist er jetzt auch dein Dad.«

Na, das geht mir ein bisschen schnell. Erst muss er mich überhaupt mögen.

Molly quiekt und packt mich am Arm. »Da sind sie!«

Als ich mich umschaue, sehe ich zwei Männer, einer von ihnen groß, braungebrannt und blond, die Basecap nach hinten umgedreht, mit Rucksack auf dem Rücken. Er ruft Mollys Namen und rennt auf ihn zu. Molly setzt sich auch in Bewegung, aber ich sehe die Umarmung nicht, denn jetzt sehe ich mir den älteren Mann näher an.

Er hat mittellange dunkle Haare, einen kurzen Bart und strahlt das Selbstbewusstsein eines verdammten Laufsteg-Models aus.

Ist Mollys Dad … sexy?

Will fängt an zu lachen. »Ich glaube, dein Freund ist gerade kaputtgegangen«, sagt er zu Molly.

Ich kann meinen Schock nicht schnell genug verbergen, denn Molly dreht sich zu mir um, und seine Augen werden ganz groß.

»Oh nein, nein, nein.« Er kommt zu mir herüber und befiehlt mich erhobenem Zeigefinger: »Du hast nicht zu finden, dass mein Dad gut aussieht. Nein. Nee. Ich verbiete es.«

Ich schaue zu meinem entsetzten Freund hinunter und muss lachen. »Oh mein Gott, es tut mir leid.«

»Ach du Scheiße«, sagt er wie betäubt. »Unsere Beziehung ist vorbei. Einfach so. *Puff*. Das war's.«

Ich lege ihm dem Arm um den Hals und ziehe ihn an mich. »Ich mach's wieder gut.«

»Ohh, wie denn?«

»Ja«, sagt Keller mit vor der Brust verschränkten muskulösen – lass mich sterben – Armen. »Wie denn?«

Das läuft gerade ganz und gar nicht so, wie ich gehofft hatte. »Darauf sollte ich wahrscheinlich nicht antworten.«

Keller verzieht das Gesicht. »Mols, ich weiß ja, du bist erwachsen, aber tu mir bitte einen Gefallen und tu den Rest deines Lebens so, als wärst du Jungfrau. Okay? Mir zuliebe.«

»Als ob du so ein Unschuldslamm wärst.« Molly tritt auf ihn zu, um ihn zu umarmen, aber Keller hebt die Hand.

»Ich brauche etwas Abstand zwischen dem ganzen Sex-Gerede und der Umarmung.«

»Du bist ein schräger Vogel.« Molly sieht sich nach mir um. »Wie du dir wahrscheinlich schon gedacht hast: Das ist mein übervorsichtiger und übergriffiger Dad. Dad, wie du dir ebenfalls schon dachtest: Das ist mein Seven.«

Ich strecke ihm schnell die Hand hin, aber Keller fährt sich durch die Haare, statt sie zu nehmen. »Ja, dich kann ich gerade auch nicht wirklich anfassen. Sollen wir stattdessen was zu Mittag essen?«

Will stöhnt. »Ja bitte, ich bin am Verhungern.«

»Dann komm.« Molly nimmt seinen Arm und zieht Will zum Ausgang. Ich bleibe mit Keller zurück.

»Ähm, brauchst du Hilfe mit dem Gepäck?«

Er schiebt mit grinsend den Koffer hin. »Da du schon fragst.«

Wir laufen Will und Molly nach.

»Ich war wirklich nervös, dich kennenzulernen, muss ich gestehen – und jetzt war es ganz anders als erwartet. Da ich schon darauf gefasst war, zu hören zu bekommen, dass ich die Finger von deinem Kind lassen soll, bin ich jetzt nicht sicher, ob es besser so war.«

Keller lacht leise. »Ich weiß, was du meinst. Ich hatte erst einmal einen von Mollys festen Freunden kennengelernt, und ich wollte, ich könnte in die Vergangenheit zurückreisen und ihm eine reinhauen für sein Verhalten.«

»Wenn du je rausfindest, wie das geht, komme ich mit. Er verdient mindestens zweimal Prügel, weil er Mols so wehgetan hat.«

Ich fühle Kellers Blick aus dem Augenwinkel. »Geht in Ordnung.«

Na bitte. Das ist doch schon etwas.

Nicht gerade ein warmer, kuscheliger Segen, aber das wird schon. Ich habe noch Jahre Zeit, ihn für mich einzunehmen.

Keller greift plötzlich nach dem Griff des Koffers und zwingt mich, stehen zu bleiben. Er schaut sich prüfend um, aber Molly und Will laufen weiter. *Oh nein.* Jetzt kommt's. Die Ansprache im Sinne von »Du bist nicht gut genug für ihn«.

»Du hattest mal gesagt, dass du für Molly alles tun würdest.«

Ich wappne mich innerlich.

Aber anstatt *mach Schluss mit ihm* zu sagen reicht mir Keller eine Visitenkarte.

»Was ist das?«

»Die Nummer einer Therapeutin hier in der Stadt. Sie hat Plätze frei, und ich habe mit ihr besprochen, dass die Rechnungen auf mich gehen.«

Ich runzele die Stirn und versuche, zu verstehen, was er mir damit sagen will. »Du willst, dass ich eine Therapie mache?«

»Ich will meinen Sohn glücklich sehen. Und du machst ihn glücklich. Aber lass uns nicht so tun als hättest du kein Gepäck, das euch manchmal das Leben schwer macht.«

Letzte Nacht war es wieder schlimm. Molly hat auf meinem Schoß geschlafen, und ich habe mich mit den Foren abgelenkt. Er beschwert sich nie, aber gesund ist das für uns beide nicht. Mir einzugestehen, dass ich professionelle Hilfe brauche, fällt mir schon nicht leicht. Das Geld von jemand anderem anzunehmen, ausgerechnet von dem Vater meines Freundes, ist noch übler für mich.

»Ich …«

Keller gibt ein knurrendes Geräusch von sich. »Wenn du vorhast, das Geld abzulehnen, lass mich gleich einhaken. Ich bin als Teenager Vater geworden und hatte nichts außer Molly. Wenn ich nicht jede Hilfe angenommen hätte, die sich geboten hat, wäre ich heute nicht da, wo ich bin. Und er auch nicht. Jeder Cent, den ich verdient habe, war für ihn. Und dir zu helfen hilft ihm. Also lass mich bitte der Vater sein, der ich immer versucht habe zu sein.«

Wie zum Henker soll ich da widersprechen? Keller wünscht sich das, was für Molly am besten ist, und ich ebenfalls. Das zumindest haben wir gemeinsam. Also nicke ich, obwohl es sich sowas von falsch anfühlt.

»Okay.«

Keller lächelt, und *verdammt nochmal*, der Kerl ist wirklich sexy. »So ist's recht. Und jetzt lass uns aufholen, bevor die anderen merken, dass wir etwas ausgeheckt haben.«

Ich eile ohne Widerworte neben ihm her, und wir haben sie fast erreicht, als Molly sich umdreht und mich anschaut. Sofort fühle ich mich weniger nervös. Ich hatte immer vor, die Therapie wieder aufzunehmen. Ich hatte angefangen und es war auch hilfreich, aber nach meinem Auszug konnte ich es mir nicht mehr leisten, also … muss ich mit beiden Händen zugreifen.

Molly hat einen psychisch stabilen Freund verdient.

Und vielleicht, ganz vielleicht, habe ich es auch ein bisschen verdient.

Alles hat sich zusehends verbessert, seit Molly in mein Leben getreten ist, und ich habe jedes Wort gemeint, das ich vor einem Jahr zu ihm gesagt habe.

Ich werde immer um uns kämpfen.

Also kämpfe ich.

Für Molly, für immer.

. . .

**VIELEN DANK, DASS DU DEN ZWEITEN BAND DER
ZUFSALLSLIEBE-REIHE GELESEN HAST!**

Halte die Augen offen – noch in diesem Jahr kommen weitere
chaotische Männer, die sich aus Versehen verlieben.

Lust auf mehr? Dann findest du hier eine Bonusszene von Seven
and Molly.
Bonusszene

Zufsallsliebe Band Drei: Rachepläne.

MEINE FREEBIES

Liest du gern Friends to Lovers-Geschichten? Second Chance und
Fake Relationships?
Dann habe ich zwei gratis Freebies für dich!

Friends with Benefits (EN)
Total Fabrication (EN)
Making Him Mine (EN)

Diese Kurzgeschichte ist meiner Leser*innenliste vorbehalten,
klicke also hier und werde Teil der Gang!
https://www.subscribepage.com/saxonjames

WEITERE BÜCHER VON SAXON JAMES

THE WILDE MEN SERIES:

Wilde's End

Ziggy's Voice

ACCIDENTAL LOVE SERIES:

The Husband Hoax

Not Dating Material

The Revenge Agenda

Just Romantically Invested

Not Catching Love

The Anti-Wingman (bonus prequel)

Friend for Hire (bonus novella)

FRAT WARS SERIES:

Frat Wars: King of Thieves

Frat Wars: Master of Mayhem

Frat Wars: Presidential Chaos

Royal Scoundrel (bonus novella)

DIVORCED MEN'S CLUB SERIES:

Roommate Arrangement

Platonic Rulebook

Budding Attraction

Employing Patience

System Overload

Forgotten Romance

Making Him Mine (bonus novella)

NEVER JUST FRIENDS SERIES:

Just Friends

Fake Friends

Getting Friendly

Friendly Fire

Bonus Short: Friends with Benefits

RECKLESS LOVE SERIES:

Denial

Risky

Tempting

STAND ALONES:

Himbo Hitman

CU HOCKEY SERIES WITH EDEN FINLEY:

Power Plays & Straight A's

Face Offs & Cheap Shots

Goal Lines & First Times

Line Mates & Study Dates

Puck Drills & Quick Thrills

See You in Boston (bonus novella)

PUCKBOYS SERIES WITH EDEN FINLEY:

Egotistical Puckboy

Irresponsible Puckboy

Shameless Puckboy

Foolish Puckboy

Clueless Puckboy

Bromantic Puckboy

Forbidden Puckboy

Possessive Puckboy

Stubborn Puckboy

STAND ALONES WITH EDEN FINLEY:

Up in Flames

The Bastard and The Heir

Money Shot

FRANKLIN U SERIES (VARIOUS AUTHORS):

The Dating Disaster

A Stealthy Situation

Und wenn dir der Sinn nach etwas Romantischerem steht: vergiss nicht mein YA-Pseudonym

S. M. James.

Diese Bücher stecken voller bezaubernder Charaktere mit Fehlern und großen Herzen.

https://geni.us/smjames

WILLST DU NICHTS MEHR VERPASSEN?

Folge Saxon James auf den unten genannten Plattformen.
www.saxonjamesauthor.com
www.facebook.com/thesaxonjames/
www.amazon.com/Saxon-James/e/B082TP7BR7
www.bookbub.com/profile/saxon-james
www.instagram.com/saxonjameswrites/

DANK

Wie alle Bücher ist auch dieses mit der Unterstützung einer ganzen Menge anderer entstanden.

Das Cover ist das Werk der talentierten Quel M. Lektoriert hat Kathleen Payne, und Lori Parks hat aus Leibeskräften Korrektur gelesen. Die deutsche Übersetzung stammt von Johanna Hofer von Lobenstein, Lektorat und Korrektur von Antje Seebohm.

Danke, Charity VanHuss – du bist die beste Assistentin, die ich mir je hätte träumen lassen. Ohne dich wäre ich noch viel zerstreuter, und der Platz reicht kaum, um all die vielen Hüte zu nennen, die du für mich aufsetzt.

Eden Finley: Du stellst ständig dein Licht unter den Scheffel, obwohl ich so viel von dir gelernt habe, Du allerbeste Chaos-Bestie, die ich mir nur wünschen könnte, und Königin unter den Autorinnen. Du wirst mich jetzt nicht mehr los. Was für ein Glück für dich!

Danke an Louisa Masters, die fortwährend meine Untergangs-Stimmungen abfedert, wenn ich ins Straucheln komme, und mich daran erinnert, dass ich aufhören muss, den »Kummer zu suchen«. Ohne dich wäre ich mindestens die Hälfte der Zeit ein ängstliches Häufchen Elend.

AM Johnson und Riley Hart, danke euch, dass ihr euch die Zeit genommen habt, Probe zu lesen. Eure Unterstützung ist unglaublich wertvoll und ich weiß sie wirklich sehr zu schätzen! Und natürlich danke ich auch meiner Family. Meinem Ehemann, der mir immer wieder Zeit zum Schreiben ermöglicht, und meinen Kindern, deren Bedürfnisse mich daran erinnern, dass die reale Welt auch noch da ist.